# 重印序

三年前出版的这本书曾经感动过很多人，书中主要写我的两只爱犬，一只是斑点狗点点，另一只是拉布拉多犬小爱。书出版的时候，点点已经走了，小爱还活着，但如今小爱也走了，那么这三年小爱又是如何生活的呢？本次图书重印，我特意写了续篇，写了小爱这三年的故事，特别是它最后离别的情景，附在书的最后，使本书趋于完整，也为两只爱犬的故事画上句号。

狗的生命比人短，人活一年，相当于狗活七年，这使我们可以观察一只狗从出生，或者从一只萌狗到老狗，再从老狗到死亡的全过程。当爱犬还是萌狗的时候，你会感到它的可爱；当爱犬长成一只成犬时，会感到它对你的依赖，同时也会感到它对你的忠诚；然而当狗老去，或者当它生病的时候，你会感到自己对另一生命负有一份责任。出于爱心，你会千方百计地去照顾它，救助它。而当最后不得不和它离别时，常常是一场悲剧，因为面对这种生死离别的场面，你要品尝心的痛楚。

而我与常人不同的是，在半个世纪前曾在内蒙古兵团当过兽医，我为马治病，并且与马为伍，当时和一匹中国与俄罗斯混血的小黑马成为至交，两种生命互救的故事成全了我的第一部小说《那年那月人马情》。兽医的经历使我更懂得动物的心理，不仅与马交朋友，也与狗成为朋友。由于给它们看病，也练就了我的胆子，应该说比常人心理更有承受力，所以在爱犬身患绝症的时候，我不会把它们送到宠物医院，然后待在家里等候消息，而是直接参与救治，并且是想尽一切办法地救治，这种对另一生命的关爱，自然也会得到它们本能的反应，那就是互爱的表达。点点与小爱在临终前都得到了我的治疗，那一幕幕场景总是令人难忘。

记得我一边抚摸着小爱的脖颈，一边为它扎针灸，

# 爱犬的春夏秋冬

亲爱的狗狗，愿与你相伴的余生，温馨有爱，岁月静好。

谢文纬 著

人民东方出版传媒
東方出版社

看到它的嘴巴慢慢靠近我捻针的手，嗅一嗅，摇着尾巴，丝毫不抵触，反而享受着我的治疗，它习惯示爱的动作是抬起一只前腿，此时它也慢慢抬起，显然它是对我的治疗表示感谢。

点点最后的时刻也是这样，当病灶破溃后，每日为它清洗伤口。它躺在地上，我坐在一个板凳上，先用苦参洗涤液清洗伤口，然后再把几毫升双氧水注入创口，清除掉残余的脓水，接着我用镊子夹着蘸有红豆杉酒的棉球，伸进伤口深处反复涂擦。治疗会带来疼痛，但虚弱的点点躺在地上，却一动也不动，因为点点知道我在为它治病，无意中觉得自己的脚一凉，原来是点点在用舌头舔我露出拖鞋外的脚趾，显然它也在向我示爱，这应该是狗对人所能表达的最真诚的爱。

当你真心爱一条狗，给予它爱的关怀，狗会懂得，它会用爱向人回报，当然每条狗都有自己表达爱的方式。养狗的人大都有爱心和同情心，同时也有责任心，因为你要下决心养一条狗，就要养它一辈子，还要为它养老送终。养狗给人带来的快乐是无穷的，但在与养了多年的狗离别时，所带来的悲哀却是刻骨铭心的，这不是一般人能够承受的，以致很多人虽然喜欢狗，但却不敢养一只狗，就是不敢面对生死离别的痛苦。我养了两只名犬，与它们朝夕相处生活了十余年，而当它们在晚年身患绝症的时候，我又全力救治它们，直到不治。在它们离世的最后几天，我一直陪伴着它们，直到它们咽下最后一口气。我把这些细节都写在了书中，那是伴着眼泪写的，从某种意义上说，我应该是个勇敢者，所以能把人和动物之间的感情写到极致。

狗依赖人而生活，却给人带来另一生命的欢快和友爱，同时帮助人排解心中的忧愁和孤独。现在两只爱犬相继走了，我与爱人也下了决心，从今以后不再养狗了。因为虽然养狗曾带给我们快乐，但说心里话，同时也给我们带来烦恼，室内外的卫生环境会因为它们变得糟糕，出远门旅游也常因为它们而搁浅，所以随着小爱离去，除了因不舍而难过外，也多少感到一种十几年来没有的轻松。

点点与小爱现在已离开了世界，离开了人间，离开了曾经与它们相伴生活了十几年的我们，但它们留下了自己的电视节目，留下了写它们的书，它们的故事会被人记住和流传，它们没有枉来世界走一遭。

# 目录

CONTENTS


| | | |
|---|---|---|
| 自序 | | 001 |
| 第 一 章 | 陪狗狗拍电视 | 001 |
| 第 二 章 | 家中的点点 | 015 |
| 第 三 章 | 家中的小爱 | 047 |
| 第 四 章 | 点点与小爱的“和平共处” | 079 |
| 第 五 章 | 买点点的前后 | 101 |
| 第 六 章 | 点点的趣事 | 129 |
| 第 七 章 | 避难 | 155 |
| 第 八 章 | 狗运 | 185 |
| 第 九 章 | 两年后 | 213 |
| 第 十 章 | 点点最后的日子 | 223 |
| 第十一章 | 点点走后的小爱 | 245 |
| 第十二章 | 嗨森 | 261 |
| 续篇 | | 277 |

# 自序

这本书断断续续写了五年，在狗年完成并出版，应该值得庆幸。五年中，经历了很大变故。点点在十六岁时，身患癌症晚期，虽然不治，但它却将自己的身躯，献给了伟大的抗癌事业，从这个意义上说，它是一只罕见的好狗。在点点生命的最后一个月，我每天为它清洗破溃的肿瘤，直到它无痛苦地离世。那情景是揪心的，相信能感动很多读者。

在马年，我写了一本回忆马的小说《那年那月人马情》，第二年出了英文版 *A Man and His Horse*。2018 年英国查思出版有限公司也在伦敦图书展正式发行。而好莱坞著名华人编剧已将这部小说改编成电影剧本，在 2018 年旧金山电影节获得最佳编剧奖，电影出现在银幕也指日可待。

我年轻时做过兽医，这使我对动物有着不一般的关心，或者说是爱心，同时也使我更懂动物，更喜爱动物，并且自认为，我是颇懂动物心理的。尽管我家三只狗都不是我主动养的，都是女儿要养的，她的直接受益是在电视剧《利刃出击》中把与狗打交道的角色演得活灵活现。而那几只狗最终却一个接一个地甩给了我，变成了我生活中的陪伴者，于是便有了许多狗的故事。如果说关于马的小说，更多的只是回忆，回忆我几十年前与马为伍的生活经历，那么描述狗的故事，则出自我眼前的生活，因此应该更为生动，更为感人。现在配上彩色照片，献给读者，希望这本书比关于马的书有更好的前景。

谢文纬

2018 戊戌狗年

# 第一章

# 陪狗狗拍电视

那天是 2013 年 12 月 11 日，我记得很清楚，是“双十二”的前一天。晚上八点钟，我们一家人围坐在电视机旁，一起观看北京电视台科教频道正在播出的《超级陪审员》。这档新颖的节目在当月刚刚开启，它是一档轻松、幽默、充满悬念的普法辩论节目，节目多选取发生在亲戚、邻里、同事之间的事件，大都源自真实案例，并且被拍成微电影插播其中。节目邀请一些知名的嘉宾，以幽默活泼的方式，让大家身临其境，展开讨论和辩论，以此宣扬法治精神，普及法律知识。主持人是大家熟知的秦天。

《超级陪审员》每期会讨论两个案例，那天第二个便是有关宠物伤人的案例，大约晚上八点半，我牵着小爱，我的夫人牵着点点，闪亮出现在电视屏幕上。主持人先让我们简单介绍了各自的狗，我说小爱是拉布拉多犬，今年一岁多。秦天看到小爱个头那么大，与先前嘉宾抱着的两只小巧玲珑的泰迪相比简直是庞然大物，于是说：“我看它应该叫大爱。”接下来，夫人介绍点点说：“这是斑点狗，学名大麦町。今年 13 岁，所以是老同志了。”养狗的人都知道，狗活一年相当于人活七年，以此类推，点点该是位 91 岁的“老太太”，然而从外表上来说，却丝毫看不出它有半点老态。它仪态优雅，姿色犹存，谁看了都会被点点的美貌所折服，可是秦天依然跑过去向点点问候：“老人家好！”这或许就是主持人的幽默吧。

在场的嘉宾中有两位美女，其中一位是被称为职谋女王的黄欢，她

刚上台的一瞬间

是欢欢邦创意职谋的创始人；还有一位是著名歌手爱新觉罗·启笛。这两位美女嘉宾分别牵着点点与小爱，在场上遛弯儿转圈儿，而点点和小爱摇着尾巴，婀娜多姿，实在是不输给她们，甚至可以说得到了更多的青睐。

主持人秦天在暖场后，开始进入正题，他介绍说小爱有些才艺可以给大家表演，但今天在陌生环境下，它是否有好的情绪？是否肯表演？我们都全然不知，只能让它试一试，于是他向小爱发出一个口令："坐！"果不其然，小爱对此毫不理睬，可这时传来了嘉宾黄欢的叫声："点点坐下了！"原来黄欢是位怕狗者，她在节目中声称自己尤其怕大型犬，在此之前她恐怕从来没有和大狗有过近距离的接触，主持人秦天为了帮助她消除对大狗的恐惧，特意将比较乖顺的点点交给黄欢牵。点

点点听令后坐下

点一向最听话，所以尽管小爱对口令没有反应，点点却意外地接受了口令，并且马上坐下来，结果引来了黄欢的惊叫。

狗狗的争抢、攀比意识是很强的，小爱看到点点抢了它的镜头，终于按捺不住，于是准备给大家露两手。这时我也看出了小爱的心思，便向小爱发出一个口令，我的手故作“手枪”状，嘴里轻声发出“啪！啪！啪！”的口令，小爱做出了要趴下的姿态，在家我一般要连发十几声，它才会缓缓趴下装死。这时只见秦天突然跳起来，他的手也呈“手枪”状，并且大喊一声：“啪！！！”小爱竟立刻应声躺下，装死不动，于是赢得了全场一片掌声。

接下来便是算算术，我伸出一个指头，对准小爱问道：“1+2 等于几？”小爱叫了三声：“汪！汪！汪！”顿时掌声四起。我接着又问：“2+3等于几？”小爱连叫五声：“汪！汪！汪！汪！汪！”又是一片更为响亮的掌声。在电视播出时，这五个“汪”字会随着小爱叫的每一声，在银幕上同步跳出一个“汪”字，使场面变得生动活泼。在这期电视节目上，虽然点点和小爱出场时间很短，但却把全场气氛推向了高潮，它俩真是出尽了风头，尤其是小爱更为抢眼，我不知道那天北京有多少人收看了这期节目，反正我认为这两只狗会一举成名。

我的朋友和同事在看完电视后，纷纷给我打电话、发短信，夸赞点点和小爱是两只多么可爱、漂亮、聪明的狗啊！尤其是小爱简直是聪明绝顶！而我又是一位怎样的养狗和驯狗的高手！云云。当听到这样一片赞扬之声时，我自然会沾沾自喜，甚至有些“晕”。但几天之后，我的心慢慢平静下来，细细一想，现代社会有时是很可怕的，他们可以非常容易地把一事、一物、一个人，甚至一只狗，通过媒体的包装，将其优点无限放大，同时将其缺点完全掩盖，因此给公众的形象便是如此“美好、崇高、神圣”，这或许就是现代社会“炒作”和“包装”的广告效应吧。

然而我是个实在人，开始反思这件事，觉得应该本着实事求是的精神，还原事情的本来面目。我从事的职业是中医，早已过了退休的年龄，成了一名老中医。在我的行医生涯中，一直注重“实效”，这或许是我在医学上获得成功的原因；我出版的书有十余本，一直遵循着“求是”的原则，无论是医书还是文学作品，我都不会违背这一原则，我不喜欢虚构，我的文学类作品大都是纪实的，无论是写我在中国的“土插队”，还是写我在美国的“洋插队”，都是如实地写，如实地叙述真人真事，因此我写的都是生活中自己最熟悉的人和事。我写了自己一生中的重要经历，也写了父亲、母亲、岳父、岳母，而我现在要写的则是与我朝夕相处的狗狗，我自然不会违背一贯的写作风格，我会写狗狗的忠诚和可爱，也会写狗狗带给我的各种烦恼，既写它们的优点，也写它们的缺点。我只求写出真实的点点与小爱。

为了证明我的“求是”精神，我首先要向读者澄清。电视播出来的小爱如此可爱、聪明、听话，点点似乎除了相貌出众外，其余方面都表现平平。然而事实并不是这样，作为点点和小爱的主人，我不得不站出来说些公正客观的话，以至于不惜笔墨写了这本书。我要强调的是：点点是一只聪明绝顶的狗，它颇有心计而且懂人话，如果按狗的标准来说，它是一只少有的好狗；而小爱虽然不能说它是一只“坏狗”，但它至少是一只“问题狗”，作为狗的主人，我不护短，也不怕“家丑外扬”，我愿意向读者说出它们生活中的真相，我希望大家能有足够的耐心倾听

家中有二宝：
点点与小爱

我的叙说。就把这本书当作一本枕边书，或者是一本打发时间的闲书，比如在飞机上看，比如在睡觉前读，相信会给读者带来愉悦和启发，因为我说的都是有趣的真事。

为了表明自己真的不护短，我就从揭露拍摄中的一个秘密开始吧，以此证明小爱不是大家从电视中看到的那样聪明过人。在现场的拍摄中，其实我给小爱出的第二道算术题不是加法，而是减法。我当时问小爱："6–2 等于几？"这道题本来在家中，我让小爱已经算过不知道多少遍，让它演习了 N 次。我记得，只要我手中有食儿，小爱每次都是脱口而出，从没算错过。可那天不知道为什么，或许是因为在一个生疏的环境，或许是耀眼的灯光刺激，小爱居然傻傻地瞪着我，卡壳了。

我至今也没有找出当时问题的真正原因，为什么小爱只是茫然地看着我，愣在那里，半天叫不出声来。后来我只能这样想，人有紧张的时候，狗也会紧张，小爱的大脑可能突然出现了一片空白。有过这方面经历的人，一定能体谅当时的场面让人多么尴尬，反正我感到很囧，并且相信在场所有的人和我一样囧。然而主持人秦天经验老到，他开始圆场，说狗在今天这样喧闹的场合下，可能有些紧张，稍稍难点的题也许算不出来，大家应该原谅。秦天的话本来是为小爱不佳的表现自圆其说的，但我听到这番话后，却感到非常沮丧，因为平时小爱做此类算术题，准确率几乎是百分之百，怎么关键时候就"掉链子"呢？一共两道题，做对一道，另一道却做不出来，这不是小爱平时的算术水平！小爱真实的水平没有发挥出来啊！我就像自己的孩子高考没考好那样，心中感到极度的懊丧。

这时候，我突然听到场下有人喊："还是让它算一道加法题吧。"于

小爱正在算算术

是我一下子回过神来了，好像有人在救我的场，事后才知那喊声来自一位有经验的编导。我立刻出了第三道题：“2+3 等于几？”这时，小爱也一下子回过神来了，便急不可待地连叫五声“汪！汪！汪！汪！汪”，全场立刻响起暴风雨般的掌声。主持人秦天的经验使他感到应该见好就收，他让我牵着小爱走下台，却把点点留下来与嘉宾一起参加后续的节目，谁知点点一看我们都下去了，便立刻表现出焦虑和不安，它急不可待的眼神表达出了它的忠诚，我当时没有顾上回头去看点点，据说当时看过它眼神的人，都会被点点的真诚所感动。只可惜这段视频连同小爱没有算出减法的那段视频，在电视正式播出的时候都被删掉了，于是小爱的光环变得十分耀眼，而点点的光芒便被大大淡化了。

这是我有生以来第一次上电视。按照我以往的习惯，是打死都不敢去做电视节目的，有几次访谈和讲习中医的机会都被我非常干脆地拒绝了，所以这一次实在是破天荒的。我从小惧怕社交场面，上课最怕站起来回答问题，平时走在大街上连问路都不敢，这或许叫社交恐惧症。二十年前，我夫人单位分房子，结果她把房子装修得太出彩了，于是引来了北京电视台《温馨的家》节目组，这样我家的两居室便成为一档节目。我的夫人是记者，自然不怵这种场面，领着主持人一个一个方位滔滔不绝地讲啊讲啊，我则拼命躲避着镜头逃啊逃啊，但被逼到一个角落，实在躲不过去了，结果被主持人冷不丁地问了一句。我现在已经完全忘记了当时是怎样问答的，只记得我支吾地说了一句话，就变得张口结舌了，然后就拼命逃出房间。那一期节目播出后，有不少认识我的人说，曾在电视中看到了我，但我一直没有看到这期电视节目，所以我也一直没有看到自己在电视中曾经表现出怎样的窘相。

这次上电视原本是女儿的事，她这几年频频出现在各电视台的节目中，例如《今夜有戏》《美丽俏佳人》《天天向上》《好好学习吧》《非常了得》等，所以参加电视节目对她来说早已驾轻就熟了。可那天是星期日，我为她报了一个营养学习班，便不断督促她去学习，而交换的条件便是我要顶替她上这次节目，于是我便有了这生平第一次做电视节目的经历。反正狗狗是主角，我不过是带它们上去，然后发几个口令，不会有更多的话要说，况且嘉宾们在讨论什么案例和他们在争论什么，我们都是全然不知的，只告诉我们带着狗上台亮个相，让嘉宾们遛遛我们的狗，如果狗有什么才艺可以顺便展示一下。看到亮相出镜的时间很短，难度不大，所以我就爽快地答应了。

其实我现在已不像年轻时那样惧怕社交了，一方面是因为我在日常工作中要接触各种各样的病人，和人打交道多了，自然慢慢也就不惧怕社交了，但上电视节目毕竟不同于出门诊，这要面对更多的人，想想还是有些怕。然而我现在毕竟老了，脸皮厚了，所以决定还是硬着头皮陪点点和小爱上电视，因为这对我或狗狗来说，在未来有着非凡的意义。老实说，我内心深处其实对这件事是很上心的，我开始默默地准备着。自此，每天我在给点点和小爱喂食的时候便多了几个命令，我手握狗粮高喊："坐！"这两只狗便毕恭毕敬地坐在我的面前，等待我的喂食。而对于小爱，我要额外给它吃"小灶"，除了装死，它还要算几道算术题。它俩，每天只喂一顿食，在饥饿的状态下，在美食的诱惑下，小爱无论装死还是算题，几乎是百分之百的准确，因此我变得胸有成竹，面对星期天的电视节目录制，我开始期盼，并且有了跃跃欲试的冲动。

我在为狗狗上课

在临上节目的前一天，忙坏了我的夫人，因为遵照女儿的嘱托，她要把我装扮得年轻一些、帅一些，希望在众人面前不丢“面子”。于是夫人手拿从网上订购的电动推子，给我理了个头，然后又给我稍稍染了发，最后不知从哪儿找出一片女儿用剩的面膜，居然贴在了我的老脸上。一小时后，当我摘下面膜，在镜子前一照，发现自己的脸确实是白净了许多，自然也年轻了许多。我的衣服都是老气横秋的，正在发愁之际，夫人从地下室给我找出一件上等好牛皮制成的皮衣，穿在身上十分得体。记得七八年前，有一天吃罢晚饭，我和夫人在小区内散步，无意中走到了一个地下皮衣工厂，他们是专门为燕莎商场定制皮衣的合作点，当时看在邻居的情分上，我花 2000 元买下了这件市价 5000 元的皮衣，但我从来还没有穿过，这下正好派上了用场。

那一晚，从不失眠的我居然失眠了近两个小时，早晨醒来便去遛狗，回来后为它们擦身，然后稍稍喂了些狗粮，又试了试小爱的装死与算术，依然是那样精准无误，心中便荡漾起快乐。编导九点准时来到我家，将狗和人一起接到了北京电视台。第一次走进北京电视台，心中不免有些激动，看着空旷透亮的建筑，心中生出许多好奇，于是东张西望，却很少能看到人，我敢说在喧闹和拥挤的北京，电视台便成为全北京最为安静同时又有着巨大空间的地带，在寸土寸金的北京，这里不免显得过于奢华了。我和夫人牵着点点和小爱在这样寂静的大堂中要等待几个小时，虽然上台仅仅只有几分钟，但这几分钟将向全市乃至全国播出，这样的机会是多少人和多少狗狗期盼并翘首以待的啊！想到这里，我便十分心甘情愿地等待着。

北京电视台的排演室足有六百平方米，各个节目都是排着队有条不紊地录制，所以等待的时间会很长，屈指算来，我们那天足足等了五六个小时。我们闲坐在宽阔的环形候厅中，常常会碰到做其他节目的人以及保安、清洁工，每个人几乎都会被这两只狗吸引，忍不住会走过来用手轻抚点点与小爱，有的还会掏出手机给狗狗拍照。为了讨得大家的欢心，我试图让小爱表演装死和算算术，突然发现小爱在陌生的环境下，完全没有了感觉，对我的口令毫无反应。我立刻把这一新情况告诉了编导，得到的回答是这也无妨，说你们可以把狗狗牵过来交给嘉宾，让他们在台上牵着遛几圈就行。

在电视台后厅等待

我立刻沮丧得近乎崩溃，像泄了气的皮球一样瘫坐在等候大厅的沙发上，感到忙了这许多天，夫人将我修整、包装成现在这个样子，难道我就是一个起传递作用的送狗者吗？我的心出现了极大的不平衡，此刻我年轻时的社交恐惧症已经一扫而光，我突然感到自己的表现欲变得不可阻挡，希望登台表演的强烈欲望时时在心中涌动。于是我牵着小爱在电视台的环形候厅走廊不停地遛圈，为的是让小爱尽快适应环境。到了下午 3 点钟我又试了试小爱的才艺，这时小爱大概已经饥肠辘辘，饥饿终于使小爱重新对我手中的狗粮发生了兴趣，于是它又找到了感觉，当着保安、清洁工们完美地表演了装死和算算术。

我立刻将这一新情况报告给了编导，此时离正式登台已为时不多了，她要我们立刻做好准备。记得在这些天，我一直默默地叮嘱自己，上台时一定要挺胸收腹，这也是我经常嘱咐女儿的，可是真正轮到我上台时，我却把这一切都抛到九霄云外去了。当听到主持人秦天高呼：“现在让我们欢迎神秘嘉宾闪亮登场！”我即刻低着头、微驼着背，一只手牵着小爱，蹒跚地走上台。

接下来，便是出现了开始的那一幕，小爱和点点的表现堪称完美，又经过剪辑、美化，两只狗展现给北京市民的大狗形象令人刮目相看，而小爱的聪明才艺更胜一筹。作为狗的主人，我感到点点和小爱真的是一举成名了，于是我便决意为它俩写一本书，向所有对点点和小爱感兴趣的人讲述它俩的故事。

# 第二章

# 家中的点点

点点与小爱在电视台的拍摄虽然只播出了几分钟，但它们给大家留下了非常美好的印象，特别是小爱头上的光环更是闪耀照人，大家对它赞不绝口：

“一只多么可爱的狗狗！真是聪明绝顶！你看它的眼神，太萌了！”

那天拍摄完毕，许多人没有马上回去，而是将我们和狗狗围在中间，争先叫着点点和小爱的名字，这场景使我深深感到，如果节目播出，或许真会让点点和小爱从此名扬天下。的确，当北京市民看了这期节目后，特别是那些养宠物的“狗迷”们，他们一定会对我跷起大拇指，如同我的同事和朋友们看了贴在博客上的那段视频那样，夸赞我养了两只多么好的狗，同时说我驯狗的水准足以和马戏团的驯兽师相比。我从手机上将一些发来的短信摘录如下：

两只狗既聪明又可爱。

狗狗表演是马戏团水平。

两个大狗很不错哩。

两只狗极漂亮，非常有教养。

您家的狗狗真是可爱又漂亮呀！

祝贺你家的点点和小爱精彩亮相！表演非常成功！

小爱表现很抢眼，你却没给人留下什么印象。

好漂亮的狗啊！如此聪明，真是神狗！

在一片赞扬声中，我始终保持着冷静，感到媒体展现给公众的印象

点点在狗狗中是美女

和实际有很大差距，所以觉得自己有义务将这两只狗的本来面目介绍给大家，我一定会遵循自己一贯“求是”的原则，将这两只狗的“真相”如实告诉读者，我会毫不夸张地讲它们的优点，也会以“家丑不怕外扬”的精神揭它们的短，我会讲述实际生活中的它们，其中的故事有很多。读者们看了这本书，如果感到这两只狗好像就生活在你们身边的话，那么我的写作就算获得了成功。

先说点点吧！我在上文曾经提到点点是世上少有的好狗，我现在依然坚定地这样认为。点点的实际年龄一直不确切，算起来它来到我家至做节目时已经有十年。我是在一家狗舍买的它，当时在狗舍它已下过一窝狗，其中的一只狗在活了 11 个月后死去，狗的主人是我的朋友，当他的狗死去半年多后，我才买的点点。这样掐指推算，点点到我家时至少 3 岁，所以我夫人在电视上介绍，点点 13 岁是只少不多的。

衡量狗的好坏，有一句老话叫作："好狗不挡道。"我认为这应该是衡量狗好坏的金标准，如果通过训练达到这个标准不算稀奇，而点点天生具有这种习性，它和那些进过狗学校"懂规矩"的狗是完全不同的，因为它对主人的尊敬完全是发自内心的。点点生活在我家的十余年中，无论它躺在哪里，只要你走近它的身旁，它都会机警地跳起来为你让道。我并不认为这是狗奴的表现，因为在它眼中，它的地位是在主人之上的，比如不管何时，只要它看到我坐下，无论是沙发、椅子甚至是马桶，它都会毫不客气地走过来，用它尖尖的嘴巴狠劲地拱我的手，直到我的手搭在它的脖子上为它按摩时，才闭上眼睛享受着我的服务。这时候，它俨然是以主人身份自居的。

如果我是坐在沙发上，它会一步一步挨近我，试探地爬上我的身，然后将一只前爪搭在我的胸脯，伸长脖子用它湿湿的嘴贴近我的脸，再伸出舌头开始舔我的面孔，如果我不躲闪，它会连我的耳朵一起舔，这时候它甚至是把我当成它的晚辈了。因此在点点的内心深处，它并不是把我当成是神圣不可侵犯的尊主，在它眼中，我们之间是平等的，甚至它是在我之上的。所以它能给我们随时让道，绝对不是出于奴才的地位，而是出于礼节，而更多的是出于它的本能。我认为能够完全做到这一点的狗是不多的。"好狗不挡道"这句老话能够代代相传，一定有其不寻常的道理，所以凭借这个金标准，读者不难判定点点是一只不可多得的好狗。

好狗睡觉的时候会守在主人的身旁，在我卧室旁的阳台上有个三角沙发，这便是点点夜晚睡觉的地方，或者说是它栖身的地方。有时候我半夜失眠，会不断翻身，常常引来点点，它会悄悄地走过来，靠近我的床头，然后用它尖尖的嘴巴抵住床沿。这时候，我们之间好像有了某种默契，我会从被窝中伸出一只手，先握住它的下巴，然后揉抚它的脖颈，它享受着，让我随意地捏掐，直到我紧紧地握住它的一只耳朵，它开始牵拉，故作挣脱状。耳朵对动物来说是最敏感的部位，马最怕揪耳朵，狗也是如此。终于它一使劲，将耳朵完全从我手中挣开，我以为弄疼了它，它会离去。谁知它却把耳朵又送到我的手中，显然它希望再来一次，于是我只好一次又一次地帮它揪耳朵，结果这成了我和点点之间的深夜游戏。

点点睡在自己的沙发床上

点点的沙发是完全属于它的，至少它是这样认为的。有时候，我为了寻找亮处，便坐在它的沙发上看报。每到此时，它会跳上来和我并排而坐，然后开始拼命挤我，直到把我挤走。为此，我也不愿让它卧在楼下客厅的沙发上，偶然看到它跳上去，会呵斥一声。它便立刻乖顺地跳下来，但它的内心是不情愿的，因为它知道客厅的沙发比楼上阳台的沙发舒服许多。因此有时半夜醒来，我会隐隐感觉到点点蹑手蹑脚走下楼去。早晨当我洗漱完毕也走下楼时，常会听到点点从客厅沙发上跳下去的声音，接着便是听到它全身在猛烈地抖毛，然后以一副似是做错事的表情出现在我的面前。而此时我常常是睁一只眼闭一只眼，因为我清楚地知道，楼下前后有两个门，安全十分重要，点点在下面，我们在上面就会睡得很踏实，睡得很香，因为点点实在是一只看家护院、敬职敬业的好狗。

狗看家的本能来自它们具有很强的地域观念，点点把家看作是自己的领地，无论是生人还是野狗进入它的领地，它都会毫不客气地施以暴力。有一次，我看到邻居牵着他的黑贝从我家门口走过，点点立刻冲过去，龇着牙，摆出一副决战的姿态，要与一只狼狗血战到底，而那黑贝竟然夹着尾巴悻悻地走了。当然点点的胆大妄为完全赖于领地观，所以胆量才被极大地壮大，倘若点点进入其他狗的领地，其胆量则会极大地削弱。有几次我牵着点点走近别人家的附近，当别家的狗开始狂吠时，它会非常识相地离去，有的时候我还分明看到点点在瑟瑟发抖。

面对第一次到我家做客的客人，点点会密切注意来访的陌生者，它在仔细观察来访者与主人的关系，如果来者非常友善、谈笑自如，它便会放松警惕，把他视为自己人；如果来者较为怪异，或者说了它什么话，它会听出来，我不知道它是否真能听懂人话，还是凭借它敏锐的嗅觉，辨别出陌生人情感的细微变化。有一次，一位客人很健谈，谈得兴起时跷着他的二郎腿，并且一掂一掂的，然后故作潇洒地说了两句“点点过于肥胖”等不中听的话，按现在的话说，就是此人不大会聊天，结果被点点听了出来，于是龇着牙发出不友好的哼哼声，接着突然冲上去，咬住了那位客人的裤腿。

一位保姆来我家已十几年，所以她和点点早混得很熟。然而有一次我们不在家，物业来收水费，点点狂吠，不许陌生人查水表，保姆不得不将点点关在房间里，物业的小伙子走后，点点冲出来咬住了保姆的裤腿，它俨然把保姆和陌生人视为“同伙”。自此，保姆每次来，点点都要咬她的裤腿，所以保姆每次来都不得不带些吃的，为的是“讨好”点点，然而点点却很“记仇”，过了半年才完全“原谅”了保姆。

点点看似像一只烈狗

我因为在四十年前上山下乡时做过很多年兽医，所以颇懂动物心理学，因此对点点为了保卫领地会向陌生人进行攻击之事，我是时时提防的，而我的夫人则完全没有此戒心，结果由于她的失误出过两次事故。一次，她的朋友一对夫妇到我家来做客，那位胖胖的先生因为从小怕狗，于是说了很多点点不爱听的话，结果躲在一旁的点点就暗中盯住了他。他们那天是一起包饺子，那位先生拿起一锅馅递给我夫人时，点点以为这位陌生人要对我的夫人“非礼”，于是突然蹿出来咬住了他的脚，虽然那位先生那天穿了两条裤子，但他的脚脖子上还是留下了点点的两排牙印。那天的事情立刻变得很糟糕，首先在家吃午饭的计划泡汤了，然后这对夫妇不得不为了寻找打狂犬病疫苗的医院而四处奔波。

另一个受害者是个工头，他来到我家的后院丈量尺寸，为的是给点点和小爱修建一个能够渗水的狗场，正赶上点点和小爱在院子里玩耍。我的夫人因为有过一次以往的教训，便连声提醒那位工头要小心狗，可是他却说自己从不怕狗，结果领地感极强的点点，却在第一时间咬住了他的脚脖子，虽然没有破皮，但同样留下了点点的牙印。我的夫人问那工头是否要打狂犬病疫苗，他竟不以为然。于是我的夫人没有再坚持，但她告诉了我。不知道我是因为出于做医生的职责，还是平时对夫人的错处从来敢怒不敢言，而这次终于找到了能使我出气的机会，于是我勃然大怒，跳着脚地大声吼叫，将狂犬病说得异常可怕，一定要让夫人带着那工头去打预防针，直到她为那工头付了所有医药费并督促他打完全部的针后，才平息了我的“耿耿于怀”。

我这样毫不掩饰地说出点点伤人的事件，也许读者会把点点当成咬人的恶狗，那就大大误会了。让我们细细分析，点点的确是咬了人，但

点点在家中

它实在是出于看家护院的本能，或者说是出于一种职责。对人来说，它只是吓唬一下而已，它并不下狠口，所以两次伤人，都没有咬破皮，至于为何要去打狂犬病疫苗，那也可以看作是人的过度反应，尤其是第二次，我要求夫人追着给那工头打针，可以看作是出于医生的谨慎，也可以看作是我因平时不敢直面批评夫人，想让她花钱买个教训。

其实点点的内心是极善良的，它是最怕伤到人的，特别是伤到主人，至少它对我们是这样的。每当我手拿食物给点点吃时，它会盯住我的手瞄几秒钟，然后小心翼翼地用它那尖锐的牙齿轻轻地咬住食物，唯恐咬时碰到我的手。我的女儿有时会和点点开个玩笑，她喂点点时，明明点点没有咬到她，女儿却故意做出躲闪状，然后高喊："呀！"这时点点就会露出惊恐的目光，它以为伤到了主人，如果再喂它，便绝不会伸嘴，它宁可吃不到美食，也不愿伤到主人，这便足以证明点点的善良了。

点点通人性，它甚至听得懂人话。我的女儿喜欢睡懒觉，星期天常常要睡到中午，我们在楼下快要开午饭了，她却还在楼上睡得呼呼的，任凭你在楼下怎样呼喊都没有反应。此时，能完成叫醒女儿任务的唯有点点，我会一面指着楼上，一面对点点说：

“快！去叫姐姐起来！”

点点便迈着四方步，蹒跚地走上楼去。它走到床前，一只脚踏着床，另一只脚高高悬起，然后用脚爪轻轻地、试探性地碰一下女儿露在被子外面的肩膀或手臂。女儿这时会本能地全身缩在被窝中，只露一个脑袋。点点接下来会用双脚踏在床沿上，然后将头探到女儿的面前，伸出舌头，拼命舔她的脸。女儿终于扛不住了，立刻跳将起来，因为她知道，再置之不理的话，点点的下一步便是跳到床上，施行更强力的行动。

点点能听得懂并且百分之百执行的一句话是：“点点看家！”狗生性好动，所以它们总愿意跟主人跑出去，因此看见主人出门，它们便会跟。点点也是这样，可是我们每次只要说这句：“点点看家！”它会立即转身回去，然后找一个地方直挺挺地坐着。它执行命令不图任何奖赏，但却是百分之百靠本能执行，以致常常成为我在客人面前表演的节目。有的时候，点点已经十几个小时没有出去方便了，看见我要出门，立刻也要出去，可是我因为真有事儿，于是只得下这道命令，点点照例不折不扣地执行。每当此时，我感到十分对不住点点，心中不禁叹道：“点点真是一只好狗啊！”

点点通人性在于它把自己看作是人。点点善于观察，更喜欢模仿人

点点学人坐在沙发上

的姿态，它把自己放在与人平等的地位，因此它在沙发上的坐姿，不像一般狗用后腿支撑整个身体，而是像人一样用屁股直接坐在沙发上，表现出了温文尔雅的姿态。原本我们是不让它上沙发的，但看到点点如此认真的样子，我们就只好不作声，甚至感到好笑，于是为它留个影，算是它学做人的证据。

点点每次洗完澡，自认为和人一样干净，常常在不同的沙发上滚来滚去，甚至有时会跳到床上，而那时我们也一改平时的规矩，睁一只眼闭一只眼了。记得很多年前，那时我还住在一个复式的房子，楼上的主卧很大，床也很大。当时点点来我家才一年，我们全家都是斑点狗的“狗痴”，所以我睡觉时盖着一床印有斑点狗图案的被子。有一天夜里，我一个人在床上睡得正香，突然感到枕头边上有个毛茸茸的东西，借着夜光，我看见和被子的颜色一样，开始还以为是被子的一角，后来才发现是点点睡在了我的旁边，但它睡觉的姿势不是采用狗通常的姿势，即将头埋在身子里睡觉，而是采用人睡觉的姿势，将头枕在枕头上，与我共枕同眠。它学人似人的行为，着实把我吓了一跳。

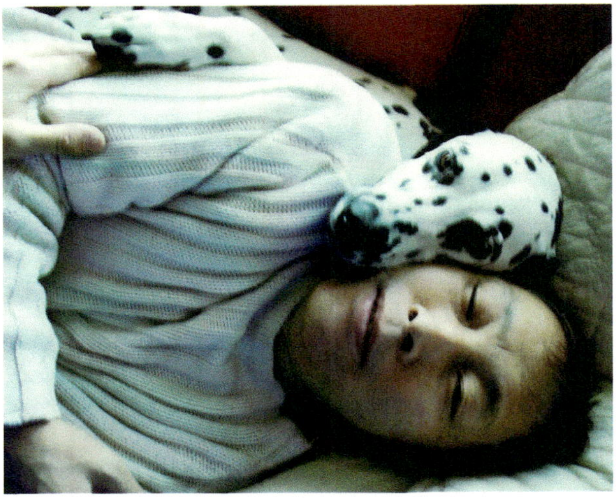

点点与我同眠

点点另一通人性的表现在于它似乎知道我曾做过兽医，所以每当我为它治病的时候，它都十分信赖我，非常乖顺地配合我的治疗。斑点狗的耳朵容易发炎，这是耳螨所致，点点的耳朵经常发炎，我为它用过西药也用过中药，但最好用的还是由黄柏等中药配制成的滴剂叫耳康。点点有的时候一只耳朵发炎，有的时候两只耳朵同时发炎，炎症轻时没有症状，待到它不停地甩耳朵时，那必定是耳朵化脓了。治疗时，我先要为点点的耳朵清创，然后再上药。兽医站的兽医在为狗治疗时，都要把狗拴牢，按兽医的行话说就是“保定”。我开始为点点治疗时，还给它戴上嘴套，后来发现完全不用。

在点点耳朵发炎的急性期，一天需要上两次药，缓解后可每天上一次药。治疗的程序是这样的：我一只手揪住点点的耳朵，另一只手拿根棉签，然后小心翼翼地伸进耳道，当棉签碰到创面时，会引起剧烈的疼痛，一般的狗会拼命躲闪，若要碰到一只心眼儿坏的狗或一只恶狗，说不定还会咬你一口。我的操作同样引起点点的疼痛，因为它开始呻吟，而那呻吟是发自内心的，切切实实地是因疼痛引起的，但令我惊讶的是点点并不躲闪，这或许人都做不到，可是点点居然在治疗的整个过程中一动也不动，它只是不断呻吟着，甚至当我手拿棉签的时候，它还主动把耳朵凑到我的面前，以便让我更容易操作。

这时，我把白白的棉签伸进点点的耳道，然后搅动，点点开始呻吟，却一动不动，当我把棉签拿出来时，棉签已沾满脓血变得污黑；于是再拿一根，继续操作，一般要用五六根，才能把创口洗净，再取一根新棉签，用耳康在棉花上滴几滴药水，伸进点点的耳道，药液与创面接触引起疼痛，点点又是一阵呻吟，依然不动；为了使药液充足，还会再上两次药。由于点点的配合，整个治疗过程只需五分钟。治疗完毕，要是别的狗一定马上逃之夭夭，甚至向我龇龇牙，表示对我的憎恨。可是点点却不离开，开始不停地舔我的脚或手，显然它是向我表示感谢。这种礼节性的回报，几乎发生在每次治疗后，使我感到点点的感恩是真心的，以致我把每次为点点治病，看作是我的享受，看作是两种生命之间的真情互动。

因为有了这种感受，我便十分喜欢为点点做治疗，并且把这看作是我的嗜好。两年前，点点的眼睛长了一个麦粒肿，因为一直没有治疗，大概过了一年转变成眼睑腺瘤，我带它去看兽医，说要做手术，手术费 800 元，因为他们知道我

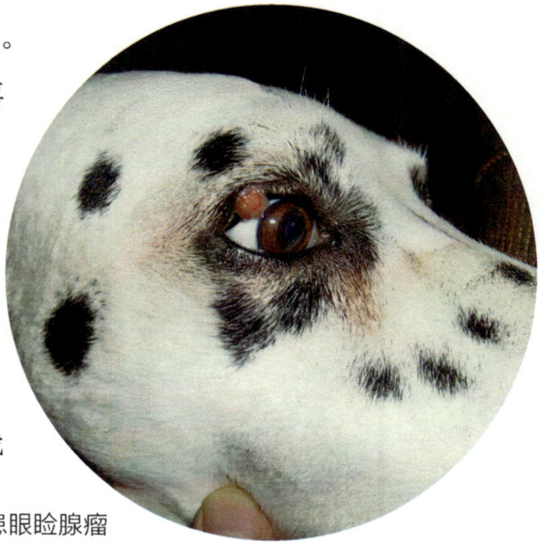

点点的右眼患眼睑腺瘤

曾做过兽医，出于对同行的照顾，手术费可减免到 500 元。然而我仍然觉得这手术不靠谱，因为还要全身麻醉，所以手术存在着风险。

既然我把为点点治病看作是一种享受，因此便用自己想出来的办法为点点治病。我花 5 元钱买了 5 支人用的金霉素眼药膏，然后以三七粉为主药，配了一些消瘤止血的中药。对点点的治疗两三天一次，每次我将金霉素眼药膏挤一些在棉签上，然后再沾上一点儿预先配好的中药，涂在点点眼睑的那个血瘤上。我用双指将点点的眼睛闭合，使药粉尽量在眼睛中被吸收。在治疗过程中，我发现狗的眼睛要比人大很多，而且狗的眼睛不怕药粉的刺激，因为上药时点点的眼睛眨都不眨一下。由于没有痛苦，所以点点也从不呻吟，而是把治疗看作它的享受。它十分情愿让我治疗，每次只要我高叫一声："点点换药了！"它会从楼上飞快跑下来，蹲在我的面前，看着我为它准备药，只要我拿起棉签，它便会贴近我，然后把眼睛凑过来，等待我的治疗。治疗完毕，它依然是拼命舔我，对我的治疗表示出它真心无尽的感激。

点点通人性在于它十分会看人，它能一眼看出我曾经是位兽医，它对我的医术毫不怀疑，并且给予百分之百的信赖，所以它能时时把自己的生命交由我来处理，生了病便在第一时间让我知道，并且向我求助。有一次，我带回一只鸭架子，那天是我一个人在家独自吃饭。我准备了点儿小酒，把烤热的鸭架子撕碎后开始大吃，那鸭架子上的肉很多，加上我儿时喜欢吃鸭屁股，于是我吃得很投入，同时还饮着小酒，显然那天我在独自享受着生活，就如同每天狗狗用一分钟时间吃着它们一天的狗粮一样快乐。当然此时也不会忘记我的狗，那个时候小爱还没有来到我家，家中只有点点，我便把啃剩的骨头随手扔给点点吃，点点也变得异常兴奋，显然它也在享受生活。

那天我吃得非常带劲，或者说吃得非常专注，以致我忽视了点点的存在。直到它用嘴不断地拱我的胳膊，才隐隐觉得点点还在我身旁，我以为它还想要吃，便把剩余的两根骨头抬手扔到地上，但点点并没有去吃，继续用嘴拱我，并且一下比一下重，我终于侧过脸看了一下点点。这时我看到点点张着嘴，发出哼哼的呻吟声，根据我的兽医经验，第一时间判断点点一定是被骨头卡住了。我侧过身，掰开点点的嘴巴左看右查，却并没有发现骨头卡住的痕迹，于是松开点点的嘴巴，用餐巾纸擦了擦我的手，然后继续吃我的鸭子，继续喝我的小酒。那天我实在是沉浸在那顿美餐之中了，心想等我吃完这餐饭再为点点治病也不迟。

接下来发生的事情，动静有点儿大。点点突然发出一声惨叫，这声音只有在它受到伤害的时候才能发出的，例如我们不小心踩到了它的脚或尾巴时，能听到点点本能地发出这样尖锐的叫声，可这次分明是它主动发出的。我猛然回过头，看到点点跳将起来，然后重重地摔在地上，一动也不动了。此时，我只得暂停了这顿美餐，赶紧找了个手电筒，再次掰开点点的嘴巴，终于在点点口腔的上膛发现一块扁平的骨头，确实刺进了它的口腔黏膜。我用一把镊子小心翼翼地将骨头夹出，点点顿时感到了轻松，但使我大为不解的是这次它没有对我表示出半点的感恩，只是抖了抖毛，摇摇尾巴，然后扬长而去。

我坐在餐桌旁，半晌没说出话，觉得刚才发生的事情有些不对头，觉得很蹊跷。我拿起那块扁平的骨头看了又看，这样一块不太尖锐的骨头片，扎在点点口腔上膛的黏膜是不足以把点点扎得躺在地上动弹不得的。我思考了好一会儿，最后我得出的结论是，这件事的发生完全不合情理，除非是一把尖刀刺中了点点的喉咙，它才会发出那样悲惨的尖叫，并且晕厥在地上。

我继续推敲，觉得点点那一声惨叫太蹊跷了，如果骨片刚刚卡住是可以理解的，但显然是已经卡了一段时间，而我当时因为舍不得那顿美餐，只是草草为点点检查了一下，便又去啃吃鸭架子肉。因此细细一想，不能排除点点有表演的嫌疑，它看到我只是漫不经心地检查它的嘴巴，然后只顾自己吃，把它丢在一边，至少对它没有特别关注，点点才会惨叫一声，它显然是为了吸引我的注意力，所以点点先是跳起来，然后便重重地摔在地上“装死”。而我从点点的嘴中拔出骨片，可以看作是救了它一命，要是往常，它定会拼命舔我，而这次它却是抖抖毛，摇摇尾巴，然后扬长而去。显然，它是对我在危难的时候，对它不够关心的怠慢举动表示出了很大的不满。

我与点点

其实这是一件偶发事件，点点对人的感恩则是一贯的，但它确实是有原则和有条件的，这就是它要看主人是否是诚心对待它，只要我给它治病是认真的，它必定以爱回报。为了证明这一点，在我写这部分内容时，特地放下键盘，走下楼来，现场做了一个试验。因为这两天点点的耳朵又发炎了，而它的眼睛也好长时间没有上药了。

我坐在客厅，将药包放在茶几上，然后向在楼上的点点高声呼喊："点点上药了！"不一会儿就见点点走下楼，快步跑到我的跟前，就像在电视上表演的那样端坐着，它看我把药包打开，将棉花棍、金霉素眼药膏、自配的消瘤止血粉、眼滴油拿出来。点点非常认真地看着我的每个细微的动作，因为它知道我要为它治病。我先给它的眼睛上药，拿出一根棉签，将金霉素眼药膏挤在棉头上，蘸满药粉，我用手指把点点的眼睛拨开。它乖顺地一动也不动，做出一副很享受的样子。我看到它眼上的那个腺瘤已经消得几乎看不出来了，但还是为它上了一次药，然后轻揉它的眼睛，它眯着眼睛，表现出十分舒服的样子。

我放下手，开始准备为它治疗耳朵的药品，这时我感到点点在利用很短的间隙不断舔我。我很享受，非常熟练地用棉签为它的耳道清创，它伸长脖子一动也不动，没有呻吟，依然表现出非常享受的样子。它的分泌物还是很多，所以我这次没有用耳康，而是用耳滴油，说明书上写着对各种细菌、真菌和寄生虫引起的急性耳炎有特效作用，我往点点的耳朵里滴了几滴，然后按住它的耳朵轻轻揉着，点点表现出十分舒服的样子。治疗完毕，它没有离开，开始舔我的裤子，反复地舔，最后舔到我的手，直到我站起来离开。

这个现场试验证明了点点的感恩是真诚的，并且是出于它的本能，

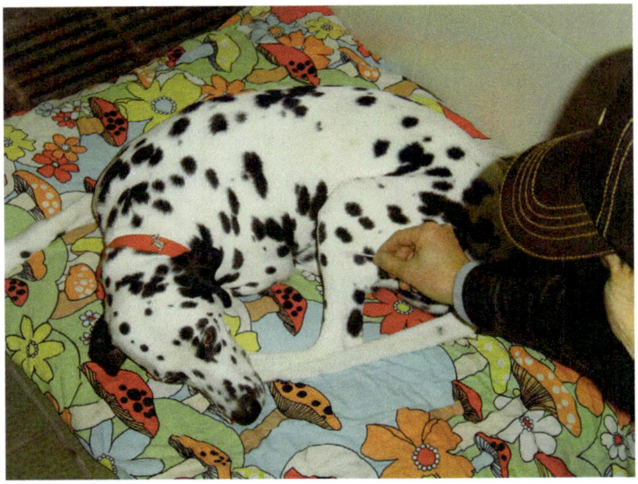

点点趴在垫子上等待治疗

因为点点知道我是在为它非常认真地治病，所以它便以狗表达爱的最高方式回敬我，那就是舔。因此我以为，像点点这样通人性并且能向主人表达出感激之情的狗是罕见的。这种行为无法训练，而是与生俱来的，或者说是天生的。记得点点在十年前刚刚来我家时，我们把它拴在车库，它身上有皮肤病，在两条大腿外侧有钱币大小对称的几块癣，于是每天我要为它上两次药。当我第二次为它上药的时候就惊异地发现，点点一看到我拿棉花棒和药瓶，便立刻主动跑到垫子上，趴在那里，等待治疗。从那天起，我就认定点点是一只非凡的狗。

点点这一良好的习惯后来被我不断强化着，例如我要用洗耳液定期为它清洗耳朵时，我会手拿棉花棒，高喊："掏耳朵了！掏耳朵了！"点点便立刻趴在垫子上等待，当我操作完一只耳朵，于是又高声喊："转过来！"点点就会翻一个身，将头的另一侧伸向我。有一次，上药时它趴的姿势不太正规，有些撅屁股，当我说转过来时，由于动作过大，竟翻了一个筋斗，从垫子上翻到垫子下。我将这一趣事讲给女儿和夫人听时，她们差点没笑破肚皮。

点点能这样配合治疗主要不是靠训练，而是出于本能，因为它天生是只罕见的好狗。我这样夸奖点点并不为过，因为我是有比较的。这要从点点惹的一次祸，或者说是点点引起的一起事故说起。那是几年前一个夏日的午夜，我出去遛点点，我选择那么晚去遛狗是因为这个时候小区内很少有人走动，同时也很少有人遛狗，这时我可以松开点点，让它在空旷的小区里好好跑一跑。然而在我遛了一圈准备回家时，却迎面碰到一位大婶在遛她的两只小狗，我赶紧拦住点点。因为它有叼小狗的习性，这或许是因为斑点狗属于猎犬一族，所以它会把小狗当作野兔来追。为此，我大声叫着点点的名字，一路带着点点跑回了我的家，我拉开木门，如果点点此时能走进去就万事大吉。

然而一件意外的事情却发生了。那位大婶在后面也大声喊着点点的名字。狗对自己的名字是非常敏感的，于是点点突然停下来，并且回过头，看见一只小狗正从后面跟过来。我看到点点姿态和眼神不对，它显然正在做进攻的准备。我全力去阻止点点，试图把它拦回家。可这个时

小狗有时会招惹大狗

候，那位大婶几乎是声嘶力竭地继续喊点点，我就变得完全无能为力了，点点像一支离弦之箭冲向了那只小狗。事后我才知道，大婶的小狗也叫点点，所以当我叫着点点一路跑回来时，那只小狗以为在叫它，便跟了过来，而那位大婶看到她的点点跟着我们跑了，便拼命喊着点点的名字，结果叫停了我的点点，接下去便是一场狗的厮杀。

先是小狗不断地吠叫，于是点点像饿虎扑食一样冲了上去，我听到那小狗一声凄厉的惨叫。我知道点点下了狠口，这一口与其说咬在了小狗身上，不如说是咬在了大婶的心上，因为接下来我听到那位大婶也发出了一声凄厉的惨叫，我知道点点惹了大祸。我一个箭步冲上去，在第一时间拦住了点点，并且迅速把它驱赶回家，关上门，我便不敢再出来。

那一夜，大婶没有找上门来，我以为平安无事了。可是第二天早上，当我还在熟睡的时候，物业给我打来电话，说我家的点点咬坏了邻家的点点，伤势不轻，已经从兽医站医治回来。那位大婶应该说是一位素质很高、很讲道理的爱狗者，她不要求我承担医药费，却要我去看看它的点点，或者说是对她的点点表示人道的关怀和慰问。这就如同自家的孩子伤了邻家的孩子，当家长的不得不登门道歉一样，我自然应允了。

我想每个有过这样经历的家长，此时的心情一定是忐忑的，我在登门道歉前深感为难，对方已经明确表示不需我承担医药费，但我也不能空着手去，可是拎点什么东西好呢？拎盒点心显然不妥，拎袋狗粮人家不稀罕，想来想去，最后还是拿了我一本签好名字的著作《阴阳食物养生疗病》。我在大婶家的门口踌躇了好一会儿，才鼓足勇气按了一下门铃。门开了，大婶走出来，我毕恭毕敬行了个礼，然后说明是专门来替我家点点道歉的。

走进门，看到家里装修得富丽堂皇，或许大婶家经济条件不错，故没有向我讨要医疗费，我将书送给主人，然后用三寸不烂之舌，解释我家点点的过错完全是事出偶然，原因便是我们的狗同名，因为误会才酿成如此事故。我看了看小狗的伤口，它的尾巴根被我的点点咬掉了一块肉，露着血糊糊的伤口，每天要到兽医站去上两次药。我立刻表示，我可以为她的点点上药，并说我几十年前曾是兽医，我家的点点生病全由我自己医治，结果那位大婶很快同意，允许我为她的点点上一次药。

这时我才仔细掂量了一下她家的小狗，可以说简直是奇丑无比，绝对不是名犬，只是一个“串子”，和她富丽堂皇的家很不相称，因此我断定，这是大婶收留的一只流浪狗，想到此我立刻变得不以为然了。我拿起一根棉签，蘸了蘸消炎药，准备为那小狗上药。我以为天下的狗都和我的点点一样乖，一样配合，一样感恩。可是我错了，只见那只狗在我刚刚举起上好药的棉签时，眼中露出凶光，待我的棉签稍稍靠近它的伤口时，它便龇着牙发出极不友好的声音。我断定假如药棉一旦碰到它的伤口，那狗必定会毫不客气地给我一口。我立刻退却了，向大婶表示出我的无能，然后灰溜溜地走了。从此，我更加坚信，我的点点是一只不可多得的好狗。

这是点点在外给我制造的最大的麻烦，而小的麻烦也时有发生。比如七八年前，当我还住在另一小区时，有一位穿着很考究的老妇人，按北京人的习惯可以称其为大妈，她养了一只名贵的波斯猫。那天大妈抱着她那只心爱的波斯猫，在小区里晒太阳，我牵着点点从旁边走过，点

点点在奔跑中

点看见猫立刻竖起耳朵，而动物之间的相互感觉是十分敏感的，猫立刻做出惶恐的反应，我赶紧用力把点点牵住，然后往家拉，到了家门口，我刚松开牵引绳，点点突然一个猛转身，像离弦之箭一样冲出了家门。

我知道点点是冲着那只猫去的，便在后面紧紧追赶。大麦町属于猎犬，喜欢追逐小动物是它们的天性，那时点点正处于壮年时期，所以速度极快。三步两步便到了猫的附近，那只猫也早已觉察到，一下子从大妈的怀中蹿出，然后开始逃命。猫在前面跑，点点在后面紧追不舍，于是在小区里形成了一道影视景观，好似看大片一样，在小区里走动的人都停下脚步，伸长脖子观看这一出名犬追名猫的大戏。眼看点点就要追到那猫了，猫却很机敏，突然蹿上了一棵大树，于是点点只得站在树下向上张望，它没有了任何办法，所以这场猫狗大戏反而是以猫的胜利而告终。我赶紧跑过去，用牵引绳将点点拴住，然后把点点拉回了家。

我以为这件事就此结束，因为我的狗并没有伤着人家的猫。谁知一会儿便有人按门铃，打开门，看到那位大妈叉着腰，横在我的门前，我疑惑地解释说：

“我的狗不是没有伤着您家的猫吗？”

“可是我家的猫不下来了！被吓着了！是你家的狗把我家的猫追到树上的，所以你要负责把它弄下来！”

我只得搬起家中的活动梯子架在树干上，然后颤颤悠悠地爬上去。我有恐高症，爬到梯子的最高处，离那猫还有一段距离，便不知如何是好。只见那位大妈仍然叉着腰，但嘴角上分明挂着得意的微笑，或者说她的心理多少有些平衡，因为她看到我那笨手笨脚的模样，好像替她的猫出了一口气。这时候来了两位物业的小伙子，搬来一部长长的梯子，非常利索地将那猫解救下来，同时也化解了我的危机。

点点在外会惹些麻烦，但在家是非常乖顺、守规矩的，我总对夫人讲，如果点点是人的话，它一定可以当班干部，当班长；在狗中它是完全可胜任狗班长的。点点在家中，经常得到我这样的夸奖，同时我会轻抚它的脖颈，我以为点点一定感到幸福，其实点点很实际，它更希望得到的是一把狗粮，而我却很少给，这自然引起它的不满。点点感到住在我家还不够幸福，主要的问题便是它的伙食。我喂点点，每天只给它吃一两顿，总量限制在四两，所以点点永远处于饥饿状态，一年吃不上一两顿饱餐，点点自然对我有着很大的意见。然而我这样做，完全是从狗的健康出发。因为我对人的营养健康理念是：“少食长寿，多食折寿。”狗也是这样，凡是喂多了的狗爱生病。

我看到有的人家，将狗食敞开供应，狗盆中的狗粮永远是满满的，但狗狗却多是瘦瘦的。因为这样喂法，狗敞开肚皮吃过几餐后，接着就因过食伤及脾胃，它们的吸收功能从此变差，就如同我们看到那些爱吃零食的孩子都是瘦瘦的一样。此外，这些狗很容易衰老。例如我母亲家的狗就是这样喂法，她的贵宾犬只有七八岁就患了白内障；我上海兵团战友的狗也是这样喂法，她的狗不到十岁就开始掉牙。而点点今年已经十三岁了，没有看到任何老态，跑起来并不输年轻力胜的小爱。点点和小爱是按我的养狗经喂出的狗，它们的吸收功能极强，吃得虽少，体重反而偏胖，因此"虐狗"的罪名是落不到我头上的。

如果稍有营养方面的常识，我们不难发现从小身体不好的孩子，大凡都会受到父母的溺爱，养狗也是大同小异。母亲当年养了只贵宾狗，从小体弱多病，自然会得到母亲特别的关爱，它消化力弱，吃不多食物，母亲唯恐饿着它，便把装狗粮的玻璃罐永远敞开着，让它随时能吃到东西。然而这就如同养了个喜欢吃零食的孩子，到了吃正餐的时候，总吃不下饭。母亲的那只狗也是这样，她让保姆去买肉给它吃，日子一久，狗只认肉，其余食物一概不吃。

我的母亲与她的狗杰瑞

母亲的狗叫杰瑞。有一天，我牵着杰瑞逛自由市场，走到卖狗粮的摊位。老板为了让我买他的狗粮，操着三寸不烂之舌向我推销。我说：

“如果这狗能吃一口，我就立刻买你一袋。”

老板嘿嘿一乐，掏出一把狗粮，笑眯眯地送到杰瑞面前，杰瑞闻都不闻。老板又掏出一把上等狗粮，杰瑞依旧闻都不闻。老板有些发急，跳将起来，拿了一条肉干，讨好地伸到它的嘴边，杰瑞闻了闻，依然没有下口。老板像泄了气的皮球，无奈地摇了摇头，说道：

“你这是什么精贵狗啊？我从来没见过。”

母亲把杰瑞当作孩子一样来养，当作独生子女一样宠爱。杰瑞从小到大都饿不着，它不知道饿是什么滋味，因为房间中的狗盘里，永远都盛满了上等狗粮。杰瑞只要有点儿饿，就会去叼几口狗粮，到了正餐，一般的食物杰瑞连闻都不会去闻一下，嘴巴越来越刁，身体却越来越瘦。我以点点为例，劝母亲把喂狗的方式改一改。其实很简单，只要把狗粮收起来，一天只喂两次，杰瑞嘴刁的习气一定会改变。然而几年来，任凭我磨破了嘴皮子，母亲始终不采纳我的建议。后来我终于想出了一个妙招，因为我的母亲是著名的营养师，所以我对她说：

“妈！您不是主张孩子要少吃零食吗？孩子零食吃多了就不好好吃正餐了，结果都长成‘豆芽菜’。狗也是一样的，您让杰瑞随时随地都能吃着狗粮，吃正餐时就没有了食欲，结果杰瑞反而变得越来越瘦。”

母亲听了我这席话，突然好像开了窍，立刻吩咐保姆把狗粮收起来。这个决定收到了立竿见影的效果，我再次来时，看到杰瑞正餐时能将一盘食物吃个精光。然而一周以后，一切又恢复成老样子，狗粮又被放在了外面，杰瑞时时都能吃到，它的嘴又刁起来。原因是母亲无法接

点点的身体略胖

受杰瑞哪怕出现一点儿饥饿的样子，看到了就立刻要保姆抓狗粮给它吃，甚至有一夜，母亲在睡梦中不断地说要让杰瑞吃饱。因此要让母亲接受我的喂狗方法是很难的，因为她的心肠实在太软了。

相比之下，我很少让点点吃饱，因为如果吃饱了，它就会找一个地方睡大觉，无心看家了。饿着机灵，对狗而言再恰当不过了。一天只吃两餐，而且只喂半饱，其余时间一概不喂零食。这样喂出的狗，嘴不刁，给什么吃什么，因为吸收好，所以点点反而要比杰瑞胖多了。狗饿的时候反而灵敏，所以点点看家护院可称一流，楼上楼下十分尽职。

然而因为饿，因为很少能吃到一顿饱餐，点点对食物的欲望极强，如果我将食物放在手中，它两眼盯着食物会放光，口水便不由自主地流下来。然而我又要夸点点了，我说它绝对可以做狗狗们的班长，它是世上少有的好狗。最好的证明便是我家的狗粮袋永远放在地上，并且总敞开着口，但点点从来不会主动把头伸进去吃狗粮，尽管它只要稍一探头就能吃到狗粮。只有我把狗粮放到它的狗盆中，它才大口地去吃。有几次我们回来很晚，点点已经饿得眼睛放出绿光，可是我每次检查狗粮口袋（我有记号）都确认点点从不违例。

我想其他的狗是很难做到的。记得有一年春节，我女儿朋友的一只金毛犬寄养在我家。那是一只几个月大的金毛猎犬，当狗在我家一放开，几乎是在第一时间，金毛就冲向了狗粮袋，一头扎进去，贪婪地大吃口粮。当时把我们搞了个措手不及，正准备将金毛从狗粮袋轰出来时，点点却一个箭步冲在了我们的前面。它龇着牙，嚎叫着，先把金毛赶开，接着一口咬破了金毛的鼻子。在点点的威严下，金毛顿时老实了，点点显然是在立规矩，它不允许任何外来的狗到我家，打破它一直遵守的好传统。

点点不仅不会偷吃狗粮，在人吃饭的时候，也从不打扰我们。每当我们坐在餐桌上吃饭时，点点总是端坐在旁边，从不张扬，尽管它的眼光一直盯着我们桌上的食物，甚至有时能看到它在流口水，但它依然只是静静地坐在那里，没有任何多余的动作。只是当我们将嘴里咬不动的残羹剩渣掏出给它吃时，才用它的舌头一卷，将食物吃尽。假如我们手拿一块馒头喂给它吃时，它会用眼睛对着馒头瞄一会儿，然后小心翼翼地用牙齿咬住馒头，生怕自己的牙齿碰到我们的手。

点点就是这样严格遵守着家规，任何时候都不会主动和我们抢食，

篮中的食物不会少

只有将食物投在地上，特别是放在它的狗盆里，点点才会大口地去吃。在狗盆的旁边有一个篮子，里面放着各种蔬菜和水果，有些是点点喜欢吃的，但它从不会去吃，最多只是去闻一闻，却并不张口。有几天点点在家里过夜，我们住在楼上，它睡在楼下，我有意对篮子里的食物做了清点，将近一个星期只丢了一个小西红柿。细细一想也难怪，因为那个我准备第二天做汤用的小西红柿就在篮子的边上，离点点的狗盆实在太近了，有可能是点点吃狗粮时顺口给吃了。

那个时候，每个星期六我要到城里出门诊，然后去看年迈的母亲，晚上去接学跳舞的女儿，一家三口难得一聚，于是吃饭看电影，回到家中已临近午夜。在回家的路上，我常常想点点，早就过了吃晚饭的时候，它肚子一定很饿。这时候我多么希望它能偷吃篮中的食物，我一定不会训它，可是回到家中，点点依然是那样乖顺地静候着我们，篮中的食物一样不少。

点点有这样好的品德，一方面归于它天生质朴、心善，另一方面与我的家教也有关。因为最初把点点独自放在家中的时候，它曾有过几次偷食的行为。一次装有狗粮的塑料袋放在桌上找不到了，我翻遍所有的地方，最后在桌子下面的篮子里发现了叠好的塑料袋。当我一拿起塑料袋，发现点点的眼神不对，像每次犯错误一样，低下它的头，将双足掩面。显然它将装有狗粮的塑料袋拉下来，然后将撒在地上的狗粮吃尽，再将空塑料袋叼到篮子里，用前爪踏平。我大声地训了它一顿，自此，即使狗粮的大口袋放在它面前，点点也从不会去碰，只有将狗粮抓到狗盆里，它才会去吃真正属于它的那份口粮。

有一段时间，我发现放在篮子里的西红柿和黄瓜大概每月会少几个，我自然不放过这样难得教育点点的机会，便大声地训斥它，但是后来继续观察，发现了一个规律，就是前一天，我曾当着点点的面，从篮子里拿出一个西红柿或一根黄瓜，放在狗盆中掰碎给它吃，这无疑给了点点一个错误的信号："这食物是可以吃的。"于是第二天它就吃了，但它多少还有些心虚，因为每次吃时，它会多一个心眼儿，留一个西红柿或一根黄瓜，希望此举不被主人发现。

后来发现事情并不是这样简单，因为自此我再没有当点点面从篮子里拿过西红柿或黄瓜。可有一天，一下子丢了几个西红柿，尽管我大声咆哮，点点似乎并不在意，反而更加与我亲近，并且不断向我示意要出去，我只好提前两个小时遛狗。一出去点点就要大便，蹲在那里很费力，大便开始很干，后来突然通畅了，出来的是红屎，那便是西红柿的功效。我一下子明白了，那两天给点点吃骨头多了些，它有些便秘，于是点点越轨吃西红柿通便，这是它在自我调节，或许这也是动物治疗自己疾病的一种本能吧。

点点很聪明，它的学习和模仿能力很强，例如开始我给它吃煮熟的老玉米，它是连粒带芯一起吃，后来点点看到我啃老玉米的吃法后，从此一改过去的吃法，也一口一口啃着吃了，并且吃得很细致。小区里有一只公的斑点狗，虽然头部长得不如点点俊美，但长得比点点高大，偶尔两只狗碰到一起，会亲热无比。我想那公狗一定给点点留下了深刻印象，因为自此以后，它常学那公狗的姿势撒尿，即靠近一棵树，抬起一条后腿，然后方便，以致后来许多人误把点点当成了公狗。

点点喜欢和我们坐在一起看电视，看到它那样专注的目光，我认定它一定是看懂了什么，因为有时它会发出哼唧的声音，当换频道的时候，它的眼睛也会轻微地眨一下。但狗毕竟不会像人那样认真地看电视，时间一长，它便有了几分倦意，于是头一歪，依偎在我的怀中睡着了，这应该是猫的习性，而一只大狗也会像上海人说的“真嗲”，也许点点是从曾追逐过的那只波斯猫那儿学来的。

点点给我家庭带来的安全是不可置疑的，我的房子有二百多平方米，七年前我能以很低的价格买到手，全仰仗点点，我会在后面的篇章中详细讲述房子的来龙去脉。房子有上下三层，还有前后院，在这样一个空旷的房子中，平时只住

女儿和点点一起看电视

着我们夫妻二人，安全是个大问题，但有了点点就可尽管放心，因为楼上楼下，它经常走动，它睡觉的时候眼睛是半闭的，稍有风吹草动，它便会用它那女高音般的嗓音狂吠几声，相信远近的贼们听之一定会闻风丧胆。

点点给我的家不仅带来安全，也带来快乐。我对点点最为满意的是它从不干扰我们的正常生活，我生性好静，是个十足的宅男，而点点也是好静的，它看到我忙便从来不打扰，只是寻找一个舒适的地方蜷缩着睡觉。而当我闲时，或者写作累了，想放松放松，只要叫一声点点，它便会立刻过来和我玩耍。它从不偷食，狗粮的口袋可始终敞开，食物可随意放在桌上，即使我们出去一整天，点点的肚子已经饥肠辘辘，它也不会去碰那十分想吃的食物。

点点从来不会损坏家具，甚至家中的一草一木都不会碰。偶尔它会把垃圾捣一捣，掀翻在地上一些，那是它实在饿得慌，想寻点儿主人扔掉的弃物来吃。我们发现了，便会说上几句，这时点点极往心里去，它会立即四脚朝天地躺在地上，尾巴摇着，四肢哆嗦着，它显然是在向我们认错，向我们道歉。自此，它至少会有几个月不捣垃圾，点点就是这样一只好狗，一只足可以做狗班长的狗，一只不可多得的好狗。如果我这辈子只养一只狗，我会以为世界上所有的狗都像点点那样乖顺，那样忠诚，那样能领会主人的意图，那样对看家护院尽职尽责。直到后来我养了另一只狗，我才知道我对狗的看法是大错特错的，才认识到我们是如此幸运地养了点点并且更加珍惜它了。

点点和我们生活了十余年，它的故事讲不完，在本章中虽然只是泛泛地讲，但一不留神已写了两万字，因此现在不得不暂时收笔。我讲了

点点与人为善

这许多，不过是要表达一句话，点点是只不可多得的好狗。因为自从养了点点，几乎颠覆了过去我对狗的印象，原本狗在我的印象中是凶猛的，养狗看家体现了狗的这一本能，而点点的确也是看家护院的好狗，然而通过和点点长期一起生活，我认识到狗的另一本能，那就是狗的善良、忠诚和爱心，这在点点身上更是体现得淋漓尽致。

# 第三章

# 家中的小爱

我买点点、养点点完全是因为女儿，之后我会用很长的篇幅讲述其中的故事，而我养小爱更是因为女儿。在养小爱的一年多前，她曾养过一种叫泰迪的小狗，虽然十分可爱，但却十分娇嫩。当时她借《非你莫属》舞台找到人生的第一份工作，于是用第一个月的工资买了这只狗。狗看上去毛茸茸的，像个玩具，但凭借我几十年前当兽医的眼光看，这只狗先天不足，日后必定体弱多病，应当是很难养活的。可是女儿执意要买，结果不出我的意料，买到家只活了十八天，期间送往宠物医院又扔进了双倍的钱。

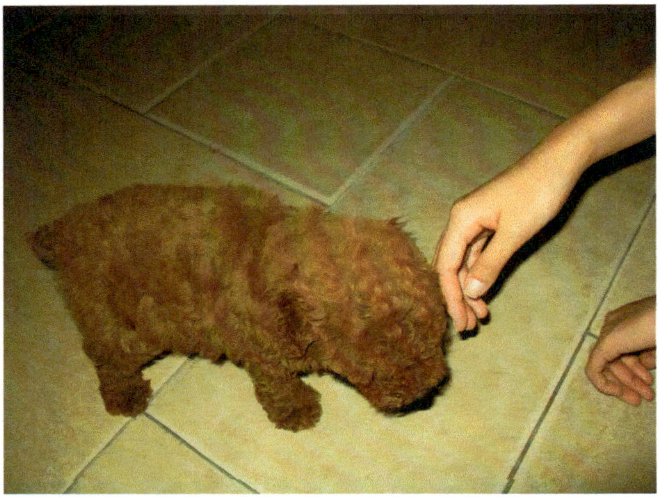

女儿自己买的狗只活了十八天

自此我就一直反对女儿养狗，并认为小狗是很难养大的，不像我家的斑点狗是从狗舍买来的大狗，将它领回家时，已经是下过一窝小狗的“妈妈”了，所以乖顺，守规矩，懂人话，能看家。然而女儿喜欢电影，她不仅在电影学院上学，同时还喜欢把电影中的情节搬到现实中。那段时期，她又被两部电影所迷住，一部是《导盲犬小Q》，另一部是《马利和我》。两部电影的主人公都是拉布拉多犬，据说这是世界上排名第二聪明的狗狗。当年女儿要买点点是因为看了电影《101斑点狗》，如今女儿又迷上了拉布拉多犬，我感到了不妙。果然她开始来缠我，说要买只拉布拉多幼犬，并且要从小养到大，这样不仅能排解她的孤独，还能培养她将来独立带孩子的能力。可是这次我的态度十分坚决，因为她有过一次养小狗的失败经历，所以不管她怎样的软磨硬泡，我一直都没有同意。

女儿的韧劲是出了名的，这有点儿像我小时候，看到一样好东西，就一定要得到手，看准一件事就一定要做到底。她后来使出杀手锏，到奶奶那儿讨救兵，她知道奶奶管着爸爸，奶奶下的命令，爸爸必定执行。于是有一天，女儿跟着我去看奶奶，奶奶喜欢孙女，这不仅是因为她取代了早逝的孙子，更重要的是有两个字把奶奶和孙女联系在一起，那就是“美丽”。奶奶李瑞芬的美丽是出了名的，而她又是颇负盛名的营养师，也许民众习惯于把美丽归于后天的营养滋养，而我更认为是先天的因素，奶奶的先天美丽以隔代遗传的方式，传给了她的孙女。

奶奶和孙女难得碰在一起，自然格外的亲，每次相见都有说不完的话。吃罢饭，我便起身坐到客厅看电视，而女儿依旧和奶奶在饭厅聊天，我不大关心她们聊什么，只知道她们聊了许久。终于，女儿推着轮椅将奶奶送出来。当轮椅推到沙发旁，我立即起身来抱母亲，因为家中只有我一个男人，这几乎成了我的专利。谁知女儿抢先一步说：

“我来！”

好在女儿已到了成年，在学校曾经是铅球、乒乓球双料冠军，应该有一把子力气，我便让她试试。只见女儿走到她奶奶面前，半蹲，双手搂腰，非常完美地把奶奶抱起来，然后轻轻地将奶奶放在沙发上。我看到母亲的脸上顿时洋溢出幸福喜悦，还没完全坐下，她便立刻向我发话：

“文纬啊！你给佳佳买只狗！”

我先是一愣，然后恍然大悟，立刻明白了刚才女儿和我母亲在聊什么。母亲在家中是最高长者，因此她的话在整个家庭是至高无上的，我一向奉为圣旨。既然是最高指示，那就只能不折不扣地去执行。我看着女儿以一副胜利者的姿态，在一旁骄傲地笑着，因为她深知只要奶奶发话，我是不敢不从的。于是我只好严肃地对女儿说了如下的一番话：

“既然奶奶发话了，那我就给你买只狗。不过你要有心理准备，养一只狗不是件小事，对于一个家庭来说，这是绝对的大事！就像收养一个孩子一样，无论生老病残，一辈子不遗不弃！因此，挑一只好狗是头等大事，不仅要挑狗的品种，而且还要挑狗的性格。你不要以为世界上所有的狗都像点点那样省心，点点这样的狗，一亿只中才能出一只！”

接着，我又向女儿提出条件和要求。

“买狗的钱我来出，但必须由我亲自挑！要挑最纯最好的拉布拉多幼犬！头两个月完全由你一个人养！你要像带小孩子一样带它！这对你来说也是个锻炼，因为有一天你也要生孩子、带孩子。两个月后如果你

点点是只文静的狗

忙，可以放到我这里和点点一起养，所以你必须买一只母狗！此外，这只狗的性格一定要是安静型的，要和点点一样文静，说不定将来我还可以把它训练成导盲犬哩。”

我的话、条件和要求，女儿全部接受，于是我们商量，第二天正好是星期天，是我唯一不出诊的日子，我将开车带她去选狗买狗。一路上，女儿歌声不断，她心中一直荡漾着快乐和幸福。为了选好狗，我们不得不连夜做功课，女儿负责查找最纯拉布拉多犬的选择标准，我则联系卖狗的地点。上次我们购买点点时就是这样分工的，结果我们合作很成功。我很快在网上查到了北京市几家颇具盛名的出售拉布拉多犬的狗舍，竟然都在通州一带，听起来名字十分响亮，分别是“世界名犬”“皇家犬舍”“旗舰犬店”等，我将他们的电话一一记下。

星期天，我们驱车来到通州台湖镇一带，打过电话便马上有人来接，被带到一个院子，觉得很熟悉，忽然想起女儿去年买的泰迪狗也是在这个院子，我们立刻警觉起来。一个满脸横肉的大汉接待了我们，他先带我们看了几只拉布拉多幼犬，女儿完全没有看中。只见那个胖墩墩的大汉的眼睛转了几圈后说：

“我们有赛级的拉布拉多幼犬，就是价格贵点。”

“多少钱？”

“六千。”

“抱出来看看！”

于是我们面前，出现了两只胖乎乎的拉布拉多幼犬。因为胖得有些过，使我想起了一些养狗人的忠告：小心某些不法商人，会给小狗打激素，造成健康、虚胖的外表。而这个院子，又使我想起了另一忠告：正规养狗在头三个月应该做完三次驱虫和打完三针疫苗。然而许多狗贩子，把从各地收来的小狗也放在这里卖，全凭一张嘴，驱虫和疫苗是否打全了只有天晓得。我想起去年女儿买的那只泰迪狗，很可能疫苗没有打全打够，这就决定了它买回来只活了十八天。想到这里，我们便往后退，准备联系其他狗场，至少要货比三家，可那汉子拦住我们说：

“你们还要到哪儿去买狗？”

我说还有世界名犬、旗舰犬店等，我还没有联系呢。他听后哈哈大笑说：

“那都是我的，我有一百多个店，你信不信？每个店不过是我的一个推销员，你联系谁，最后都会带到我这儿！带到这个院子！”

说完，他发出一阵更为响亮的狂笑。我试着打了几个电话，果然如此。只得低头向他询问那两只胖乎乎拉布拉多幼犬的最低价，他竟爽快地答道，两千就卖给你。从六千一下变成两千，我们愈发感到这小狗是被打了激素的，愈发感到这事不靠谱，于是愈发不敢买。

我和女儿商量，这次一定要看准了再买，要买最纯最好的拉布拉多

一家门面考究的狗店

幼犬。宁可多跑路，碰不到好的绝不勉强买，因为这狗狗将是我们家庭的一员，我们要养它一辈子。本来我们以为会空手而归，但在回家的路上，女儿眼尖，忽然发现一个门面考究的狗店，便把车停在门前，店主热情地把我们迎了进去。

我和女儿坐在沙发上，店主为我们沏工夫茶。了解到这个店是弟兄俩开的，已经有十多年的历史，算是“老字号”了。他们有自己的繁殖场，自产自销，种犬、母犬多次获过冠军，照片不仅挂在墙上，还刊登在宠物的杂志上。我和女儿会意地点了点头，感觉靠谱。

我们提出要买一只拉布拉多母幼犬，因为繁殖场离店面有 5 公里，所以我们等了约一个小时，终于送来了两只。看上去比先前在大院看到的要好很多，女儿拿出在网上下载的“纯种拉布拉多幼犬选择标准”反复核对，最后摇了摇头，她依然没有看中。那店主跳将起来，问如何不满意，女儿说出一大堆理由，店主居然心服口服，惊讶地说：

“看来你们还真懂狗！我们好狗都是最后拿出来的，倒是有只好狗，但这只狗离三个月还差一周，所以最后一针疫苗还没打，我们店对狗的健康百分百负责，三针疫苗和三次驱虫不做完是不出售的，但这狗确实是只好狗！不仅是纯品，而且是极品！如果这只狗你们还看不中，那我就没有办法了！”

听完店主的这番话，我们感到狗的质量和健康都有保障。立刻激起了买狗的强烈欲望，执意要看，并说我们可以一周后再来补打最后一针疫苗。店主又差人到 5 公里外的繁殖场取狗，我们则怀着极大的兴趣和耐心，又等了一个小时，当小狗出现在我们面前时，我们感到眼前一亮，并且不约而同地暗自大喜，认定今天没有白费力，没有白等，因为我们确实等到了一只好狗。

小爱第一眼看上去很安静

女儿又拿出“纯种拉布拉多幼犬选择标准”核对，不仅每一项达标，而且都获得最高分。我们如获至宝，决意买下，但店主出价6000元，因为是货真价实，所以砍价变得异常艰难，好在女儿是砍价高手，加上她美丽的外形，在砍价时常常能胜出。大约过了半个小时，她终于从6000元砍到4000元，然后就再也砍不动了，于是我不得不亲自出马。

我将自己的名片恭恭敬敬地递给店主，告诉他说我是一位老中医，并且曾经是一位兽医。一面说着，一面将书包里装的3000元钱全部拍在他的桌上，说我今天买狗是非常有诚意的，但今天只带了3000元，如果我们有缘，你就把狗卖给我。店主仔细看了看名片，又端详了我许久，隐隐约约感到或许将来我对他们有用得着的地方，甚至可能还会有某种合作，于是多少有些心痛地说：

“我这可是赔本买卖啊！就算我们交个朋友吧！”

最后他握了握我的手，小心地将我的名片装起来，我们的买卖就这样成交了。

女儿非常中意这只狗，坐在汽车上频频用手机给它拍照片，并发到网上，她有几万粉丝，让大家给小狗起名字。那天是5月20日，是网络情人节，520的谐音是“我爱你”，

小爱第二眼看上去充满活力

于是狗的名字便被命名为“小爱”。

小爱就这样先来到了我女儿住的家，我帮她买好狗盆、饮水盆、自动喂食器、狗窝、狗笼、狗链、牵引带和最优等的幼犬狗粮，所有的费用都由我这个外公出，因为这只狗确实由我亲自选择的，至少是我把关的。作为一个几十年前当过兽医，并且一辈子和动物打交道的老者，我很相信自己的眼力，确信我们又买到了一只不亚于点点甚至超过点点的好狗。我将一切安顿好，终于深深地吁了一口气，这一天整整用了我八个小时的时间，我拖着疲惫的身体离开了女儿的家。临走的时候，又看了一眼小爱，感觉它不仅可爱，而且很萌。

小爱第三眼看上去很萌

女儿的确实现了她的诺言，完全带、养了小爱两个月。这两个月对20岁的她来说是极大的锻炼，无论她过去多么懒散，也不管她现在多么忙，面对一个可爱的新生命，她必须全方位地照顾它的吃、喝、拉、撒，使这个生命得以延续，并且健康发育和快速生长。清晨，女儿再也不能睡懒觉，因为小爱早早就把她唤醒，她不得不起身为小爱换纸和清理屎尿，然后将极富营养的幼犬狗粮用温水泡软，看着小爱贪婪地吃。走时，女儿又不得不将小爱安置好，设法阻止好动、活泼的小爱咬损家具，同时把自动喂食喂水器调好。

回家后，第一件事便是看小爱，她蹑手蹑脚地走进屋中，看到睡在枕头上的小爱十分可爱，于是用手机偷偷拍下了这张小爱的照片，发到网上便引来粉丝们的一片赞叹。每次回到家，她先为小爱清理好屎尿，然后让它在房间里随意玩。女儿做饭、吃饭时，小爱一直陪伴在她的左右。吃罢饭，女儿按照从网上下载的驯狗方法开始训练小爱，如坐、趴下装死、将扔出去的玩具叼回来等都是小爱那个时候学会的，所以女儿实际上是它的第一位启蒙老师。

小爱睡觉时很可爱

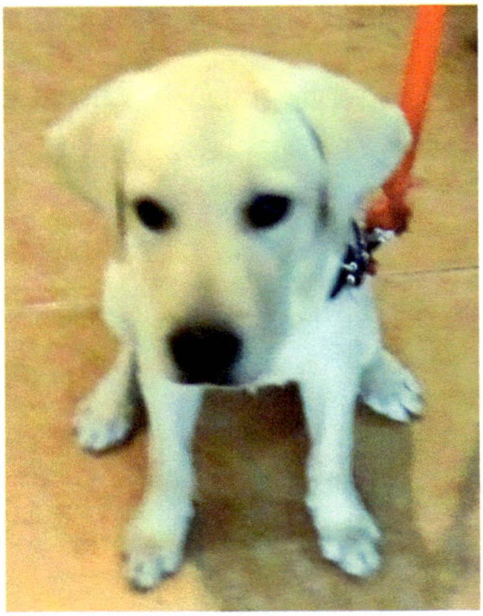
四个多月的小爱依然很萌

说句坦白的话，买回小爱的头两个月我没操什么心，只记得给女儿送过两次旧报纸，因为小爱的屎尿多，需要的报纸便多。还有一次，将近午夜十二点，突然接到女儿的电话，她在小区里遛小爱时忘记了带钥匙，于是我不得不爬起来，驱车20公里为她去开门。此外，便没有再让我烦心的了，我想同意她养这只狗的最初目的应该是达到了，那就是锻炼她的独立生活能力，同时让她学会照顾和养育另一个生命。两个月后，女儿要连续录制节目不能照顾小爱，提出将小爱送到我家，希望它与点点一起生活，我二话没说就一口答应了。

当女儿将狗牵到我家时，小爱看上去比刚来时大了许多，但从它的眼神中依然可看到它的可爱和它的萌，我和夫人一下子就喜欢上了它。点点不断发出不友好的吼声，特别是当小爱一头扎进狗粮袋，点点的吼声便达到了顶点。显然这表示出了点点强烈的地域观念，也表达了点点对小爱无礼的不满，当然也暴露了点点的争宠心理。点点作为一只老狗，它心里清楚地认识到，这么一只有高贵血统的可爱小狗，早晚会博得主人的欢心，那么它在主人心中的地位有可能迅速下降。我看出了点点的心思，但小爱不仅年龄小，而且个头也小，与点点相比，它是个弱小的生命，所以为了保护弱者，我拼命拉住点点，呵斥点点，同时我也

刚来的小爱十分讨人喜爱

不断用手抚摸点点，试图安抚点点不平衡的心，并最终使点点接纳了小爱。

刚来的小爱十分讨人喜爱，说它有魅力可能不恰当，但作为刚刚来到世上的一个生命，它犹如含苞待放的花朵那样，表现出了一个新生命的无限活力和魅力。它天真无邪，面对世界表现出了极大的好奇心，从女儿的小三居，突然来到了这样大的房间，一切对它来说十分陌生，它不敢上楼梯，常常只爬了几级台阶，便怯生生地望着上面，又胆怯地折返下来。然而一楼的空间也足够大，它闻闻这儿，嗅嗅那儿，有时叼出一个发卡，交到它的外婆手里，也就是我夫人手里，立刻得到夸奖：

“小爱真乖！这个发卡我已经找了好几个月，今天被我外孙女找到了。”

于是立刻奖赏了小爱一把狗粮，显然夫人对小爱的偏爱已超过点点。点点见到此情，常常愤愤地跑到楼上，我则尾随其上，为它按摩，同时也给它一把狗粮，以抚平点点失宠的心。

作为几十年前的一位老兽医，一辈子又和多种动物打过交道，我是颇懂动物心理的。我认为狗和人一样，他们的性格和神经类型都是天生的，如果一生平稳、生活环境稳定，无论是人或动物性格都不会轻易改变。除非受到特别大的刺激或生活环境有重大的变故，性格才会改变。点点的性格是内向的，神经类型属于安静型，虽然它不够灵敏，但富于心计，善于准确地观察周围的事和人，一有动静、一有情况，它会勇敢地出击。然而在和平安全的环境下，在风平浪静的时候，或者说当主人们过着正常快乐和谐的生活时，它则会找个地方睡大觉，好像没有它的存在一样，它从不打扰主人的正常生活和工作，因此从这个意义上说，养点点是非常省心的。

如果小爱不来，我以为世界上的狗都和点点差不多，都是让人这样省心；如果端详小爱上述的照片，也很容易把小爱看作是一只内向、安静、乖顺的狗；可是谁能想象得到，这样一个给人以很萌样子的狗，实在是假象，小爱实际上是一只与点点的性格和神经类型完全相反的狗，它们有着天壤之别。

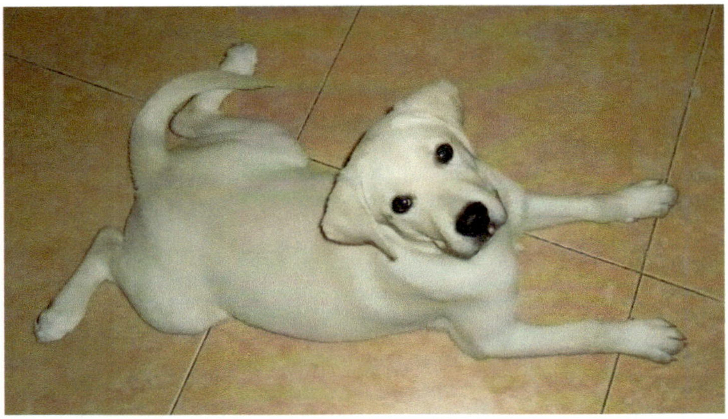

小爱的眼神中蕴藏着调皮

我很相信自己的眼力，虽然我被小爱的“萌样”着实蒙骗了很久，但第二天我就发现了小爱的眼神中蕴藏了调皮和逆反，它的性格活泼外向，它是一只神经兴奋型的狗，我甚至怀疑它有多动症。小爱喜欢和人玩耍，并且希望人一刻不停地陪它玩。如若停下来，或者不理它，小爱就会生出一些事来，它的目的就是一个，要引起人的注意，陪它玩，或者给它一些吃的。小爱的眼神时刻都在四处寻找，当找到一个目标，它会第一时间冲过去，将东西叼到嘴里，然后向人炫耀。如果我们发现后大叫，这正是它求之不得的；如果去追它，它便开始与你周旋，与你躲猫猫。因为对它来说，游戏才刚刚开始。它叼的东西最初是拖鞋、抹布之类的，之后发展到帽子、围巾、眼镜，继而发展到衣服、手机。如果你不愿意与它玩游戏，采取不理的态度，它会做出更引人注意的行为，那就是当着你的面撕咬东西，我的两件毛衣就是这样被小爱咬坏的。

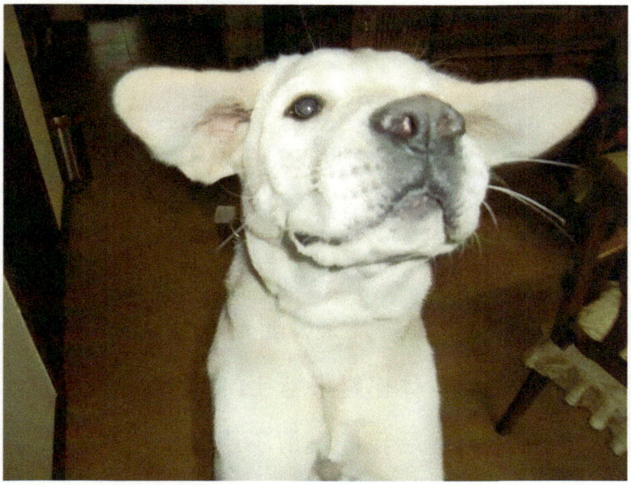

小爱的“萌”已被“浑”所代替

小爱长大后的照片中已完全没有了小时候的“萌”，而完全被“浑”所代替，伪装已经全部剥去，它的本性被彻底大暴露。事实上，小爱是一只“浑狗”，虽然从来不伤人，但它是一只时刻要损坏家具、咬毁东西的狗，是个十足的“破坏王”。说得委婉点儿，它至少也是一只问题狗。据说拉布拉多犬是世界上非常优良的品种，其中相当一部分狗可以培养成导盲犬，但培训前选择狗的性格是非常重要和严格的，被选中的狗性格多为安静、内向，而那些性格外向、好动活泼、过于兴奋的狗则往往会被淘汰。小爱显然属于后者，属于被淘汰之列，而如今这只狗却砸在了我手里。我突然觉得自己很失败，虽然几十年前当过兽医，一辈子和不少动物打过交道，但这一次我确实看走了眼，完全被小爱萌萌的样子所欺骗，我就好像一个收藏家买到了一件赝品那样懊恼不已。然而我现在又不得不面对现实，女儿带养小爱两个月的任务已经完成，而这只狗当初是我亲自挑选的，钱又是我付的，也就是说狗的所有权是我的，自然抚养权也是我的，不管我喜欢不喜欢，我必须养小爱一辈子。

小爱平时被铁链子拴着

小爱显然不能像点点那样可以随便放养在家里，它必须用链子拴着。我们把它拴在楼梯的铁翼上，链子被它接连咬断了好几条，随着小爱一天天长大，体格越来越壮，力气也越来越大，最后我们不得不用铁链子，但旁边的实木家具仍然不能幸免。我们对小爱真是防不胜防，现在也只能是把它当作一个“浑球”来养了。

小爱是只和点点完全相反的一只狗，它的脑子里全是坏主意，它的眼睛只要一闪，就立刻能憋出一个“坏”来。如果用“好狗不挡道”这个试金石来试一下小爱，马上就真相大白了，因为它不仅挡道，而且会站起来，立刻扑到你的胸前。我为了纠正它扑人的坏毛病，便使出一个怪招儿。当小爱扑到我的胸前时，就乘机握住它的两条前腿，然后与它同步快速前进和倒退，小爱开始颇感难受和吃力，谁知它很快适应，结果我的前后牵拉变成了小爱有节奏的舞步，于是我们之间就上演了独特的人狗舞。我干脆放音乐，结果在华尔兹舞音乐的节奏下，小爱有节奏地迈着步，眼睛露出兴奋的目光，我感到它对跳舞已达到了如痴如醉的地步，于是这又成了它非常爱玩的游戏。

“好狗不挡道”对小爱来说是一句空话，每当我走向小爱时，它会立即横在我面前，然后跳个不停，它试图用一跳一跳的方式来拦截我。如果旁边有个沙发，它会把两条前腿搭在沙发的臂膀上，这样它就能用肥大的身躯横在我的面前，似乎是向我挑战。遇到这种状况，我会用两只手揪住它的耳朵，就像当年我驯马那样，用整个身体压住它的身体，使它感到非常难受。小爱做出拼命挣扎状，然后慢慢挣脱。我以为这一招儿终于制服了小爱。谁知自此小爱就好这口了，以后每当小爱遇到一个沙发，它都会将两只前腿搭在沙发的臂膀上，等待我揪它的耳朵，等待我用身子压住它的身子。于是我只好如法炮制，而小爱同样做出拼命挣扎状，然后挣脱，接着两只前腿又搭在另一沙发的臂膀上，等待我再次揪它的耳朵，再次用我的身体压住它的身子。我终于慢慢悟出了小爱的真实意图，感到自己又中计了，这不过是小爱为我设

小爱跑时也不忘叼东西

计的又一个游戏。

我家的后院是点点和小爱玩耍的场地，在进入正屋前，有一条长长的走廊，那里除了放粮食和蔬菜、水果外，还放着一个跑步机，但毕竟还有七八米长的过道。每次点点和小爱从院子里进来，我为了让两只狗爪子上的泥土不带到屋里，就让它们在这个过道上进行折返跑，我大声喊着："转！转！"于是它俩就在过道上不停地转圈，只不过点点总是偷懒转小圈，小爱则浑身有使不完的劲，像上足了发条一样跑着大圈。为了防止小爱停下来叼食物，也为了让小爱跑得更快，我手中常常会拿着一只拖鞋不断抽打小爱的屁股。我以为小爱一定怕挨打，因为打后它就拼命跑，心想终于找到了整治小爱的狠招儿了。谁知有几次，我忘记了拿拖鞋，小爱的步伐明显慢下来，我就更为大声地吆喝着："转！"似乎并不见效，这时小爱突然会叼住一只拖鞋，然后转一圈，跑过来送到我的手中，当我像每次那样继续用拖鞋抽打小爱屁股时，小爱的速度立刻加快了。这时我才恍然大悟，原来小爱是喜欢我用拖鞋抽打它的屁股，使它能拼命跑。它一定觉得很刺激，很爽快，显然这是它和我玩的另一个游戏。

如果说小爱是只恶狗，这也似乎不公平，因为小爱从来没有咬过人，即使把手伸进它的嘴里，它也不会下口。我注意到，小爱和人或狗玩耍时，它的牙齿有时会做出咬的动作，但它绝不下狠口，所以从这一点来说，小爱在本质上还是善良的。然而它的天性就是喜欢玩，和其他狗玩，和人玩，如果你采取不理睬的态度，它就要损坏东西以引起你的注意，如果说损坏一些小东西也就罢了，但有一次小爱的恶作剧似乎大了一些，这使我对小爱极度失望，而我的夫人则几乎精神崩溃。

那天我们出去的时间有点长，小爱的铁链被挣脱了，我们回家时在一楼找不到小爱，只有一条断裂的铁链，显然小爱跑到楼上作案去了。待我们上到楼，那场面使我们目瞪口呆，因为这个家好似被打劫了一

小爱损坏的部分衣物

样。我立时拍了几张照片，现在仅把一个角落公布于众。

这个房间严格意义上不是一个正规的房间，是阳台改造的一个工作室，或者说是我夫人的缝纫绣花工作室，这次的损失并不大，但足以举证小爱的破坏性了。

楼上共有三间卧室，因为涉及隐私，我就不公布那些更为惨烈的照片了。我只是用文字略微描述一下，反正我和夫人的很多衣服都找不到了，结果横七扭八地出现在另一房间的床上或地板上，而我们的主卧又出现了许多别的房间的衣物和东西。我细细算了算，如果将这些衣物和东西一件一件归位，需要来回二百多趟。也就是说在我们出去的几个小时，小爱挣脱了锁链，先在楼下转了转，觉得不好玩，于是它第一次大着胆子，蹑手蹑脚地走上楼梯，展现在它眼前的是一个全新的世界，它看到了主人有这么多好看的衣服。

出于好奇，小爱将衣服、裤子、帽子、领带一件一件叼到另一间屋子，为了数目的平衡，它又把这间屋子中枕头、毯子、T 恤、内衣、袜子叼往第三个房间。在这几个小时，相信小爱一直跑着跳着做这件事，它干劲十足，甚至喘着粗气，但它却十分快乐，甚至可以说玩得爽极了。如果有监控录像，那一幕幕或许可做成价值不菲的视频录像。最后小爱大概玩累了，它找到了我夫人的工作室，房间里正好有一个长长的沙发，它舒服地躺在上面，开始咬布片，然后发现有一件蓬松棉做成的棉衣，立刻将其撕得粉碎，它真是玩爽了！直到主人回来，揪住它的耳朵，将其拖到楼下。

面对家中的惨景，我和夫人面面相觑。我们终于领教了世界上与点点完全不同的一只狗，那是只破坏性极强的狗，有着一身恶习的问题狗，而我们则不得不一辈子和它生活，并且要担负这个“浑球”闯下的所有祸。我们感到了问题的严重性，就好像自己的孩子是个问题少年，到处淘气惹祸，那么下一步该如何？我的夫人开始到处打电话咨询，同时也上网查询，最后她做出了一个惊人的决定，要把小爱送到狗学校培训，并且说两个月 6000 元的学费从她的工资卡里出。

我当时觉得夫人做出这个决定似乎有些过，因为当初买小爱只花了 3000 元，而夫人却要用小爱两倍的身价投到它的教育上，再说点点这样的好狗，从来没有上过狗学校，说它自学成才也好，说它天生就是良才也行，反正它是一只不可多得的好狗。然而我的夫人不知是从哪儿看到的信息，说世界上最聪明的狗是边境牧羊犬，而拉布拉多犬是世界上第二聪明的狗，对它们的早期教育十分重要，应该从出生四五个月开始训练，如果超过一岁便训练不出来了，而此时小爱已经有九个月。夫人开始举人的例子，说凡是有出息的成功人士，小的时候都非常淘气，别看小爱现在是个“浑球”，或者说是一个“捣蛋鬼”，说得轻点儿也是一只非常淘气的狗，但它实际上是只非常聪明的狗，如果经过培训，它将来肯定在点点之上的，又何况点点毕竟老了，我们将来和小爱生活时间会很长，所以给小爱投些教育费也是值得的。

夫人的这些话终于说动了我，当时给我的感觉，好像是如果我不同意让小爱上学校，我会把这只聪明绝顶的拉布拉多犬给耽误了，况且那时候我正在写《走进老人心灵的深处》这本书，需要静下心来写，但小爱三天两头挣开链子惹出很多事情来，搞得我心烦意乱。更为重要的是，作为兽医，我发现那条铁链子勒伤了小爱的腿，也勒伤了小爱的气管，真怕有一天我们不在，小爱因为拼命挣脱出个事故，比如说小爱被

小爱上狗校的第一天

勒死，这种危险不是不可能发生。我清楚地记得，在我几十年前当兽医时，有一匹马就是这样勒死的。想到这里，我立刻变得急不可待，甚至变得比夫人还要急，决意要把小爱送到狗学校去。

我们驱车几十公里，到了一家夫人认为很靠谱的犬校，它坐落在一个私人的养马驯马基地，马场的每匹马都价值不菲，身价在上百万元至几百万元不等，可见老板的实力不凡，而狗学校不过是马场的副业。整个基地宽大而舒适，狗舍够得上星级，训练员大多是从武警部队下来的，他们均有驯军犬的经验和专业知识。我们在参观了狗学校并且与驯狗师交谈后，觉得他们的确很专业。例如我为了展示一下与小爱亲密无间，当场和小爱表演起我们经常跳的人狗舞，结果被告知这样会养成它的恶习，比如小爱扑人的坏习气很可能是源于我们的人狗舞，因为它扑人并不是要伤人，而是要与人做游戏，与人共舞。他们的这番话，使我这个自称为动物专家的养狗者除了感到内疚外，也觉得他们确实言之有理，所以将小爱交给他们应该是非常放心的。于是我的夫人拿出她的工资卡，让学校刷了6000元，然后为小爱办理了入学手续。兽医在为小爱做体检时发现它气管狭窄，这可能是长期被铁链勒的结果，一条后腿也因铁链勒伤后影响了小爱的运动。它虽然跑得仍然很快，但从后面望过去，后腿是一撇一撇的，坐的时候有一条腿习惯性地放置在前面，而它的屁股总是歪向一边。听到兽医报告的检查结果，我的心便有些痛，希望经过狗学校的学习和培训，小爱能变成一只听话的狗，能够永远甩掉那条可恶的铁链子。

小爱独自享用的狗舍

给小爱办完了入学手续后，我们便一起把小爱送到宿舍，这是足以和北京动物园、野生动物园的设施相比的。院子是水泥砌成的，足有三十余平方米，有一扇小门连接着小爱的宿舍，房间有十余平方米，在水泥地上为小爱搭了一个铺，上面放着一床新被子，只可惜当天夜里，小爱就把那床新被子撕得粉碎。学校不得不对小爱实施24小时监控，当小爱只要再向它的第二条新被子做出撕咬动作时，监控员便发出制止的吼声，小爱惊恐地四处寻找人的踪迹，却找不到人的声音是从哪里发出来的，所以它的撕咬动作就这样一次又一次被制止住了。小爱的恶习

观摩小爱的训练课

也就这样一次又一次地收敛着，终于暂时得到了纠正。

小爱的训练是封闭式的，一位朱教练全权负责小爱的训练，至于学校是如何具体训练的，我们则全然不知。但两个月后，也就是小爱毕业的那天，朱教练向我介绍小爱在学校的表现时说："小爱非常聪明，它的结业考试门门都是优。"说着给了我们一盘小爱结业考试的视频，今天当我写这一章的时候，特地又放了一遍视频看，小爱的表现的确很出色。考试的内容有坐、卧、趴下装死；此外还可看到小爱遛弯儿时总靠在人的身边，不会越到人的前面；小爱坐在那里，长时间地端坐着，一动也不动，表现出它的静功和定力；小爱可以按照指令狂吠，将抛出很远的东西叼回，与人做钻裆游戏；假如生人出现在面前，它不会扑，如果生人给它喂食，它会拒食，甚至连闻都不会闻一下。最为精彩的是小爱学会了算算术，十以内的加减法几乎都能算对，偶尔超过十的题目也能算出，这对狗来说，实际上已达到博士学历的水平了。

那时我已完成了《走进老人心灵的深处》的初稿，不再惧怕小爱的打扰，因此接回了小爱，并且在当晚带着它和点点去了附近的一个大公园。那个公园有几处豁口和外界相连，我们便带着这两只狗潜入进去，公园还在修建中，但已修好的部分如同皇家公园，其大出乎一般人想象，我只能用漫无边际加以形容，反正深夜在里面走几个小时，如入无人之境，几乎碰不到人。点点和小爱就在这样美好的环境中自由奔跑，它们真是感到了无比的快乐。在夜深人静中，我突然发现了小爱超出点点之上的一个优点。小爱总是形影不离，紧紧尾随着我们，而点点有时却没了踪迹，只有在我们不断呼叫下，它才从远处狂奔过来，从点点着急的眼神中，看出了它怕丢的心理，但它却不能紧随不离地跟着我们，而小爱却是训练有素，紧跟不舍，一步也不会落下。不知道小爱这个素养是学校培育的结果，还是源于它的本能。

小爱刚回家的第一天真是令我惊奇，如果用绅士风度来形容小爱或许不够恰当，因为它毕竟是一只母狗，那么就让我用大家闺秀来形容小爱吧。它像在公园里跟着我一样，在家同样也跟着我。当走到楼上工作室，我打开电脑开始写作或拿起毛笔准备练书法时，它竟匍匐在我的脚下，静静地等待在一旁，对身旁的

小爱变成了大家闺秀

毛笔纸稿竟看也不看一眼，如若在上学前，早就会把这些纸顷刻撕得粉碎。

如果小爱能永远这样，我便心满意足，我会跷起大拇指对夫人说："你给小爱投的6000元教育费，值！"小爱回家的头三天的表现是可圈可点的，它被自由地放在楼下，点点则睡在楼上，三天平安无事，没有家具和物品被损坏，我们心中暗暗欣喜。然而第四天发现，我的一件毛衣被小爱拖下来咬了好几个洞。我一手拿毛衣，一手揪住小爱的耳朵，向它大声咆哮，但无济于事。第五天发现更多的物品被小爱咬坏，于是不得不对小爱采取强制措施。可这时再用铁链子拴小爱我已于心不忍，就如同用强制的手段对待一位海归博士，但是也不能让小爱这样我行我素，于是苦苦思索，最后终于想出了一条妙计。我将楼下的一间九平方米的厕所做了一次彻底的整理，将凡是小爱能咬的物品全部清走，然后把小爱关在这间厕所里。从此，楼下的厕所被小爱独自占有，成了它的窝。

关进厕所的小爱比较消停，在厕所里放上一大碗水，扔给它一根牛尾，它便会心满意足地在里面睡上一宿，但每天凌晨天还蒙蒙亮时，它便在厕所里叫个不停，大概是屎尿憋的。于是我不得不从温暖的被窝里爬起，叫上点点，尽管点点那时还睡得正酣，让它那么早出去也是不情愿的，但是我不得不按着小爱的生物钟行事，否则小爱会叫个不停。好在我不必一大早起来遛这两个狗东西，而仅仅是走下楼，将连接后院的门打开，把两只狗轰出去，然后再钻回到温暖的被窝，试图睡个回笼觉，但往往就再也睡不着了。此时，不得不抱怨，或许这辈子永远也睡不得一个安稳觉了。

然而过了两个月，小爱此时已过一岁，身体已完全发育为一只成年犬，它的初潮开始到来，它第一次月经 21 天也很正常，所以它的屎尿憋的时间也开始拉长。而我在睡前会把点点和小爱放到院子里，让它们比平时多方便一次，然后挑选一根足够大的牛尾塞给小爱吃，这样小爱清晨吠叫的时间就不断推迟，从五六点到七八点，最后延迟到九十点，以致后来竟不叫了。这样，我们的生活又恢复到正常，昔日的安宁又重归我家。

小爱在厨房叼抹布

和小爱上狗学校前相比，小爱只是不需要用铁链了，所以对它的身体不会构成伤害。而它在学校学过的才艺和本领，随着时间的推移慢慢都废掉了，小爱依然像上学前那样喜欢撕咬东西，甚至有过之而无不及。因为它的体格比以前大，身体比以前壮，自然力气也比以前大。所以每当把它放出来，它就像打了鸡血一样冲出来，在第一时间寻找适合叼到嘴里的任何物品，诸如抹布、帽子、围巾、眼镜、发夹等，我常常手拿棍子进行拦截。

这支棍子是女儿专门买给我的，让我用来训练小爱，她十分推崇“棍棒底下出孝子”的教育方式，或许将来她能成为一个“虎妈”，她总认为我对小爱太软，小爱的一身坏毛病都是因为我的溺爱，所以她将棍子交给我，希望我用强硬的手段管住小爱。可是她哪里知道，那棍子是

只有揪住耳朵才能制服小爱

尼龙做的，打在身上虽有些轻微的疼，但绝对是打不坏身子的，所以小爱对那棍子并不害怕，开始打时会闭上眼睛稍稍躲两下，后来便不再躲了，因为那正是它所追求和喜欢的疼痛感。或许适度的疼痛能给它带来快感，正如人此时会产生快乐物质脑啡肽，狗也同样能产生。于是在我的家中，就经常出现这样有趣的一幕：我在前面拼命挥舞着棍子，甚至像雨点般地打在小爱的身上，然而小爱则像坦克一样不断挺进，而我只好一步一步退却，最后小爱冲进厨房，高高跃起，非常轻松地将一块抹布叼到嘴中。这时候，我只得将棍子放下，冲过去，一只手揪住小爱的耳朵，另一只手从它嘴里将抹布抠出。

对于小爱在狗学校学习前后的表现，我实在看不出有什么不同，当然我丝毫不怀疑那所狗学校的教学质量，无论是硬件设施还是教学水平，我至今都认为无论北京还是全国，这所狗学校都该是数一数二的。但毕竟“江山易改本性难移”“狗改不了吃屎”，小爱的本性并不恶，甚至善良，但它活在世上或许就是为了两个字：“吃”和“玩”。它的座右铭就是：与人或狗游戏一生。

人总是有点儿虚伪，我们花掉了6000元学费让小爱上狗学校，其实并没有实质上的效果，因为我们至今不能把小爱像点点那样自由地放在家里。每天的大部分时间我们不得不将小爱关在厕所里，但在外人面前，我却经常吹嘘小爱进过狗学校，甚至把它美化成“海归博士”，夸赞它会算算术、掌握很多才艺。外人们一般先表示出惊讶，我辨不清楚它们是不是故作惊讶，但他们常常附和着我的得意。然而有一次当我说给保姆听时，得到了不一样的回答。保姆是每周来一次的钟点工，然而她的大实话尽管不中听，但却是很实在，她说：

“算算术没有用！会那么多表演也没有用！关键是能像点点那样乖又能看家就行！不咬东西、不扑人就行！”

她一针见血的话，使我感到无语，甚至有些目瞪口呆。

接下来她又找补了一句话：

“像小爱这样的狗，我们村有的是，50 元一只没人要！”

保姆的最后一句话，使我不禁哑然失笑，我想她一定把拉布拉多名犬与农村的土黄狗混为一谈了。

一个人如果做错一件事，或被人“宰”了，或生意亏本，同时又听了不中意的话，此时的心情一定很坏，但为了寻求心理平衡，或自我安慰，最好是一切往好处想。保姆的大实话虽然不中听，但我紧紧抓住小爱的一点变化来聊以自慰，那就是上学前小爱必须用铁链拴着，而现在将铁链子已经彻底甩掉，小爱可以舒服地被关在厕所了，这就是一个莫大的进步。但细细一想，假如当初女儿第一次将小爱送到家中时，我就能想到把它关在厕所，而不用链子拴，那么小爱是不是就不必上狗校，我们也无须花这 6000 元。想到这里，我就感到极度的懊丧，可是窝在心里又说不出口，于是有时会向夫人甩一句使她感到不中听的话：

“我看给小爱投的 6000 元教育费是打了水漂了！”

然而我的夫人并不在意，似乎也并不认可。我则对小爱越来越看不上眼，而对点点则越加偏爱。关于小爱是否会算算术，有一次，我曾给它出过几道题，它没有任何反应，于是我对这只问题狗更加失望，更坚定了我的看法：给小爱投的 6000 元教育费是彻底打水漂了！我把上述看法告诉了我的女儿，女儿坚信小爱会算算术，那天小爱非常饥饿，女儿拿了一把狗粮居然把小爱算算术的潜能完全挖掘出来了。自

小爱抢答算术题时，
点点目瞪口呆

此，每当我喂点点和小爱狗粮时，便多了一道程序，我会让它们坐好，然后出一道算术题，小爱每次都会抢答，而且回答正确。点点则只是坐在一旁看着，没有任何反应，它目瞪口呆，流露出望尘莫及的表情。我想这或许是“海归”与自学成才的区别，于是我的心理不平衡多少有了些缓解。

小爱上狗校的成果总算保住了一个，所以现在我和外人介绍小爱时便会说，它上过狗校，但现在除了会算算术，其他都忘了，花出去6000元都打了水漂！但大多数人仍然会表示出惊讶，我依然分辨不清楚他们是故作惊讶，还是有意恭维，我听到他们是这样回答的：

“你说什么？狗会算算术？那很不简单哩！那狗狗该有多聪明呀！”

于是我便有了几分得意，那么这6000元是不是算打了水漂呢？直到 2013 年 12 月 11 日北京电视台播出了小爱的出色表演后，才为小爱彻底平了反，也为这笔教育费的投资取得了合理的回报，小爱的聪明才智已为天下许多人知道，虽然到目前为止它还是一只问题狗，但它确实是一只聪明绝顶的狗。

第四章

# 点点与小爱的『和平共处』

点点与小爱是完全不同的两种狗。点点是大麦町，俗称斑点狗。从百度百科中了解到，斑点狗性情平静而警惕，毫不羞怯，表情聪明伶俐，听话易驯，感觉敏锐，警戒心强，容易与小孩相处。大麦町犬具有极好的耐力，奔跑速度相当快，因为拥有出色的奔跑与撕咬能力，所以经常被用作比赛犬。大麦町犬被公认为狗中最优雅的品种之一，已有数千年的历史，有人认为其起源于埃及和印度，因深受吉卜赛人喜爱，而流落散布整个欧洲。十九世纪英国及法国的贵族把它们作为马车的护卫犬，跟随在马车的前后奔跑，因此又被称为马车犬。

小爱是拉布拉多犬。从百度百科中了解到，拉布拉多犬起源于1800年前的加拿大，但不是拉布拉多地区，而是加拿大东南方的纽芬兰岛。十九世纪初，拉布拉多犬从纽芬兰搭乘运盐船远渡英国。拉布拉多犬个性温和、活泼，没有攻击性且智能高，适合被选作导盲犬或其他工作犬。现今它除了作为猎犬外，还可训练为引导犬，用于侦察毒品、爆炸物等，其嗅觉灵敏度令其他犬种望尘莫及。此外，它也是最常见的伴侣犬。

拉布拉多犬作为服务犬主要用来协助行动不便的残障者，帮他们拉轮椅、开门、开关灯、拾物品等。它们可以和主人到超市采购，把所要买的产品放入购物车中，回家后还会帮助主人把东西放好。作为安慰犬则不需要特别训练，只要狗的脾气好、任人触摸、无攻击性或太过害羞即可。它们可以跟着主人定期到各医院或疗养机构，探视患病或孤苦无依的老人和幼童，让人们自由触摸或跟它说话，以慰藉受伤或孤寂者的心。导盲犬主要是用来帮助盲人，带他们通过马路和拥挤的人群，帮他们开门及通过障碍物。它必须能够自行判断主人命令是否要遵守，必须懂得违抗不好的命令，以避免主人遭遇不测，这样的狗只能是千中选一。拉布拉多猎犬性情温和、聪明听话、容易训练、活泼好动、忠实主人、服从指挥，是最受欢迎和值得信赖的家庭犬。

小爱第一次看到点点时是惧怕的

从百度百科提供的资料看，点点与小爱是完全不同品种的狗，而它们的年龄相差一轮，即在狗来说相差 12 岁，而按人的年龄计算还要乘以 7，那就是 84 岁，因此它们之间相差了几代，它们是一老一少，自然存在着严重的代沟。当女儿第一次将小爱带回家，小爱看到点点时是惧怕的，因为从个头上来说，小爱与点点相比，小爱简直是个“小土豆”，它看着高大、威严的姨妈，在最初的几秒钟内，我看到小爱缩在一旁瑟瑟发抖。从一个熟悉的小家到一个陌生的大家，而这个家是姨妈点点的地盘，因为在点点看来“我的地盘我做主”。对狗来说，除了有极强的领地观念外，还有埋藏在内心深处的统治欲。最初点点是不把小爱放在眼里的，我不知道狗之间初次见面应该怎样打招呼，我只是看到小爱仰着头，望了望眼前的“老夫人”，它怯生生地走过去，颤颤地伸出一只前爪，做出探一探的姿态，但并不敢触到点点，或许这就是小爱第一次向它姨妈的问候。点点当时只是轻轻哼了一声，这声音并没有表示点点准备接纳它的外甥女，但也没有表示它的完全排斥。

小爱开始松弛下来，它正在迅速适应眼前陌生的环境，它对这个大家开始好奇起来，它一眼就看到了那个敞开口的狗粮袋，于是一头扎进了口袋，贪婪地不顾一切地嚼食点点的口粮。小爱的这一毫无教养的举动，使我们措手不及，还没等我们上前阻拦时，点点吠叫着冲了上去，一口咬住小爱的耳朵，硬是把它从狗粮袋中拖了出来。我们赶紧把两只狗拉开，点点却不停地向小爱咆哮，显然它在向小爱示威，给小爱立规矩，它不允许小爱这样肆无忌惮地碰自己从来都不敢碰的狗粮袋。

然而要想征服这个比它小一轮的拉布拉多犬也不是一件易事，点点很快发现这只个子比它矮一头的幼犬精力充沛，它能成天缠着姨妈不停地玩耍、撕咬，这显然打破了点点平静的生活。对于一只十余岁的狗来说，点点已经步入老年，因此它早就变成了一只宅狗，虽然它仍然担负看家护院的职能，但它更多的时间是蜷缩着睡觉。它变得异常懒散，反应迟缓，有时在楼下要喊它很多声，才慢慢爬起，伸个懒腰，再抖一下毛，然后迈着老态龙钟的步伐，蹒跚地走下来。但自从小爱来到家里，

小爱与点点经常
打成一团

点点开始变得异常敏感和兴奋，经常和小爱打成一团，有时咆哮着、撕咬着，打得天昏地暗。从某种意义上说，小爱使点点焕发了青春。

我当初允许女儿买只拉布拉多犬与点点为伴，也是因为我们在亦庄另一小区居住时，邻居的一只年龄与点点相近的拉布拉多母犬，曾经是点点昔日的好友。狗的主人对那只叫乔乔的拉布拉多犬爱得很深，他每天要花几个小时在小区里遛狗，我傍晚遛狗的时候总能遇到他。每每我们在一旁聊天时，点点和乔乔就在一起玩耍，点点生性孤傲，一般的狗它理也不理，唯独乔乔它不仅看得上眼，还能和它友善相处、玩在一起。这两位都堪称是狗狗中的美女，非常要好，经常联手抵御公狗的侵袭，我为它们拍过照片，并且在它俩有一次联手与一只公狗相斗时，还曾拍过一段录像。今天为了写这本书，我从电脑中找到了那段录像，虽然那是七八年前拍的，图像因像素低显得模糊，但狗之

点点、乔乔与公狗“无赖”相斗

间的打斗、奔跑甚是好看。

那是一只比点点矮小但十分健壮的公狗，它不断向点点发起挑衅，点点左闪右躲，依靠身体的灵敏和超强的奔跑速度与它周旋，但最终还是被那公狗扑倒，点点只好在地上不断打滚继续与那“无赖”周旋，但它显然处于下风，渐渐有些体力不支，眼看就要招架不住了。这时银幕上突然出现了乔乔，它勇敢地救驾点点，将那公狗扑倒，然后厮打，乔乔始终压着那个“无赖”，占据着主动，使得点点起得身来，腾出它的嘴和爪。点点开始对那公狗旁敲侧击，它似乎擅长“游击战”。录像中显示，点点玩的是阴招儿，它不断咬那只公狗的后腿，甚至睾丸，最终那只公狗“无赖”招架不住，败下阵来。点点和乔乔则旗开得胜，它俩联手将那只公狗彻底制服。虽然读者不能亲眼目睹我的这段视频，好在我还是抢拍到了两张打斗中的精彩照片，需要读者注意的是，照片中的拉布拉多犬可不是小爱，而是点点昔日的好友乔乔。

点点与乔乔制服了
公狗“无赖”

点点在那个小区只有一个朋友乔乔，后来一连几个月我们不曾碰到乔乔，直到半年后，我在路上遇见了乔乔的主人，才知乔乔已经不住在这个小区了。事情是这样的，乔乔有一个坏习气，它喜欢损坏物品、咬毁家具，因此乔乔平时不能自由放在家中养，只得拴在车库。乔乔感到孤独而终日吠叫，结果招致邻居到派出所投诉，乔乔的主人最后不得不将狗送给了朋友。乔乔的主人说到此时，已经眼泪汪汪，我知道他对乔乔是深爱的，尤其看到点点，便触景生情，想起了他深爱的乔乔。他一定不会忘记这两只狗狗“美女”，曾经一起勇斗过公狗“无赖”。

正是因为点点曾经有过一位朋友是拉布拉多犬，所以我才允许女儿购买小爱，并且相信点点一定能与小爱和平相处。对于小爱的调皮和无礼，对于它天真无忌、损坏物品、撕咬东西，我多么希望作为姨妈的点点能够帮我管管小爱，并能身先士卒，把小爱带得和它一样乖、一样懂事，但我没有想到点点非但没有改变小爱的恶习，反倒是小爱的浑劲竟

点点与小爱撕咬一块毛巾

然把点点带坏了。因为有一次我亲眼目睹，小爱叼到一块毛巾后交给点点，然后它俩争抢、撕咬，玩得不亦乐乎，显然小爱在教点点做游戏。

点点好静，小爱好动，两只狗在一起正好互补。随着小爱不断长大，它个头越来越大，从先前的“小土豆”变成了一个体格强壮的“胖妞”，它的体格最终还大了点点一圈，力气也比点点大许多，所以两只狗在平日的打闹中，小爱常常占得上风。因此我以为点点的统治权会受到小爱的不断挑战，并最终被小爱取代。然而事情并不是这样，平时打闹归打闹，遇到争夺核心利益时，点点的统治权却是神圣不可侵犯。

两只狗的口粮，我是严格限制的，每日只吃一顿，点点四两，小爱因还在长身体，所以喂六两。那么它们的口粮够不够？我有没有亏待它们？我曾认真读过一本养狗的教科书，说狗吃狗粮时一般都呈狼吞虎咽状，所以可通过计算吃狗粮的时间来确定一天喂狗粮的总量，一般为一分到一分半，我为它俩都掐过表，点点吃四两狗粮需一分半，小爱吃六两狗粮只需一分钟。但小爱的身体偏胖偏壮，所以这六两狗粮足矣，如果不加节制，再增喂两三倍的量，它们同样能吃得净，并且同样会一扫而光。然而作为曾经的兽医和现在的人医，我一直遵循“少食长寿，多食折寿”的养生秘诀。

我饲养这两只狗，因为一直采取限食政策，使它们总是处在饥饿状态，它们食欲旺盛，消化能力很强，吸收功能尤其好，结果体重不减反增。每次喂食时，我先给点点倒上两杯狗粮，点点开始嚼吃，我再给小爱的狗盆倒上三杯狗粮，然后把小爱从厕所里放出来，小爱如同饿虎扑食一般冲向狗盆，将那六两狗粮一扫而光。此时，点点则还尚未吃完它那四两狗粮。然而有时候我给小爱倒狗粮的动作有些慢，小爱从厕所里被放出来的时间有些晚，结果点点比小爱先吃完，这时点点就会以姨妈的身份，以这个家统治者的身份，发出当仁不让的吼声，冲到小爱的狗盆前争夺狗粮。每到此时，小爱会非常识相地躲开，然后跑到点点狗盆中去舔残羹剩汤，其实狗盆中也只有一点儿狗粮渣渣了。为此，我有些可怜小爱，会去抓一把狗粮给小爱，如果被点点看见了，它会反扑过来。

我养点点已有十余年，那时我们还住在另一小区，每日喂它六两狗粮，但因为点点运动不足，身体便发胖。有一次，我遛点点，碰到一位遛狗者，他的狗大概属于敞开吃的那种放养方式，所以反而瘦瘦的，当他看见点点后大声叹息道：

“啊呀！你的狗养得好！啊呀呀！你的狗养得好！”

他说话的神态和语气很像小品演员范伟，我辨不清他是真的惊讶，还是故作惊讶，我也不知道他在夸我，还是在讽刺我。反正我听了他的叹息后，感觉心里不舒服，感觉点点被我喂得太胖了。从此，点点每日的口粮就从六两改为四两。

点点对住在我家应该是相当满意的，它可在宽大的房间里自由自在地生活，它对生活环境的幸福满意度一定很高，否则就很难解释有几次它在遛狗丢失后都找回了家，因为它十分爱这个家，并且恋着这个家。然而点点唯一不满意的，或者说对我意见最大的，便是它在家吃不饱饭。点点吃不饱饭，但它又是一只好狗，所以对家中放置在外的食物不会去碰，即便是饥肠辘辘，却对放在客厅角落上敞开口的狗粮袋，看都不会看一眼，更不会伸进头，哪怕是吃上一口。然而假如是走出家门，它对自己就不会约束，例如遛狗时跑丢，最终总是在垃圾桶前找到点点。它往往在扒垃圾吃，被旁人看到后，我倍感不好意思，因为这样一只血统高贵、美丽无比的狗，竟也会做捣垃圾这类流浪狗才会做的低俗行径。

然而最使我大跌眼镜的，也使我很难忘记的事情，则是点点有一次跟我到人家里出诊。那是住在院里的一位病人，瘫痪在家，希望服中药调理身体，因此约我到家里为病人把脉看舌。我当时比较忙，所以约好在我吃过晚饭遛狗时顺便到病人家中。那天吃罢晚饭，我喂完点点四两狗粮，然后先遛了它一圈，再去叩病人家的门。那家养了几只小狗，点点一进门，它们就像小白兔躲避大灰狼一样，快速躲进了一间小屋。他家的狗粮永远铺满狗盆，随便让狗狗吃，当小狗们都躲起来后，在点点面前便出现了两盆盛满狗粮的狗盆，点点见了心中大喜，顷刻便一扫而光，真是大饱口福啊！

我立刻向他们解释，我的狗刚刚在家喂过，不必再喂了。然后走进屋中，为病人诊脉。我看见他家的孩子还在不断从狗粮袋中取狗粮给点点吃，就像我那时带着幼小的女儿到人家里出诊时，他们会拿出糖块给我女儿吃一样。点点的食欲是那样旺盛，几乎是倒一杯，就吃一杯，一连几杯吃不够，于是我便听到孩子向母亲说：

“妈！您看！谢大夫的狗好像三天没吃饭似的！”

我赶紧开好药方，一再道谢，然后牵着点点匆匆离去，下得楼梯，我听见主人在门口向我高呼：

“谢大夫走好！没事来串门，一定要带着你的点点一起来啊！”

听到这些话，我加快了脚步，因为我知道这家好心人已注意到点点在家吃不饱饭，并且开始可怜点点，甚至要救助点点了。

小爱来到我家后，我继续坚持健康饮食的好传统，每日只喂一餐，点点四两，小爱六两，除此之外，家中的剩饭剩菜都会喂给它们吃。同时每日它们各要啃几根牛尾当作零食，这是让它们磨牙洁牙，所以它们的营养是够的，读者大可不必担心。然而颇使我担心的还是小爱咬碎物品的坏习性，这一直困扰着我，尽管点点最终并没有被小爱带坏，但小爱依然是我行我素。

点点与小爱的打闹

小爱在生长期，需要喂些磨牙的零食，否则它就会啃咬家具、门板，甚至墙皮，于是我订购了很多牛尾，咬起来很坚韧，很有嚼头，一根大一点的牛尾，小爱能嚼20分钟。因此每当小爱表现出不安时，我会将厕所的门微微打开一条缝，将一根牛尾塞进去，小爱便知足地咬在嘴里，然后卧在地上，细细地啃，这对它来说无疑是一种享受。从此，它的牙不大痒了，并且很少再啃家具。

牛尾最初是买给小爱为了磨牙的，点点看在眼里，有时会流出口水。这就如同许多家庭都备有婴儿食品，除了奶粉外，也备些糖块类的零食，当婴儿哭闹时，大人便会往孩子嘴里塞一块糖。如果家中稍大一点的孩子看到了，也会向大人要，所以大人偶尔也会往大孩子嘴中塞进一块糖。我对点点也是这样，每当我把牛尾给小爱时，点点在一旁，两眼紧盯着牛尾，眼睛睁得大大的。此时，我会随手挑一根细的牛尾给点点啃，因为粗的都要留给小爱。点点对此非常知足，它叼着那根细细的牛尾，会去找一个偏僻的角落，在那里独自享受它的快乐。然而有时一包牛尾中已挑不出稍细的牛尾了，于是也会给点点一根粗的，这对点点来说是意外之喜。此时，点点异常兴奋，甚至反应过度，它叼着那根粗牛尾有些不知所措，楼下楼上反复不停地跑，它显然是要找一个最为稳妥的地方。点点的这种纠结，一般持续十

幼时的小爱把点点招惹成这样

多分钟，有时会持续二十分钟之久。于是我常常不解，说起来点点的血统高贵，也算得上出身豪门的大家闺秀，如今怎么会为那么一根稍粗点的牛尾而欣喜若狂，难道我真的亏待点点了吗？

一家养一只大狗已经是难事，养两只大狗更是难上加难，而这两只大狗并不是一般人能够轻易控制的。首先说点点吧，你如果看过电影《101 斑点狗》，就会知道斑点狗曾经是车马犬，它能拉车，力气极大。在电影中曾把人连同自行车都拉到了河里，所以牵遛时，遇到情况，一个人很难勒住。而小爱是只问题狗，喜欢扑人，遇到别的狗更要打斗，同样一个人很难控制。所以我常常选择半夜遛狗，遛它们时，我会高度紧张，唯恐出现事故，总是忧心忡忡。此外，我依然工作在第一线上，不能花费太多的时间在狗的身上，因此我开始寻找简单的方法养这两只狗，想了很久，最后终于想出了一个非常之好的办法，那就是——圈养。

我买现在住的房子，当初主要是为了养狗，我看中这个房子是因为有前后两个院。我一直热衷后院的修建，曾经花费 1000 元修置草坪，每周至少要浇一次水，每月要割一次草，这样精心护养，并没有使我草坪的寿命超过一年。第二年，我只好花 100 元，买了五斤草籽，撒到后院的地里，不断浇水，虽然小草最后都长出来了，但是没过两个月，北京夏日的一场倾盆大雨，使小草全部烂根。如今的北京冬天少雪、夏天多雨，雨水一下，我的后院就成了烂泥地。此时，点点与小爱如果放出去再放进来，我家就变得惨不忍睹。于是我和夫人商量研究，最后决定将后院的土地铲平，然后铺上渗水石。

两个月后，一个宽大的场地便出现在我们的面前。这比狗校和动物园的水泥地更为先进，不怕尿不怕雨，地面上永远不会有积水，狗狗们从后院进屋，只要在过道上跑几圈，便不会带着泥巴和湿迹污染室内了。

然而仅仅有一片不怕水侵扰的地还不够，因为两只狗在露天要经受日晒、刮风、下雨，它们至少要有个遮凉避晒的地方，如同野兽也会找个山洞居住一般，因此接下来的工作，便是为点点与小爱打造一间小屋。我的夫人在网上苦苦寻找，从外观、舒适度、性价比反复对比，最后选择了一款出口到欧洲的儿童房。订购后，送来的却是木板和房顶，我的夫人可称得上真正的“女汉子”，她凭着一把木槌和几张图纸，硬是把这木屋搭建起来。当一切完成后，我看着这院子，真是有眼前一亮的感觉，我甚至认为具有国际水准，足以向全世界的养狗迷们秀一秀点点与小爱的室外活动场了。

为点点和小爱建造的室外活动场

当点点与小爱第一次进入这块场地时，我分明看到了它们的兴奋和快乐，它们在院子里尽情地戏耍、跳跃、打斗。对于那间小木屋，它们充满了好奇，先是试探着将头探进窗子，因为门开始是紧紧关闭的，于是经验老到的点点不断用前爪抠那门，我在阳台上听到那抠门的声音一声高过一声，终于门被完全抠开了。我看见点点先走进去，它很快就喜欢上了这间美妙绝伦的木屋，并且视为它优先占领的地盘，因为当我看到小爱走进木屋时，房间里传出点点的咆哮声和一阵激烈的厮打声，接着小爱就被赶了出来，于是它只能坐在门外的走廊上，而点点成了房子的主人。

在策划买狗屋的时候，我们最初曾计划买两间小木屋，让它们一狗一间，互不侵扰，但后来为了节约开支，还是决定买间大木屋，以致购买的不是真正的狗屋，因为商品的狗屋比较矮，所以实际购买的是一间儿童房，它的外观吸引了我的夫人。当时我们实在是把狗的领地观念忽略了，以为点点和小爱一定能和平相处，而两只狗在这个大木屋中，无论是坐和卧，空间都是绰绰有余的。

事后一想，我们确实犯了一个错误，忽视了点点的占领欲和统治欲。其实自从小爱来到我家，点点一直感到心理不平衡，特别是当小爱因为淘气不得不关在楼下的厕所时，点点就认为那间九平方米的房间从此归小爱占有。点点很自觉，它界限分明，自那没有再进过这间厕所，即使里面放着水和食物，它也不会进去。我们原本以为小爱被关进厕所，失去了自由，它或许会恨那厕所。其实不然，小爱早已把厕所视为它的私有财产，划归为它的占地，小爱很喜爱这间厕所，甚至恋着这间厕所。每当它得到餐后追加给的一根牛尾后，便很知足地在厕所里卧上十余个小时而一声不吭，只是厕所中常常传出这“胖妞”的阵阵鼾声。

点点虽然在家中是自由的，它可轮换在楼上楼下好几个沙发上睡觉，但其中只有两个沙发专供它享用，或者说是它真正意义上的占有地。然而和小爱相比，点点没有一个房间是供它独享的，或者说是它能够完全占有的房间，所以点点早就心理不平衡了，甚至有些愤愤不平，而且这种怨恨已日积月累。如今主人为它们盖了这样一所漂亮的房子，对点点来说已经等了很久，它急不可耐，也当仁不让，它立刻把院子里的房子占为己有，它对小爱的咆哮分明是在说：

“你在屋里已经有了一间，那么院外的这间房子当然归我！”

点点一眼就看中了这间房子

对于点点与小爱之间的矛盾我不大过问，也从不介入，往往是睁一只眼闭一只眼，但我与点点毕竟相处了十年，它又是那样一只乖顺、懂事、通人性的好狗，所以我的内心深处总是偏向着点点的；而小爱又是那样好动、讨人嫌的问题狗，一只“记吃不记打”和时时准备要咬坏东西的狗，因此每当小爱被点点欺负时，我则会暗喜，心想总算找到一个能制服小爱的点点，否则小爱更要无法无天了。然而后来发生一件事，使我彻底改变了这个看法，并且从此怜悯小爱了。

那是夏日的一个下午，这两只狗被放在院子里玩，点点像以往那样卧在小木屋里，而小爱被点点排斥在外，只能在院子里溜达。那天下午我要签署一项很重要的合同，中间曾回家来取证件，走的时候，我曾有一个念头，是不是把这两只狗放进屋来？可是这个念头只是闪了一下，然后便遗憾地放弃了这个决定。

我签完合同，为了庆祝一下，便和夫人在一家越南餐馆吃晚饭，等我们走出餐馆时，发现倾盆大雨早已从天而降，于是不得不缩回去，在餐馆避雨。然而此时我却担忧起点点和小爱，它们会不会躲到屋子里？如果点点躲进去了，那么小爱会不会也躲进去？点点会不会依旧不让小爱进屋？看着如注的雨水，我说出了心中的担心。夫人则一再宽慰我，她相信在危难之机，点点一定会高抬贵手，又何况小爱一定会冲进屋中，它在生死关头时，常常是不顾一切的。

雨终于小了些，我们赶紧驱车回家，从车库到我的住家约莫有一百多米，我们撑着伞，但到家时裤子已被雨水全部打湿，可见北京夏日的雨有多么猛！回到家中，我第一件事便向后院的阳台望去，那里有一扇窗户没关，上面支着纱窗，但我隐隐看见似乎有一个头伸进窗户，定睛一看，正是小爱，它已把纱窗彻底捣毁，两只前脚扒着窗户，却爬不进来，它早已被浇成个落汤鸡，在狂风大雨中瑟瑟发抖。

看到这个场面，我的心不禁痛了。我赶紧把这两只狗放进来，在过道上，我手忙脚乱地先是用垫子，然后用旧衣服、毛巾拼命为它们擦洗，最后用吹风机将它们的毛吹干。在擦洗中，我发现点点的身子只是稍稍有些湿，而小爱的身子则是从头到脚彻底湿透了。显然点点一直在屋中，而小爱在倾盆的大雨中无处躲藏，它只能钻破纱窗，却又跳不进屋中，便在雨中饱受折磨。我能想象当时小爱在雨中的惨状，心中不免对它产生了无比的怜悯。

第二天，雨过天晴，我花了 50 元钱将那破损的纱窗换成了一个新的，当我再把两只狗放进院子后，只一袋烟的工夫，新的纱窗又被小爱的前爪捣破了两个大洞，不知道是因为那场大雨之后，小爱从此恨上了那纱窗，还是小爱损坏东西的旧习使它找到了新的目标，但我决定不再追求完美，暂不去修那被小爱捣坏的纱窗，并为小爱拍照留影，以作永远的纪念。

小爱在大雨中扒在这窗户上长达两个小时

点点与小爱之间的恩怨，似乎最终都是小爱吃亏，其实也不尽然。虽然在那场大雨中，小爱被足足浇了两个小时，可是在另一场恩怨，或者说是玩耍中，点点却险些丢了性命。事情的缘由是这样的，因为小爱经常和点点在院子里打闹，小爱喜欢似咬非咬地玩耍，虽然没有看到点点有被小爱咬伤的痕迹，但点点的一只耳朵突然肿起来，而且越肿越大。凭我过去做兽医的经验，认为里面一定有包脓，于是用针管在下缘处扎了个眼儿，流出来的却是血水，不是脓。然而第二天点点的耳朵又肿起来，所以我判定小爱似咬非咬的动作，造成了点点的内伤，引起它耳朵的皮下出血。

又过了两周，点点的耳朵肿得更为厉害。我如法炮制，结果流出的还是血水，不是脓。同样第二天又高高肿起，触摸是软软的，里面该还是血水。这种情况很像我在临床上经常见到的晚期癌症病人，当出现腹水胸水时，西医喜欢抽取，往往只维持一天，胸腹水又起，甚至有过之而无不及。因为主动抽水，实际上是刺激机体产生更多的水，结果还带走很多蛋白，致使病人身体非常虚弱。我感到这样无效的治疗，还不如不治，索性看看它有无自愈的可能。两周后，肿没有消，并且有进一步恶化的趋向。我有些发急，开始打电话给各个宠物医院，询问点点的病情，被告知它患的是耳血肿，对于狗来说，这是一种常见病，起源于不经意的外伤。

兽医们几乎一致说，必须马上动手术治疗，否则化脓后，会引起败血症，我听了为之一惊，感到问题的严重。当问到如何手术，兽医们说首先要全身麻醉，然后把耳朵内的血水放掉，清理干净，再结扎血管。当问到如何结扎血管，兽医们问我看过纳鞋底吗？就是这样结扎。当问到多少费用，说斑点狗属大型犬，整个费用需 1500~2000 元。

我有些茫然不知所措，倒不是舍不得花钱为狗狗治病，尽管买点点的费用还不足 1000 元。然而我总是感到这种治疗不靠谱，最为担心的是点点那年已经 14 岁，如果要做全麻手术有很大风险。那么耳朵内出血有无其他简单的治疗方法？有无不做手术的保守治疗方法呢？

我是个执着的人，继续一遍又一遍地给动物医院打电话，回答同样一致，必须动手术，必须全麻，似乎这是狗耳血肿唯一的治疗方法。可我不甘心，想到过去认为癌症病人必须做手术，而我后来偏偏创造出了无毒抗癌的中药大剂量疗法，于是依然乐此不疲地继续打电话，我问的问题越来越直接，也越来越内行，终于有一个兽医说了实话。他说如果你问宠物医院，他们的回答肯定都是做手术，同时还要全麻，这样费用才能上去。我感到这位兽医言之有理，这使我想起点点曾经患过眼睑腺瘤，当时问过动物医院，不仅要做手术，而且也要全麻。

那么耳血肿难道必须做手术吗？有没有保守治疗方法？我继续追问着，最后一位有良心的兽医告诉我，有一种压迫包扎止血法可以一试，只是医院一般不愿做，因为挣不到钱，你可以在家试一试。作为曾经的兽医，我终于问出了点儿门道，立即花了大约 30 元钱，在附近的药店买来了纱布、棉球、胶布、碘酒、酒精、针管等，在夫人的帮助下，为点点进行了治疗。

我先用酒精棉球，给点点的耳朵消了几遍毒，再用针管从耳朵的下缘刺进去，先吸出一部分血水，然后尽可能地挤出耳内剩余的血水，用纱布盖好，用胶布不断缠绕，使得点点的耳朵变成了一个白色的“犄角”。当把点点放回到院子后，小爱便不断追逐点点的“犄角”，在它看来这是一个玩物，点点则不停躲闪着。我则希望这相对安全只有 30 元成本的治疗能够获得效果，这样就不必再去做全麻的 1500 元不安全的治疗了。

点点的一只耳朵变成了“犄角”

点点包扎后，我看到它的模样很好笑，于是拍了张照片发到网上，我将点点病情和治疗做了介绍，其实对这样的治疗处理，我心里并没有底。这仅仅是一种探索性的治疗，我发到网上，也是为了寻求大家的指点和帮助。果不其然，一位网民向我指出：

“缠得太紧，会不会引起血脉不通？希望点点能很快好起来！”

这位网友说得很有道理，在缠了 24 小时后，我从医院回来，看到点点的头总是歪向一边，并且不断甩着耳朵，我知道它不舒服，生怕再结扎下去真会出现耳朵坏死。虽然当时只有我一人在家，但已顾不得人手不够，感到要进行紧急的处理，于是赶紧把点点耳朵上的胶布层层松开。揭胶布的时候，点点疼得很，发出阵阵哼叫，但点点知道我在为它治病，竟然一动也不动，并且将耳朵尽量凑到我面前。由于胶布缠了好几层，所以每揭一下，点点都会发出一声哼叫，可是它始终不动，直至胶布完全被揭掉。我给点点吃了抗菌素，并用冰水给它的耳朵不断冷敷。

几天后，点点的耳朵仍然高高肿起，并且是硬邦邦的，我担心点点的耳朵终究会坏死，也许它会因败血症而身亡。我没有再为点点做过多的治疗，也没有让它继续服抗菌素，只是每天用冰水为点点的耳朵擦拭，然后再用酒精擦拭。我看到虽然点点耳朵还是硬邦邦地肿着，但那次鲁莽的包扎使它的耳朵没有再出血。疾病和治疗都没有影响点点的吃喝，它的胃口依然旺盛，这使我想起中医的一句话："有一分胃气，便有一分生机。"所以总觉得点点不会轻易死去。

母亲的病逝使我有几周完全顾及不到点点，待到有一天想到它时，点点的耳朵却奇迹般地自愈了。点点的年龄现在该有 14 岁了，如果按人的年龄算，它已接近百岁，可是它依然能吃能喝，依然跑跳自如，它上下楼的敏捷动作甚至超过小爱，看来点点还能活，并且能愉快而健康地活着，它现在已经成为远近狗狗中的长老，而小爱也步入了青壮年。

# 第五章

# 买点点的前后

我养狗已经有了十余年时间，养狗是要付出的，不仅要付出精力、钱财，还要付出时间。我这个人对时间较为珍惜，所以最初女儿要养狗，我是坚决反对的。但现在不仅养了被认为最不好控制的斑点狗，而且还稀里糊涂地养了顽皮至极的拉布拉多犬。对外我常常这样讲：

“这两只大狗都是女儿要买的，而她现在学习、工作忙，于是乎，这两只狗，女儿都甩给我了，也就是说都砸在我手里了。”

细细回想，十几年前做出养狗的决定其实是踌躇了很久，或者说让我的家庭纠结了好多年。究竟养还是不养狗？养小狗还是养大狗？养什么品种的狗？这个决定曾在我家反复讨论了很多年。女儿第一次提出养狗的要求应该是在她上小学二年级的时候，养狗要办狗证，办证费对当时的老百姓来说是个天文数字。高额的养狗费足以吓倒一般的老百姓，所以普通民众只好望狗兴叹了，不要说养狗，就连养狗的念头都被打消了。然而我的女儿在长大，她偏偏喜欢上了狗，有几次向我提出养只小狗的要求，都遭到了我的反对。

我的理由很简单，首先养不起。可是当女儿提出，愿意拿出自己几千元的压岁钱，与我共同分担狗证费时，我又不得不寻找新的理由。那时我们住两居室，哪有狗活动的空间？孩子的母亲喜欢干净，狗的气味，甚至屎尿出现在居室，她怎么能受得了呢？狗在夜里听到一点儿动静就会吠叫，不仅影响全家的睡眠，而且还会扰民，诸如此类的理由，我说了一大堆。

当我把这些理由一一罗列给女儿听后，竟不能说服她。女儿跑进屋，趴在床上大哭。深夜我看见女儿在一个本子上写下这样一段话："今天我向父亲提出养狗，又一次遭到他的拒绝，这像刀割一样刺痛了我的心……"读到这里，我有些哽咽了，喜欢小动物，这本是孩子的天性，我为什么要那样固执地去扼杀她的爱心呢？我为什么不能寻找其他变通的方法呢？

那时女儿正在学习乒乓球，我经常会陪她到地坛体育馆进行训练，教练规定家长不得进场，我只得在外面徘徊。那天，当我从马路的天桥走回来时，手中便提了一个小笼子，笼子里有一对可爱的小兔子，一公一母，一白一黑，价格只有 6 元钱。乒乓球训练结束时，乒乓小队员们倾巢而出，我将笼子举到女儿面前，立刻吸引了她的两个眼球，一群孩子围过来齐声叫好，女儿喜爱动物的心愿，暂时得到了满足。

女儿从小练乒乓球

在相当一段时间里，女儿不再要求养狗了。放学回来，第一件事就是提着兔笼子下楼去，然后把兔子放到小区的草地上玩耍。我在六楼的窗户朝下望，看见她专注的样子，便为我灵活的脑筋而暗暗得意。有一次，女儿提着只有一只兔子的笼子跑上来，气喘吁吁地对我说，另一只兔子找不到了。看着她涨红的脸，真好像是当妈的丢了孩子似的，我与她奔下去四处寻找，终于找回了那只逃走的兔子。

然而以后的麻烦来了，先是两只兔子越来越大，笼子显得越来越小，只得到农贸市场花 30 元（5 倍于兔子的钱）买一个大笼子。后来发现两只兔子好像在交配，但没有注意到母兔已经怀孕本该分笼，结果生下的小兔子全被公兔咬死或压死。大概天也有报应，过了一些日子公兔突然暴毙，剩下了产后的母兔，于是加倍喂养，那母兔最后长到足有六斤。可是母兔不仅吃得多，也拉得多、尿得多，结果订两份报纸不够换，屋里的空气变得越来越糟糕，在夫人的埋怨下，我不得不另想办法。

我曾想过将兔子卖给饭馆，但毕竟是自己养大的，又舍不得。后来夫人的同事有个 6 岁的男孩，想要一只兔子，我们高兴得跳起来，将笼子冲洗干净，装上那只 6 斤重的兔子，开车送了过去，回到家，我们感到了一种从未有过的轻松。

然而女儿不会放过我，又开始缠我，只好故技重演，用另一种动物吸引她，我在几十年前，曾在内蒙古兵团养过马，当过兽医，所以我给她讲了许多马的故事，并许诺暑假带她到内蒙古去骑马。那年，我们一家三口，来到了当年我上山下乡的内蒙古乌拉特前旗，找到了和我当年一起共事的薛兽医。遗憾的是，连一匹马的影子都看不到，原因是几十

薛兽医的爱犬玲玲

年前，马作为主要的交通工具在这里盛行，但如今饲养马的草料、人工费的成本已远远大于汽车和摩托车的成本，所以马便被淘汰了。然而住在薛兽医家，我们不仅看到了兔子，而且还看到了狗。

一进门，我们就看到了薛兽医的爱犬玲玲。它总是用警惕的眼光打量着陌生人，不知为什么它和我一直保持着距离，但和女儿很快成了朋友。后来我在一本书中读到，狗最能察言观色，它能看出你是真爱狗还是假爱狗。

玲玲不是一般的狗，它是一只奇狗。虽然它生在农村，却比城市的狗更胜一筹，它不需要主人遛，每日早晚只要为它开两次门，它就会跑出去拉屎撒尿，玩一圈后，再跑回来，在门口吠叫，直到主人为它开门。别看它个头小，可它是一位伟大的母亲，不仅下过几窝小狗，而且还用乳汁喂养过一窝小白兔哩。我在薛兽医家才第一次认识到，兔子实际上是和老鼠一类的动物，它们都喜欢磨牙，很能繁殖，生崽时都要深挖洞，将崽产在地洞里，满月时再带出洞来。

薛兽医家养了不少名贵的白兔，他们错将一只已经在地洞里生了崽的大母兔卖掉，而一窝小兔还在地洞里嗷嗷待哺。这时玲玲刚刚生完一窝小狗，狗崽们被一个个抱走，剩下了奶水充足的玲玲。当这只充满母性的狗发现了这群嗷嗷待哺的小兔后，一种作为母狗失去了狗崽的失落感，同时作为伟大母亲的责任感，便交织在一起，在玲玲心头涌动。这种复杂的情感促使它钻到洞中，将那一窝小白兔奶大。过了一个月，当玲玲带着一窝小白兔出洞时，惊得薛兽医目瞪口呆。此后，玲玲变成了兔妈妈，与白兔们相处得亲密无间。喂食时，乌鸡会和白兔争食，玲玲常常跑过来驱赶乌鸡，表现出兔妈妈的立场。

玲玲呵护着它喂养大的兔子

内蒙古之行，不仅没有使女儿对别的动物产生兴趣，反而勾起了她对兔子的怀念，而对狗则有了更为强烈的几乎是无法阻挡的喜爱了。回到北京，我发现女儿出现异样的行为，她用压岁钱大量购买各种介绍狗的书，包括在当时很昂贵的《宠物生活》《宠物派》杂志，她对狗的知识逐渐丰富，可轻易识别所有碰到的狗的品种和秉性。

我进一步发现她对斑点狗尤其钟爱，在她居住的小木屋里，窗帘、沙发、椅套、被子、床单、枕头全要求她妈妈用印有斑点狗图案的布做成，她好像喜欢生活在斑点狗的世界里。美国电影《101 斑点狗》和《102 斑点狗》，她不厌其烦地看了好几遍；在她的那堆介绍狗的书中，有一本封面全由斑点狗组成的书，题目便是《斑点狗》；打开她的电脑，在存档中，我又发现了很多斑点狗的照片和信息。她成了一个十足的斑点狗迷。

她随后向我展开了新一轮要求养狗的攻势，我依旧是努力顶着，虽然那时我们已搬到郊外，住在一套复式的房中，空间已足够大，养狗的条件实际上已经具备。但我看到过那些养狗的家庭，房间乱乱的，气味臭臭的，一有人来便狂吠不止，搞得家不像家，房不像房，邻居、朋友、客人则都敬而远之。此外，我虽然过着半退休的生活，依然还有很多事情要做，并没有感到闲得发慌，感到生活孤独，需要一只狗来陪伴。

有一天，女儿和她妈到朋友张先生家去做客，他家养过一只斑点狗，不幸患白血病死了。张先生拿出那只斑点狗漂亮的照片，表示出莫大的悲伤，后来虽然他们又养了一只贵宾狗，却依然时时思念那只病故的斑点狗。他们看到我女儿如此喜欢斑点狗，竟发誓要找一对纯种的小斑点狗，一家养一只。就在那一天，女儿和她妈达成了一项秘密协议，引进一只小斑点狗，暂不告诉爸爸。

那些天我看到了一个快乐的女儿，走起路来是一跳一跳的，并且嘴里哼着小曲，脸上挂着灿烂的笑容。放学回家，先把功课做好，然后认真地看她那些心爱的介绍狗的书，但孩子的秘密不会长久，有一天她终于忍不住向我表露：

“妈妈说，要养一只小斑点狗。”

我立刻跳将起来，嚷道：

“这怎么行？你们心血来潮把小狗买来，到时候上学的上学，上班的上班，把狗甩给我，我要是出去了，狗在家还不闹翻天？”

然而女儿却异常冷静地回答：

“妈说可以放在车库。”

这不失一个好主意，我怎么就没有想到呢？我的车总是停在车库外面的一块空地上，而车库里只堆放了一些东西，并没有被利用。车库里有暖气、水、电、排水地沟，应该说不失为养狗的好地方。看来养狗的趋势不可阻挡，我何不在女儿面前做个好人，采取积极的态度呢？于是我的态度发生了一百八十度的转变，便向女儿表白，养狗我并不反对，但关键是一定要选一只好狗，因为它要和我们一起生活十几年。

我家的第一只狗

说起狗，在我内心深处其实是深爱狗的，尤其在我的幼年更是如此。记得在我两三岁的时候，住在上海的Mayfield公寓。那个公寓在新中国成立前住的几乎都是外国人，一解放，老外们纷纷离开中国，其中有一位邻居是位英国的绅士，他和父亲经常用英语交谈，颇有私交，所以他回国的时候给父亲留下了两件珍宝：一件是一次能放六张唱片的落地收音机，另一件便是照片中的那只狗。

因为那位英国绅士曾经是护畜会会长，按现在的话说，就是动物保护协会会长，所以他的狗是只名犬，据说在当年宠物国际比赛上获得过第一名。这只狗的名字叫 Boss，它曾在英国上过狗学校，懂英文口令，比如用英文喊 Lay down，它就躺下；Stand up，它就站起来；Speak，它就狂吠不止。Boss 不仅很有绅士风度，而且很有教养，带它出去，永远跟着主人走，不会超越主人半步。

狗的名字叫 Boss

狗的照片虽然已旧得发黄，但那狗的皮色、外貌、姿态依然清晰可见。我翻看一本《世界名犬》，曾仔细研究、对照过 Boss 的照片，最后认定它是只 Boston Terrier。书中说，这种狗的毛为黑色或金黄色，在吻部、头部、颈部、胸部、前后肢带有白色斑纹，Boss 具备了上述的所有特征。书中还说，这种狗性格开朗活泼，热爱主人和孩子。记得小的时候，Boss 对我呵护备至，不许生人轻易靠近。书中还说，这种狗被称为美国犬界的绅士，而这只狗的英文名字叫 Boss，即老板的意思，足见它不是一般的“绅士”了。

在这张保存完好的照片中，我们可以从 Boss 的眼神中看出它的凶悍，从直立的耳朵看出它的机警，Boss 是只看家的好狗，非常尽职。母亲回忆说，一次有位挑担的叫卖者到家来送吃的，乘着保姆取钱的工夫，往怀里揣了一样东西。Boss 看见后，便立刻狂吠起来，吓得那小贩慌忙将东西放回原处，正好被跑回来的保姆看见，结果他连钱也不要了，逃之夭夭，顷刻没了踪影。

Boss 是一只绝佳的狗，有贵族的血统、老板的气质、英国绅士的风度，可惜生不逢时，英年早逝。它是得暴病而死的，那时我虽只有两三岁，却已经记事。记得在 Mayfield 公寓有一个很大的阳台，阳台有一个门通向客厅。有一天，父亲和朋友在客厅高谈阔论，因为房间闷热，那个时候是没有空调的，于是客人们准备到阳台上去乘凉，一开门，父亲首先发现了 Boss，它一动不动地躺在门口的垫子上，一摸身子，已经冰凉。Boss 死了，它是因保姆忘记给它喝水患肾脏病而死的，后来我便永远记住了这个教训，狗是万万渴不得的。记得第二天，我依偎在母亲的怀中，趴在阳台的窗户上，看见花园里的清洁工将 Boss 的尸体拉走，母亲呜咽地哭着，这情景铭刻在我幼小的心灵中，至今不能忘怀。

我稍大几岁后，在城市里就很难看到狗了，无论是在上海，还是后来迁移到北京，我都看不到活生生的狗，只能在图书上、电影里看见狗的印迹，然后用绘画抒发我对狗的喜爱。记得当时看了一部苏联的电影，给我留下了很深的印象，片名叫《白狗》，大意是一个家庭式的杂耍戏班子在镇上演出，有个男孩领着一只白狗表演，被一个贵族的小女孩看中，死活非要这只白狗。于是贵族出高价要买这只狗，孩子的父亲出于无奈，只好将狗卖给了贵族。结果是白狗和男孩都变得异常伤感，狗终日不食，整日狂吠不止，最后只好将它关在地下室；而男孩因想念白狗更是不思饮食，最后导致他翻过贵族的深宅大院，将那狗救出，一路上惊险迭出。

看过这部电影后，那白狗的影子在我脑海中长时间挥之不去，我幻想也有这样一只狗，然而在现实是根本办不到的，于是我只能通过画狗来满足我幼时的心愿。我在一本《怎样画铅笔画》的书上，将几只狗的图形临摹下来，然后照着画在另一张纸上，再给大人们看。大人们以为我是随手画的，自然要夸上几句，而我则因此受到鼓舞，于是拼命画狗，并且变得一发不可收拾。我先是在所有一切能找到的纸上画狗，接着开始在墙壁上画狗，当受到父母呵斥后，不得不停止这一行为。于是只好在书皮上甚至书的空间画狗，一找不到画狗的地方，我的手就会发痒。然而我只会画狗，而且万变不离其宗，无论怎样画，狗的形状就是最初临摹下来的那几只。

由于我只会画狗，整体的绘画能力并没有提高，图画课只能得 3 分或 4 分。那时我和姐姐在一所小学上学，虽然不同年级，但图画老师却是同一个。有一天，图画老师布置的作业是花布设计，我认为机会来了，施展我绘画才能的时候到了，至少我可以得一次 5 分，于是我所设计的花布图案完全由狗组成。又过了几天，姐姐上图画课，也是花布设计，老师先拿出几张画，夸赞设计如何巧妙，画得如何栩栩如生。接着又拿出一张画，而那便是我的得意之作——狗图。老师介绍说：

“这是一位低年级同学设计的，大家想一想，如果谁穿上他设计的布做成的衣服，走到大街上，将会是一种什么效果？”

全班立刻发出一阵哄笑，甚至有的学生笑得前仰后合，唯独姐姐没有笑，她红着脸，低头不语，因为这张画是她在家看着我画的。当姐姐回家把这一情景讲给我听后，我画狗的热情从此烟消云散，自此我再也没有画过狗。

直到20岁那年，我来到内蒙古生产建设兵团，才重新见到活蹦乱跳的狗。那时我们马班养了只黑狗，名叫冬冬。它是班长佟振兴与小赵从一个牧民那里搞来的，他们用一只大狗换来了刚刚满月的冬冬。看起来他们干了桩亏本的买卖，实际上他们眼光独到，因为现在回想起来，冬冬实际上是一只藏獒。当刚刚断奶的冬冬还是小不点儿时，就表现出凶猛无比的天性，那时我们都穿大头鞋，喜欢用脚和它逗，只见冬冬对着鞋总是狂吠不止，然后就拼命撕咬结实的大头鞋，虽然是藏獒，但毕竟连乳牙都没长好，对人构不成威胁。然而当冬冬长到三个月大的时候，就无人敢和它逗了，因为它的牙齿已日益锐利。到了八个多月的时候，冬冬长成一只大狗，体重足有一百多斤，全身长满油黑的毛，成为远近闻名勇猛无比的烈狗，我们只得用大铁链将它拴住。

除了冬冬，小赵还养了一只瘦的小黄狗，性情温和，但非常机敏。跑起来速度极快，被称为跑狗。我们用小黄狗与冬冬配合抓野兔，每次都大获全胜。那时兵团的生活较为艰苦，油水一少，嘴便发馋，到了星期天，我们常常骑着马，带着冬冬与小黄狗去打野食。我们找一片荒草地，先骑着马在草地上乱趟，野兔会突然蹿出，这时候先将小黄狗撒开，它拼命追赶野兔，当追得兔子精疲力竭时，再将急不可耐的冬冬放出，往往一口咬住野兔。用这种方法屡试屡应，每次都能抓到几只野兔。回来后，将兔子的皮剥掉，做一锅美味的兔肉，大家围坐着抢吃，这种多少带有浪漫色彩的兵团生活是难以忘怀的。

后来小赵带着冬冬与小黄狗到后山去放马，在那里他与几位老乡的马倌合作，成功捕获了一只狐狸，听说几只狗追了狐狸一天，最后还是冬冬下的口，一口将那只狐狸咬死。光狐狸皮就卖了 30 元，这在当时是天价，因为那时一只狗的价格只有 3 元。三十多年前，我们对狗的知识十分浅薄，不仅不知道冬冬是藏獒，更想不到藏獒在几十年后会成为世界名犬。然而养这样一只凶猛无比的狗，稍不注意就要惹出麻烦，有一次因为链子没拴好，冬冬蹿出去，咬伤了连队的通讯员，惹怒了连首长，于是冬冬便被命令处死。

20 世纪 70 年代末，我回到北京，那时北京几乎无人养狗，所以又见不到狗了，直到 80 年代，我去美国留学，发现美国才是狗的极乐世界。美国的家庭关系松散，人与人之间缺乏情感交流，但在对待狗的态度上，美国人的爱心、柔情、仁慈则表现得淋漓尽致，常常可以看到，幸福的狗主人被他们的爱犬舔得满脸湿漉漉的，却并不在乎；悲伤的老妇人为她的病犬愁肠寸断，狗一旦病死则会为其建立墓碑；在公园里，大摇大摆地走着身穿新潮时装的小狗；在饭馆里，主人与狗一同进餐更是司空见惯；甚至富豪的爱犬还能获得大笔的遗产。

我的夫人曾给一位画家当管家，她养了四只几乎完全一样的长毛狗。原本只是养了一只母狗，为选择乘龙快婿，她开着车几乎跑遍克利夫兰城，最后还是在猫狗婚姻介绍所的帮助下，找到了满意的公狗。在生了一窝小狗后，她将小公狗送人，留下了 3 个女儿。一年以后，当小狗和成狗长得一般高时，就很难分清谁是母亲谁是女儿了，从照片上很容易误把它们当作四胞胎。

夫人张朔和美国画家及四只狗

因为女儿执意要养狗，我便想起了幼儿时、在内蒙古上山下乡时和在美国所遇到的各种狗。其实我内心深处是深爱狗的，因为不断回忆，一只只狗的画面便反复出现在我的脑海里，我从开始反对养狗，渐渐变成了赞成养狗者。心想，既然我的女儿和夫人背着我要与外人合作买一只斑点狗，我还真信不着他们咧！不如我来主导这件事，作为曾经的兽医，我相信自己的眼力，我一定要买一只真正纯种的斑点狗。

那段时间，我也变得喜欢看女儿买的关于狗的书了，并时常翻阅《宠物生活》，试图从中找到犬舍的电话，闲时便会打电话了解市场的行情。有时我还会带着女儿到宠物商店，看看狗链、项圈、狗粮、狗盆、毛刷、洗浴液等，当人们问准备养哪种狗时，我们异口同声说斑点狗。然而几乎所有的人都劝我们改变主意，说这种狗太活跃，如果你把它单独留在家里，回来后会发现，家就不是你的家了，好像被抢劫过一样。因此曾经有很多人养斑点狗，但最后都因控制不住这种狗而选择放弃，现在已经很少有人养斑点狗了，市场上纯种的斑点狗也变得越来越少。

我自然动摇了，开始关注可卡、拉布拉多、金毛猎犬，而我女儿则依然如故，坚定地要养斑点狗，甚至我夫人的同事要送她一只几千元的苏格兰牧羊犬，也被她婉言谢绝了，发誓只养斑点狗，其他狗绝对不养。于是我只得帮女儿寻找斑点狗，而且必须是一只纯种的斑点狗。

城里禁养斑点狗，因为这种狗很难养，在市场上的价格不断往下跌，当时已很少有狗舍繁殖斑点狗了，一时间斑点狗成为难寻之物。好不容易我们在垡头犬交易市场找到两只斑点小崽，价格只有几百元，但我的女儿量量嘴巴，摸摸耳朵，再看看毛色，说它们是斑点狗的串子，绝不是纯种的斑点狗。

女儿俨然以斑点狗专家自居，告诉我小斑点狗中有三分之一是聋子，挑选时一定要注意；小狗身上的点不能太多，否则长大了会连成片；她还告诉我纯种斑点狗的特征，显然她早已把那本关于斑点狗的书吃透了，为了满足她苛刻的标准，更增加了我寻到一只纯种斑点狗的难度。

记得那天是十月一日，天气晴朗，我们去了一家犬舍。据说犬舍是专门繁殖纯种狗之处，虽然价格会比犬交易市场贵很多，但狗的品种货真价实。当我们说明来意，要买一只小斑点狗时，他们遗憾地告诉我们，现在犬舍都不繁殖斑点狗了。于是我向狗舍的人讲述女儿对斑点狗的痴迷，终于打动了犬舍的女老板，她说：

“整个犬舍只剩下一只三岁的斑点母狗，虽然胖了点儿，但绝对是一只纯种的大麦町。我们想给它找个有爱心的好人家，看你们两个那么

大麦町点点

爱狗，对它肯定好，你们如有诚意的话，随便给点钱，就把它牵走吧！”

当这只成年的斑点狗牵到我们面前时，我和女儿顿时眼前一亮。这和《101 斑点狗》影片中的大麦町完全一样，甚至有过之而无不及。这不就是女儿梦寐以求的纯种斑点狗吗？只不过它不是一只可爱的小狗，而是一只成熟健康的大狗，一只活泼开朗的纯种大麦町。

犬舍的女老板说，这只大麦町下过一窝小狗，它在斑点狗中也是位“美女”，生出的小狗个个漂亮。它最主要的是头长得美，两只耳朵都是黑色的，头部的斑点分布均匀。此外，它性情好，温顺、聪明，与人关系处得极为和谐。

养只大狗，我们确实没有任何思想准备。首先一个 12 岁的女孩能不能控制得住它？如果牵不住它，会不会咬伤别人？我在电影里看到斑点狗的力气极大，能把自行车和人一起拉到河里，我们会不会被它拉倒？后来证实，我的担心是有道理的。然而犬舍的老板将牵引带交给我，让我和女儿分别试了试，好像能牵得住，一切在掌控之中。

那只斑点狗的名字叫点点，我们感到有些俗，我想在中国大约有一半的斑点狗会叫此名。由于我们一直锁定养一只小公斑点狗，所以名字早就起好了，女儿要叫它酷哥，我则倾向叫贝克。我记得《宠物生活》有一期，专门介绍一位主人养了只斑点狗，名字就叫点点。然而犬舍的老板说名字最好不要改，因为在它脑海中早已根深蒂固了。

这只斑点狗被牵到一个狭长的狗栏中，我的女儿站在旁边和它玩耍，只见它的两只前爪扒在木栏上，头伸过来，很愿意让女儿抚摸它的头部。不一会儿，它和女儿混熟了。我走过去，它同样站起来，眼睛望着我，好像会说话，甚至在做媚眼，全身抖动着，分明很激动，很快我也可以随意抚摸它了，好像我就是它现在的主人。

一瞬间，我突然感到和那狗有缘，我爱上它了，于是心中开始盘算起来，明天太太将从欧洲飞回来，我将失去任何决定权，最好当机立断买下这只狗。我问女儿：

“你喜欢它吗？这绝对是纯种的大麦町，你要是喜欢，爸就买了。”

谁知女儿表现得异常冷静，因为她心中和妈妈还有秘密协定，她还梦想那位叔叔会给她找一只纯种的小斑点狗。然而眼前这只活泼可爱的大麦町，正在施展全身的解数，它也要寻找新的主人、新的家，它不满意整日被关在笼子里生活，它从两位客人的眼神中，一下子就看出了他们的好心肠，所以它也要拼命把握住这次机会。

点点看起来稍胖了些，它的皮毛由于好久没有洗澡的缘故，也变得脏兮兮了。我注意到它的腿部有两处脱毛，显然点点由于经济价值的降低，在整个犬舍处于失宠的地位，自然在生活上缺少照顾，但它毕竟有过辉煌，仍不失灰姑娘本色，它的美丽和魅力无法阻挡，我的女儿终于开了金口：

“那好吧！就买它吧！”

我迅速和犬舍的老板达成交易，为了表示诚意，我把钱包里所有的钱都掏出来，全给了他们，一共是970元。我打开车的后门，点点迫不及待地一下子钻了进去，好像它早已选定了我们，它坚信自己正在踏上一条幸福之路。我将女儿安排在后座，叮嘱她一定要抓紧套在点点脖子上的项圈。我将汽车开得飞快，好像车里藏着一块无价之宝。我听见车后传来了女儿的尖叫声：

“爸爸，它舔我的脸！”

女儿和斑点狗坐在汽车后排

我们怀着激动的心情将点点载回来，先把它安置在车库，把它拴在车库里的地沟上，然后立即从家里拿了五百块钱。我和女儿三步并作两步，向好猫好狗和酷迪宠物用品商店奔去。这就好像家里突然降生了一个孩子，而所有的婴儿生活用品都没有备齐。我任凭女儿在那里随意挑选狗的生活用品：狗的食盆、饮水盆、狗粮、骨胶、项圈，我的女儿一下子买了几条链子，包括铁链、皮链、牵引带，此外还有浴液、刷毛梳子，甚至狗玩具。我唯一把关的是，女儿还要买160元的狗牙刷和90元的狗牙膏被我制止了。我的理由是每天给它吃一两块骨胶，让它磨磨牙，不就等于给它刷牙了吗？

当一切就绪，我们稍稍松了一口气。回到车库，我和女儿坐在点点的旁边，抚摸着点点的头颈，争着把狗粮一把一把喂给它吃，然后接一盆水给它喝，看着点点吸吮水的样子，使我们感到正在和另一生命互动。我们由衷地喜欢它，想到这么一个充满活力的生命来到了家里，成了家庭的一员，并且要和我们一辈子生活在一起，内心便荡漾起无比的快乐。这时候，我才想到，这么一个重大的决定，还未曾和夫人商量，甚至有关买点点的信息，她一点儿也不知道。我开始盘算，应该用怎样的方式告诉我的夫人？应当怎样和她说？我们为什么要买这只大狗？

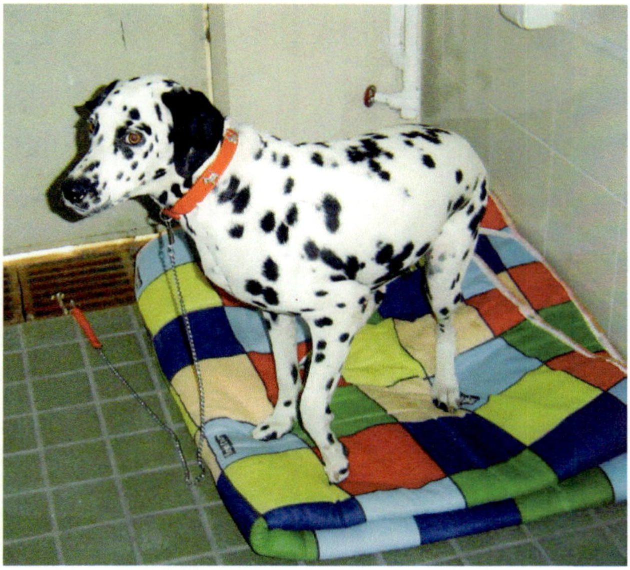

点点被拴在车库的地沟上

第二天中午，我和女儿开车到飞机场去接从欧洲归来的夫人，我特意找了一家她最喜欢的饭馆，为她接风洗尘。我点了她最爱吃的几道菜，在她吃到酒足饭饱的时候，我开始吞吞吐吐地向她道出了买狗的真情：

“在你出国期间，我们办了一件大事，实在来不及商量，因为这是天赐良机，这种机会一旦失去就很难复得，所以我就当机立断做了这件大事。从今以后，我们家将增加一位新成员……”

我的夫人有些疑惑，心不由得紧张起来，最初以为我们收养了一个孩子，后来终于反应过来了，大呼：

“你们背着我买了一只狗？！”

我的女儿立刻补充说：

“一只纯种的大麦町。”

夫人的心又开始紧张起来，因为她曾亲耳听女儿对我说：

“爸爸，您可要做好思想准备，纯种的大麦町少则万元，多则几万元。”

然而当我说出只花了1000元时，夫人便松了口气，立刻表现出不以为然的样子。夫人还以为我们买了一只小斑点狗，到了家里看到面前是一个庞然大物时，她差点儿没晕过去，但点点立刻以饱满的热情，迎接我的夫人，它特有的魅力，迷人的外表，一下子就把夫人完全征服了。

不少养狗的朋友曾经劝我，狗应该从小养起，这样才会有感情。我则认为养只大狗才是捷径，我当初能毅然决定买下这只大狗，实在是英明之举。在小区里，后来我碰到过四个人，都曾有过养小斑点狗的经历，但他们全都失败了。

第一个人是因为给小狗洗澡过多，使狗狗抵抗力下降，生病而死。小狗是娇气的，极易患病，从小到大，稍有照顾不周就易生病。第二个人是为驯狗伤透脑筋，因训练小狗在外排便屡屡受挫，而不得不把狗送回犬舍。第三个人的狗是闹事鬼，在外到处乱跑，在水池游泳，在家“大闹天宫”，把车库搞得乱七八糟，实在不堪忍受，只得送还朋友。第四个人从国外带回来一只斑点狗，因为在家上蹿下跳，有一次竟将电视掀翻，最后送给武警当缉毒犬了，这对他来说是最好的结果。

一岁以上的狗称为成狗，这时狗已长结实，一般不大会生病，养好了能活十来岁。我的大麦町，买的时候三岁，已经完全成熟，在外大小便的习惯早已养成；关在车库，不会像小狗那样，整日狂吠不止，而是静静地卧在那里，等待主人；到了家里，桌子上放的食品，篮子里放的蔬菜，它都不会去吃，偶尔将头伸到纸篓里嗅一嗅，你只要喊一声，它立刻会把头缩回来，好像孩子做错了事似的。

一只美丽聪明的斑点狗就这样融入了我们的家庭，我的事情开始多起来，每天遛两次狗是雷打不动的，除了给自己做饭，还要给狗做饭。狗生病了，同样会使我吃不下饭睡不着觉，拼命翻看各种兽医书籍，为它寻找适当的兽药。当然狗也给我带来不同寻常的愉悦，带来另一种生命的情感，使我一生中除

我的大女儿和“小女儿”

了爱过一匹马外，又爱上一只狗，并且把它视同自己的孩子一般，我竟毫不掩饰地称自己现在有两个女儿了。

在买点点之前，我的女儿和夫人曾背着我和张先生达成过一个秘密协定，他们要找一对纯种的斑点狗，然后一家养一只。由于女儿嘴松，使这一消息外泄走漏，结果我从反对养狗一夜间变成了坚定赞成养狗者，并且先下手为强，积极在北京四处寻找纯种斑点狗，终于成功找到了一只纯种的大麦町成犬，然后说服女儿买下了这只好狗，但我的女儿和夫人毕竟与张先生有约在前，可是她们俩被我带到沟里，和人家失约了。

张先生这段时间几乎跑遍了北京所有的犬舍和犬交易市场，始终没有能找到一只毛皮和外形超过他那已故的斑点狗，所以始终没有如愿地再养一只斑点狗。这就如同失恋者，如果要找新的恋人，就一定要找一个更漂亮或更帅气的异性，否则便会念念不忘初恋情人。他认定北京已很难找到比丁丁（他已故的斑点狗）更漂亮的大麦町了，除非是它的母亲，因为买丁丁时，小狗身上的斑点还没出齐，因此他特意去看了看丁丁的母亲。那真是大麦町中的美女，看完之后，他二话没说就买下了丁丁。

如今他听说我们也买了只大麦町，出于好奇，他打来电话。在电话中，他问我们的斑点狗是哪里买的？我说是清欣犬舍。电话停了几秒钟，再响时传出了张先生激动得有些发颤的声音：

“丁丁也是在那里买的，你们一定是把丁丁的母亲买来了。我怎么没有想到呢？”

他的声音哽咽了，显然张先生为没有想到丁丁的母亲也是可以买的而后悔不已，接下去是他们全家后悔不已。我想起当初女儿在买点点时，曾经有过二十分钟的犹豫，如果张先生那时站在旁边，他一定会不顾一切，抢先买下点点。我则为那时所做出的英明决定而暗自得意。

张先生不断打来电话，一定要带着全家过来看点点，我们好像多少有点不情愿，也许是多心。总觉得有人好像要夺走点点似的，所以时间一拖再拖。终于在几个星期后的周末，张先生全家人赶到了我家，他们如愿以偿地看到了点点，并且带来了丁丁的照片。

点点的儿子丁丁

从照片上看，点点的儿子丁丁的确也很好看，它身上的毛皮和点点应该相差无几，欠缺的是头部不如母亲美丽，因为点点头部的斑点很匀，并且耳朵是全黑的，它是大麦町中的美女。

谈起丁丁的死因，免不了要勾起他们悲痛的回忆。他们抱来的丁丁只有两个月大，一共养了11个月。在养到9个月时，发现原本活蹦乱跳的丁丁，变得越来越懒，越来越虚，后来竟连一块骨胶都咬不动了。他们带丁丁到宠物医院检查，验血的结果很糟糕，血中充满了幼稚的白细胞，却很少有红细胞。他们跑遍了京城几个最大的宠物医院，结论都是一样的，丁丁患了不治之症——白血病。

他们不忍心看着丁丁越来越衰弱，不忍心看着它一天天走向死亡，最后他们为丁丁选择了安乐死。兽医给它打了一针超量的镇定剂，丁丁便在熟睡中死去。他们用五合板钉了一个木箱子，算作是丁丁的棺木，将它埋葬在十三陵附近的树林中。那一天，全家人都哭了，但愿丁丁会借着昔日帝王将相的风水，在天国中安息。

听完了丁丁不幸的故事，作为兽医，我开始分析丁丁生病的原因。我从点点的年龄上发现了其中的原因，我们买点点时，它只有三岁，而丁丁是11个月大的时候死的，而我们买点点至少是丁丁死后半年之后的事情，如此算来，点点怀丁丁的时候是一岁左右，也就是说点点初潮的时候，狗舍就给点点配种，因为那个时候社会上因电影《101斑点狗》使大麦町成为热销狗，所以狗舍为了赚钱，他们不顾点点的身体，也不顾它后代的身体，便采取这种“短平快”极不人道的育狗方法，酿成了丁丁的悲剧。试想一个初潮就怀孕的少女，生下的孩子可能健康吗？同时我们也发现，点点尽管跑得很快，但它多少有些“罗圈腿”，那是早孕早育导致缺钙的后遗症。

因为有了这样的教训，我们便决定为了使点点能健康长寿，为了减少点点气血的消耗，我们将顺应计划生育，不考虑让点点再育了，也就是说不让点点再怀孕，不让它生第二窝，同时我们还要加倍呵护点点，让它活过狗的仙寿 15 岁，这相当于人的百岁。

虽然我没有见过丁丁，但听到它的不幸，特别是丁丁生命的最后时刻，我的心中不免会产生刺痛和悲伤。幸亏点点听不懂人话，不然它一定会因儿子的死伤心过度。然而丁丁的死，也使我对点点的遗传基因是否完全健康而担忧，为了预防点点步它儿子的后尘，我在饲喂点点时，增加了多种维生素。此外，就是要设法增加点点的活动，它本是一只跑狗，如果整日拴着，没病也要憋出病来，至少会影响它的寿命。我家附近有个麋鹿园，参观时讲解员介绍说，拴养的麋鹿大多活不过十岁，圈养的麋鹿则能活十几岁，而放养的麋鹿至少能活二十多岁，其中最根本的因素取决于运动的多少。放养的动物可以跑，圈养的动物能走不能跑，拴养的动物则连走几乎都不可能了。

女儿在训练点点跨越树丛

我们首先设法增加点点的运动，女儿常骑着自行车带它跑圈，虽然效果不错，但毕竟女儿学习忙，课余时间不多；此外，在小区不停地绕着圈骑车，旁边还跟着一只大狗，对己对人都存在着某种不安全的因素，因此不是长久之计。有一天，女儿遛狗回来，兴冲冲地对我说，点点会跨越障碍物了。那天女儿无意中将玩具抛到了一排矮树丛里面，点点竟跳进去，然后又叼着玩具，跳了出来。于是女儿即兴训练，很快点点就能随着人的口令跳进跳出了。

女儿的话我最初有点不信，这岂不是可以去演马戏了？但女儿亲自给我演练，当第一次看见点点按照女儿的口令跨越树丛时，我简直有些惊呆了，不禁大声喊叫着天才。它几乎没受什么训练，就能做出如此高难度的动作，令我难以置信。点点的天赋一直没有被我们发现，其实点点无论在智力还是体力上都是超群的。那天晚上我多给了点点几杯狗粮，使它美美地饱餐了一顿。

过了几天，我独自将它领出去，想亲自试试它的本领。为了防止它乱跑，我给它戴了个嘴罩，准备在正式演练时再将其摘掉。谁知当我抛出玩具后，才想起忘记给点点摘罩了，但点点全然不顾，戴着嘴罩依然跳进跳出。待到我将点点的嘴罩摘去，它的跳跃便更自如了。后来我进一步将点点的跳跃运动引入到室内，这样我就不必冒着凛冽的寒风或顶着炎炎烈日，带点点到室外做运动了。我希望寻找如同自己室内的乒乓球桌、发球机或跑步机那样的健身器材，能为点点提供足够的运动，而我们则足不出户。

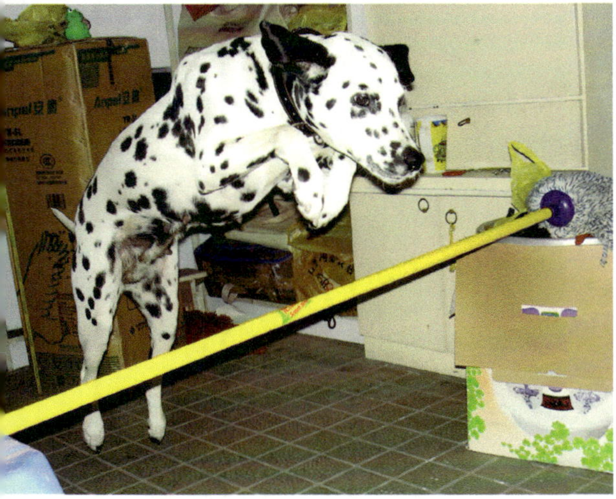

点点在车库中跳杆

在车库，为了让点点有些运动，喂狗粮时，我喜欢用抛食法，这样点点每吃到一粒狗粮，就要跳一次，但后来它“油”了，常常不跳，端坐在地上，依靠灵活的脖子，也能准确地接到食物。于是我将喂食方法做了一次改进，在一张凳子和一个纸盒子之间，搭了一根长长的拖把，然后让点点跳过去，再跳回来，奖赏则是一粒狗粮。这样，一把狗粮，能让点点跳几十个来回，两把狗粮几乎能让点点跳一百个来回。

有了这样的运动，点点的身体状况便有了很大的改善，虽然它依然有些发胖，但它优美的体形开始显现。采用这种喂食方法，至少点点的运动能够保证，当然我每次最多喂两把，一天可多喂几次。有时为了增加它的运动，我可以让它跳两个来回、三个来回，乃至五个来回，却只喂一粒狗粮。这时如果被女儿看见，她会大呼残忍，于是又改为每跳一个来回给一粒狗粮。

点点总是兢兢业业，非常认真地跳跃着，虽然它的动力只是为了那一粒狗粮，但它会不停地跳着，有时累得气喘吁吁，稍稍停下来歇一歇，喝几口水，抖一下毛，或者舔舔脚，然后望着我，等待口令。有的时候，它体力充沛，或者处在极度饥饿状态时，甚至不等口令，会自动跳个不停，因为它心中有数，只要跳一个来回，就能吃到一粒狗粮。

点点的跨栏越来越好，技术越来越纯熟，其优美的动作不亚于雅典奥运会男子 110 米跨栏金牌获得者刘翔。于是我又将点点的跨栏运动扩大到家中，在客厅里，在两张凳子之间放一个鸡毛掸子，或者在狭长的走廊里，用羽毛球拍架在凳子上，点点从来不嫌器材简陋，依然认真地跳着，动作依然有力、优美。

点点在家跳鸡毛掸子

当然我们也不是始终把点点闷在家里，每当风和日暖，也会带它到室外运动，甚至开车去几十公里外的宠物公园，在那里它可以尽情地与其他狗玩耍、追逐、嬉戏，而我们则拿着它的玩具与它共舞。由于采取了这一系列的措施，点点的运动得到了保障，它的身体较之前健壮了许多。

此外，我们也关注点点的饮食，或者说饲喂方法。我们经历了以狗粮为主，到以人食为主，再到以狗粮为主的过程。一开始在女儿的逼迫下，我给点点买了各种散装的狗粮，甚至还给它买狗罐头吃。但时间一长，点点基本甩给我管，一日三餐由我全盘负责，心中暗想，农村的狗，哪只吃过狗粮？不都活得好好的，于是剩饭剩菜便成为点点的主要饮食。狗虽是肉食动物，但口味远比人清淡，因此太咸、太甜、太油的食物会影响狗的健康。胡萝卜对狗来说，基本不吸收；洋葱头会导致狗发生肾衰竭；人的许多调料，对狗来说是毒药。而这些常识是一位宠物商店的老板娘告诉我的。

有一天，发现点点掉毛，后来又发现到了换毛的季节，点点身上的毛，大把大把地脱落。正好有一家高档的宠物商店开张，我得到一张免费给宠物洗澡的体验票，于是娘俩带着点点去享受 120 元一次用进口浴液的洗浴。洗毕，兽医给点点做了全身体检，女儿希望找到脱毛的原因。兽医判定，点点是因为吃了过多人的食物所致，结果我便成了罪人。那天女儿流下不少泪，回来时不仅带回了一尘不染的点点，而且还背回一袋 400 多元的皇家狗粮，据说是加拿大生产的原装狗粮，从此点点的饮食便又以狗粮为主了。

# 第六章

# 点点的趣事

斑点狗天资的聪颖和迷人的外表曾经吸引了很多狗迷，但最后斑点狗却很少有人问津和豢养，其中必有原因。然而开始我并不在意，因为大部分时间狗是拴在车库里的，它的破坏力无法施展。还记得在最初遛狗的时候，每当我把点点牵出，立刻会吸引很多眼球，同时传来各种赞叹之语：

“太漂亮了！真棒！”

“妈妈，快看！奶牛狗。”

“不！这是斑点狗，是大麦町。”

“妈，这斑点狗怎么和电影中的一样一样的？！”

听到这些议论和赞美之词，我便会有几分得意，因为如果我一个人走在大街上，很少会有人看我一眼，而牵着点点走，就会吸引无数目光。当然有时也听到那些来自农村妇女的夸赞，她们有的是民工家属，有的是清洁工，常常操着外地口音叫道：

“快看！花狗！花狗！”

我想她们一定是把农村的杂种土花狗和我这只纯种大麦町混为一谈了。

在遛狗的时候，我逐渐发现，人家的狗都是跟着主人后面走，昂着头，往往无须用牵引带牵引，而点点总是低着头，鼻子几乎挨着地，它最感兴趣的是垃圾桶，如果没有牵引带牵引，它会随时奔过去，将垃圾全部翻出。后来我在一本书上读到，大麦町被归为气味型猎犬，所以它

牵住点点不容易

应该是缉毒的最佳犬种。

在《101 斑点狗》的影片中，我看到男主角被大麦町连车带人拉到了河里。而我遛狗时，点点总是在前面拉着我跑，如果注意力不集中，随时都有被它拉倒的危险。后来一位定居在美国的朋友告诉我，大麦町在美国属于 greyhound（灰狗）一类的狗，这是一种善于奔跑的猎狗，你怎么会选择养这种狗呢？我说还不是你们美国人拍了那部大片《101 斑点狗》后招惹我女儿的。

由于从来没有养过狗的经历，一开始就养大狗，而且是极为活跃的运动型狗，我明显感到经验不足。首先牵狗绳的长短把握不准，为了防止狗蹿出去，我将牵狗绳收得很短，并且紧紧地套在手上，其实这是相当危险的。

有一天晚上，我和女儿在水池边遛狗，走到台阶前，我停下来和女儿说话。这时候，点点大概突然发现了一只流浪猫，耳朵立刻竖起来，接着便以迅雷不及掩耳之势扑了出去，它爆发力极强，我整个身体被它带起来，感到略微有些腾空，那只开车永远离不开的右脚一下子绊在了台阶上，我发出一声惨叫，落下时，膝盖又磕在石板上。女儿立刻跑过来扶我，点点也跑回来，先是舔我的左脸，我一边呻吟着一边用手挡开，显然对它的“虚情假意”并不领情，可是点点又跑到另一边舔我的右脸，这也许是代表了动物不断向人表达歉意吧。

万幸的是我的骨头没有摔裂，这应当归功于两年来一直坚持锻炼和补钙的结果，但毕竟伤筋动骨一百天，使得我有一周不能开车，两个月不能打球，每天遛狗时一瘸一拐走得很慢。点点多少有些知道，走路不像以前那样抢，偶尔也会转过身，舔舔我那只受伤的脚。当我走不动坐在椅子上歇息时，它会停下来，前脚搭在椅子上，和我面对面，它知道我不喜欢被舔，便用一只脚搭在我的身上，以表示友好和慰问。

点点在向我示好

当我刚刚被点点拉倒摔伤时，曾呻吟着向女儿说：

“这狗咱们不能养了！”

然而女儿却劝慰我说：

“所有养斑点狗的人都有喜有忧，您这点儿伤算不了什么，我被它拉倒了好几次，只是没告诉您。”

说罢，她卷起袖子，拉开裤腿，我看到女儿腿上有几处都擦破了皮，血迹斑斑的。我无话可说，好像所有养狗的人都会有流血的经历，与女儿相比，我似乎娇气了点儿。

细细想来，我意外被拉倒，也不能完全怪点点，它是只猎狗，追扑猎物是狗的本性，而且事后它已经用舌头向我表示了歉意。关键是要吸取教训，总结经验，避免危险受伤的事情再发生。我发现用短绳牵狗是个绝对错误，因为在下楼梯、开门出门时，很容易被狗拉倒，所以养大狗一定要用牵引带，当狗突然蹿出，牵引带会自动拉长，狗跑回来时，牵引带会自动缩回。而要让狗迅速跑起来也容易，只要松开键，狗就行走如飞了。

点点自知有错

在我养腿伤的日子里，心情有些郁闷，因为没有享受到养狗者的快乐，反而要被动地一瘸一拐地遛狗、喂狗，心中不免有几分怨气。点点虽是大狗，但免不了有时吃多了，或吃得不合适，胃肠控制不住，把屎拉在车库，这样的事情大约每周会发生一次。于是我只好用旧报纸将狗屎包走，用滴露水消毒，用洗车喷头冲地，再用墩布把水拖干。狗屎毕竟臭，清理它是一件脏活儿，我很不愿做，加上被摔而积下的怨气，一股股无名之火常在我的心中涌动，于是满腹牢骚化作各种严厉的斥责，不断向点点抛去。

其实点点很有自知之明，如果把屎拉在车库，它的举止和往常会大不一样，一改平时摇头摆尾迎接我的姿态，而是缩在一边，用恐惧的眼神看着我。而我好像突然找到了出气筒，开始大声地斥责，喊叫声常换来点点眼中惊恐的一闪，甚至全身的抖动，于是我的心里就有了某种满足感。

一连数天，点点没有再把屎拉在车库，它又恢复了昔日的热情。每当我用钥匙开门时，便会先听到金属链子的响声，那是点点从铺上站起来，然后发出它全身爽快的抖毛声。当打开门时，它已顾不得拉紧的链子，全力向我摇头摆尾了。但有一天，开门时这熟悉的声音听不到了，一进门，只见点点横躺在地上，像个犯错误的孩子，但我并没有发现粪便，待走近时，才看到点点用身体挡住了它拉的屎，于是我一面清扫粪便，一面又是一顿斥责。

又过了些天，是我第三次发现点点异样地躺在铺上，但在地面上没有看到粪便，依照经验它肯定又犯错误了，不然它会摇头摆尾地迎接我。于是我继续寻找，终于在它头躺的铺下发现了干巴的粪球，原来它将狗屎藏了起来。我大声地吼着，痛快淋漓地叫骂着，全然不顾在一旁瑟瑟发抖的点点。当时我的确很爽，甚

点点异样地躺在铺上

至找到了《卡拉是条狗》中葛优的感觉，他说只有在狗面前才找到了自己做人的尊严。我发现在大声训斥点点的叫声中，我居然和葛优同病相怜，一下子尝到了真正当主人的感觉，自然也找到了自己发泄冤屈、压抑、不快的渠道。

然而狗也是有尊严的，特别是大麦町，自尊心极强，因为我除了大声训斥点点外，还故意冷落它，这是一向最愿意讨好人的点点绝对受不了的。可是万万没想到，后来它做了一件令我心痛的事情，使我内心受到极大震撼，从此就再也没有训斥过点点。

那天进门看到点点又异样地躺在铺上，眼睛里露出恐惧甚至哀求的目光，四脚朝天的腿微微颤抖，好像随时在等待我的大声斥责。我开始翻找粪便，但查遍所有的地方也没有，最后在地上找到一点屎渣，但这一小点儿屎渣是无法从肛门里落在地上的，看看它的表情和姿态，答案只有一个：点点把屎吃了。

我的心立刻感到了阵阵刺痛，人的清高，人的自傲，在点点的忏悔面前，在两种生命体的对话中，好像一下子变得渺小，变得一文不值。我想全世界的狗迷知道了此事，说不定会予以声讨，我深深感到自责，感到自悔。

从此，我对点点在车库偶尔拉屎，完全采取睁一只眼闭一只眼的态度，再也没有过大声吼叫，只是轻轻嘟囔一声：“怎么憋不住？又拉了！”然后默默地去清扫粪便，点点依旧缩在一边，眼睛盯着我清扫的全过程，我想这同样达到了教育目的，它会努力忍的，拉出来也是事出有因，而我和点点之间却建立了一种全新的关系。

点点自从来到我家，它的生活发生了翻天覆地的变化。在狗舍整日被关在笼子里，活动空间十分狭小，而在我家，它居住在二十多平方米的车库，里面水、电、暖气俱全，虽然有一条链子把它拴在地沟上，但它仍有几平方米的活动空间，并且旁边还有它十分喜欢的褥子。在狗舍，它的主要任务是繁殖后代，它生过一窝，下了七个小崽，为狗舍赚了将近两万元，当然这一时期它会吃得很好。到了我家，点点很少能饱饱吃一顿，但却保持着旺盛的消化力和吸收力，这是因为我希望它保持健美的体态，以便受到更多人的青睐。

女儿与点点玩耍

点点几乎是以家庭一分子的身份来到了新家，在养点点半年后，只要我们一有空闲的时间，都会把点点牵到家里。说也奇怪，点点在外面表现得非常活跃和机敏，处处显出猎狗本色，跑、跳、扑、跃无所不能，与小区里所有的狗相比，点点在运动方面都要高出一筹，好像它有永远使不完的力量，以至在外的时候永远离不开牵引带，但到了家里，它却表现得异常文静，不仅懂规矩，而且彬彬有礼。

我喜欢在打电脑的时候，将点点牵进我的书房，它喜欢在窗前的沙发上歇息，因为那里有直射的阳光。它很知趣，看到我在工作，就在沙发上卧着，偶尔也会摇头摆尾走过来，坐在我的身旁，希望我能腾出一只手，轻抚它的头颈和后背。然而我操作电脑时，双手常离不开键盘，于是不得不抽回手，这时点点会扒着我的转椅，站得和我一般高，然后惊疑地望着电脑。

女儿那时刚进入初中，喜欢自己打扮，也喜欢打扮点点，有时候她会给点点打扮成狼外婆的样子，有时她给点点穿上衣服，戴上皇冠。她认定点点是狗中的美女，如果参加狗狗的选美比赛，它一定会勇夺桂冠，因此特将一顶买来的皇冠，戴到点点的头上，并为它拍下了这张照片。

女儿为点点打扮

狗天生与人有着某种依赖和亲密的关系。狗对人是十分忠实的，我听说过许多狗救主人的故事。《新京报》曾登过一件趣事，一位老人养了两只小狗，他想考验自己的爱犬，在关键的时候能否救他，于是躺在地上不动，眯缝着眼睛，观察狗的举动。结果五分钟后，一只狗舔他的手，另一只狗舔他的脚；十分钟后，一只狗开始狂吠，另一只狗扒门，而当他突然站起来时，狗立刻活蹦乱跳，与他亲热无比。

读完这件趣事后，我相信很多养狗的人都会去效仿，狗的反应大概是五花八门的，我也试了试点点。那天点点跑到外屋去，我便躺在书房的地板上，等待点点进来，并且眯缝着眼睛，观察点点会采取怎样的举动。点点在外面转了一圈，返回书房，看见我躺在地上，立刻急速地在我身体周围转了一圈，大概是想搞清楚主人到底发生了什么事儿；接着它采取了远比那两只小狗更迅速更直接的行动，这就是在《101 斑点狗》电影中一开始看到的镜头，那只叫彭哥的斑点狗叫醒主人的方式，点点一下子趴在我的身上，拼命用舌头舔我的脸，所以总共不到 10 秒钟，我就不得不叫着爬起来，点点立刻跳起来，将两只脚搭在我的胸前，向我表示它心中刚才的担忧和现在的快乐。

在点点来家最初的几个月，它患有皮肤病，所以很少带它到我们人住的家，大部分时间待在车库，自然它会觉得孤独。我每次去遛它、喂它和给它上药治疗，点点都表现出恋恋不舍。当我给它梳完毛后，便会与点点面面相对半个多小时，它喜欢我从头到脚对它身体的各个部位轻抚和点按，只要我的手一停下来，它的头便立刻贴过来，生怕我离去。这时，点点会深情地望着我，然后双脚搭到我的膝盖上，他知道我不喜欢被舔，于是将一只前足搭在我的肩上，久久不动，使我领略到，狗总是试图用各种方式向人表达自己的情感和友谊。

养狗虽然会有花费和麻烦，但全世界有如此多的人愿意自讨苦吃，其中必有原因，那就是与狗相处中可获得快乐，消除心中的烦恼和孤独，同时将狗忠诚和仁爱的品德传到人间。女儿在养狗之前，曾经给我讲述了许多狗能改善人际关系的道理，那时我并不理会，在有了点点之后，我逐渐认识到了其中的奥妙。当夫人生气的时候，我将点点预先牵到屋里，怒气冲冲的夫人推开门时，迎上来的是摇头摆尾的点点，她的怒气便一下子消了。女儿当时正处青春期，情绪化的激动，常常使我们父女关系出现紧张，但自从有了点点，我们的关系变得亲密无间。

点点使我们父女的关系变得亲密无间

为了不使点点在车库感到孤独，我给它买的玩具是五个小动物，分别是小兔、小鸭、小鸡、米老鼠和青蛙，这些塑料玩具被用手捏的时候，会发出唧唧的哨音，大概很像斑点小崽的声音，这使点点非常喜欢，常常舔了又舔，把它们当作孩子看待，但时间一长，点点逐渐发现那些玩具是不会动的，慢慢失去了兴趣。

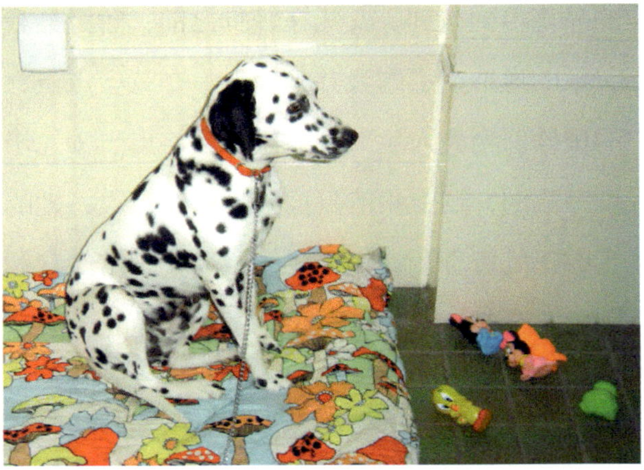
点点对玩具失去了兴趣

几个月后，我看见一个养狗者训练他的爱犬叼东西，就是用类似的玩具远远一抛，那狗会扑过去一口咬住，然后叼回来交给主人，奖赏便是一粒狗粮。我准备模仿他，在一个晴朗的日子里，我在大衣的两个兜里分别揣了玩具和狗粮，开始训练点点。当我把玩具扔出去后，点点立刻蹿出去，但玩具叼回来后并不交给我，而是远远一放，然后立刻向我手中的狗粮奔去。我训练了几十次，每次的结果都一样，我有些失望了。

这时候发生了一件奇怪的事情，附近传来几声小狗的叫声，点点站在那里愣了一会儿，我不知道那声音是否唤起了它的母爱，因为它有过当母亲的经历，并且七个小狗崽在满月的时候都被卖掉，我想对于点点来说，那是一件极其悲伤的事情，作为母亲，它的心理在当时一定受到了很大的伤害。

点点看着面前的小玩具，一定是想起了它以前生过的小崽们，于是一口叼住那玩具，头也不回地往家跑。牵引带虽然有八米长，我依然赶不上它的速度，几乎是被它拖回来的。上了电梯，进了家门，点点将那玩具一直叼到沙发上。当点点把第一个玩具放在沙发上后，接着便看着我的大衣兜哼叫起来，我不得不将所有的玩具掏出，然后放在地上，点点一个又一个把它们叼到沙发上。从此点点在沙发上做了一个窝，或者说搭了一个窝，目的便是养那五个小玩具。

我并不是一开始就认识到点点将玩具当作孩子养是认真的，我还以为它在逢场作戏。那天家里来了很多客人，我向大家表演点点捡玩具的节目，我一次又一次将玩具扔在地上，点点不厌其烦地叼回沙发。有的时候，我一次扔两三个，它都会设法一口咬住，再叼回；有的时候，玩具摔在地上会发出哨音，点点也会哼叫着，好像真的摔疼了它的孩子。这时候女儿出来阻止我的行为，说我伤了点点的心。

那段时间，夫人平时住在城里，只有周末和节日才能见到点点，因此她一回来，就会抢着遛点点。那天晚上夫人遛狗回来，将点点牵到车库，又出现了奇怪的一幕。点点平常很乖顺，每次回到车库，用链子拴颈项时，它从来没有表现出不情愿，何况车库里有一个它非常喜欢的睡垫，每天晚上它都会安静地卧在那里，等待我们关灯离去。而那天晚上，点点表现出异常的焦虑不安，因为它找到了一个剩余的玩具，记得是一只橙色的小白兔，于是点点叼着它在车库里乱转，并且不断向我夫人示意要出去。一出车库，就直奔电

点点将这些玩具视为自己的孩子

梯；一进家门，就将小白兔叼到了沙发上，与其他玩具放在一起，并且用自己的身体呵护着它们。

夫人向我描述点点的焦躁不安，从她惊恐的眼神中可以看出，夫人担心点点会不会因为这几个玩具引发精神错乱。我建议夫人把所有的玩具暂时放回车库，因为这些“小崽”们本来就在点点的睡垫旁，一直陪伴着它。谁知我的建议引起了新一轮的混乱，点点更加焦躁不安，它一口叼着两三个玩具，决意要冲出车库。我们终于恍然大悟，它是要把所有的玩具送到楼上的沙发，因为点点已为它们选择了新窝。当我们把玩具装在一个塑料袋中，拿到楼上后，点点便安静了。从此点点一进家门，第一件事就是跳到沙发上，看它的小宝宝，如果我们把这些玩具放到了别处，点点就会满屋四处乱找，并且不断发出哼叫，直到我们把这些玩具堆放在它的面前。

那天电视里正好介绍一只叫吉利的小狗，由一位黑人养着，那只狗有个奇怪的秉性，善于寻找流浪的残疾猫，找到后便会去舔，表现出狗对弱小动物的怜悯和疼爱。那位黑人利用吉利的这个秉性，救助了无数流浪的残疾猫，为此许多媒体争相报道，他和狗因此获得很多奖状。然而电视并没有分析其中的原因，我虽然没有学过动物心理学，但我注意到吉利也是只母狗，因此我断定吉利的特殊秉性，一定与它生育和喂养过受伤或弱小的狗崽经历有关，当然也可能吉利带养过受伤的小猫。这或许可以用弗洛伊德的心理学解释，吉利的特殊秉性一定和它的经历有关，而其中最根本的原因就是狗具有伟大的母爱。

看到点点对那几个玩具爱得如醉如痴，同样是母爱在作祟。可以想象，点点在当母亲的时候，心理一定受到过严重的创伤。试想当点点生下七个活蹦乱跳的小崽时，点点曾是何等的高兴啊！然而当它看到七个小崽一个个被抱走，它的内心又会怎样难受啊？少一个玩具点点都心急如焚，少一只它生的小狗，点点又会怎样焦虑不安啊？我完全能想象得出点点当时焦躁的样子。然而更为残忍的是，最后连一只狗崽都没有给它留下，真不知道点点是怎样度过那段日子的，它一定是四处寻找，整日哼叫着，在心灵上留下了重重的创伤。如今玩具的唧唧声使点点产生了联想，想起了狗崽的哼唧声，于是伟大的母爱被激发出来了。

有一天，女儿和上海来的亲戚去遛狗，突然高喊着让我把点点的玩具从窗户扔下来，于是她便有了新的发现。她将牵引带松开，手握玩具，点点便紧紧地跟着她，当点点受到某种诱惑离她而去时，只要捏一下玩具发出的哨音，点点立刻就会跑到她的身旁。

点点叼着玩具等在家门口

女儿把这一发现告诉了我，试了试果然奏效。先把玩具放在口袋，然后将点点放出，看到它跑远后要不断叫它，如果感到失控，捏一下玩具使其发出哨音，点点立刻回想起它孩子哼唧的声音，于是爱心促使它迅速跑回来。头几天很灵，可是时间一长，点点本性难移，一遇到垃圾中扔弃的食物，它又是不管不顾了。这时我只好采取最后的绝招，将那玩具在它面前一掷，在点点看来，好像摔了它的孩子一般，便不顾一切过来叼玩具，然后头也不回地跑到家门口，一定要把玩具直接送到楼上的沙发。

有了这套方法，点点除了发情期和外出外，一般遛狗时已不需要牵引带了。这样我们终于看到了点点的本来面目，它是一只猎犬，一只跑狗，在同小区的几十只狗中，点点的速度最快，它跑起来的姿势非常优美，给人以舒展和敏捷的印象，看了是一种享受。每次遛狗，一放出来，点点先要在小区里狂奔两圈，好像一个被监禁者突然获得了自由，感觉它体内蕴藏了无穷的能量，总要寻找机会释放，即使在回家的路上，点点叼着玩具，依然要狂奔、跳跃，以显示它运动的天赋，我想这就是大麦町。

然而给点点的自由太多了，它的性子就越来越野，常常一跑出去就没影了，最后总是在垃圾桶旁找到它，马上奔过去，点点会叼着肮脏的食物和你兜圈子，直到口中的食物完全吞到肚里，才摇着尾巴走过来。吃进不洁食物自然会生病，并且发生过几次腹泻，虽然我当过兽医，很快能够把它治愈，但听说社会上有恨狗者，他们会投毒，即把老鼠药掺在肉肠中，放在垃圾桶旁或草地上，我想如果被点点碰上了这种诱饵，它是必死无疑的。

此外，点点跑出去的速度实在太快，虽然从不伤人，但时常把人吓一跳，试想冷不丁蹿出一只大狗，谁都有可能被惊出一身冷汗。对于一个遵纪的养狗者来说，首先要管理好自己的爱犬，于是我采取了另一个有力的措施，出门前先给点点戴上个嘴罩，事实证明那是十分有效的，就如同给孙悟空戴上了紧箍咒一样，点点立刻变得极为听话了。

戴上嘴罩的点点

嘴是狗最发达的部位，吃食物、叼东西、争斗、吠叫全靠一张嘴，如今把点点的嘴罩住，应当说是抓住了它的要害，一开始点点很不适应，并且恨得不行。先是试图借助自己的前爪把嘴罩扒掉，但那产品还算过硬，经受住了考验，居然牢牢罩在点点的嘴上。于是点点只得紧紧跟着我，生怕把它扔下不管，那是一种依赖感，因为点点很清楚，只有我才能帮它摘掉嘴罩。

然而不知道是戴上那嘴罩实在太难受了，还是点点有意对抗，它只是默默跟着，既不撒尿也不拉屎，无论遛半小时还是一小时始终如此，所以到了一片合适的地方，我就不得不给它摘下嘴罩。这时点点先全身抖一下毛，好像如释重负，接着会扑到我的身上，久久不肯下来，不知是在向我诉说委屈，还是向我表示感谢，然后便是撒尿拉屎，步骤准确得就如同有电脑程序一样。

有了嘴罩和玩具，对点点的控制变得容易了，再加上必要时应用牵引带，这应当是对付点点的三大法宝。我感到养一只大狗，特别是像大麦町那样的大狗，就好像管理一个既聪明又淘气的孩子，既要严格，又要给它一定的自由空间。也就是说要两手抓，一手松，一手紧。

对点点的控制得心应手后，我便允许它和小区中其他狗相处，经常看着它们嬉戏和玩耍。院中的公狗较多，但个头比点点高的只有大白熊，其余的公狗都比它矮小，因此在这些狗眼里，点点是个超级模特，是个“大美女”，所以每当遛狗的时候，小区中的公狗们都会尾随其后，拼命追逐点点，就像苍蝇那样轰都轰不走。点点自从不用牵引带后，跑得离我相隔较远，经常同时被几只公狗纠缠，好在它跑得快，动作灵敏。点点的拿手绝招是先把尾随的公狗带到很远的地方，然后把它们抛在一边，以极快的速度跑回来，向我寻求帮助。我只得带着点点，抄小路回家，就好像是带着漂亮的女儿躲避坏小子的围追堵截似的。

点点与我们生活久了，变得越来越听话，越来越懂事。早晨起来，我做好早饭，先将大女儿打发走，然后给“小女儿”喂上两把狗粮，便一起出去散步。点点无需牵引带，只要戴上嘴罩，再配上一顶时髦的狗帽，就会忠实地伴随我的前后，有时见不到它了，只需吹一声口哨，点点便会急速奔到我的面前。它一身漂亮的毛皮本来就引人注意，再戴上

时尚的点点与众不同

一个嘴罩令人好奇，外加一顶时尚的小红帽，走在小区里，迈着模特步，于是更加令众人众狗瞩目了。

一年后，点点告别了车库，尽管它在车库里很乖，极少吠叫扰民，只是卧在它喜欢的垫子上，常常独自待几个小时，甚至一整天，但对它来说还是孤独的。于是我把点点试放家里几天，竟出乎意料地乖，从未咬坏东西，放在桌上或地上的食物不去碰，放在屋里的狗粮也不会去吃，从来不在家中方便，它只是尽职尽责地守护着家。点点既然如此之乖，使我们如此放心，那么它也就永远告别了车库，成为家中名副其实的一员。虽然点点一年要换三次毛，发两次情各 21 天，这会给家庭带来诸多麻烦，但我宁愿每天为它刮毛、扫毛、粘毛，为它按时换卫生巾，而不愿把它粗暴地送回车库，因为这毕竟是一种软禁，使它失去了很多自由。

我和夫人在庆祝银婚的那天，曾到蟹岛去度假，在动物园看到一片狗舍。那里养了许多名犬，但全部是脏兮兮的，因为它们都关在水泥建的狗舍中，吃、喝、拉、撒、睡都在里面，没有人遛它们，也没有人为它们洗澡。在狗舍中，我们看到一只公的斑点狗，血统很纯，全身的斑点很均匀，两只耳朵也是全黑的，和点点很般配，但那只斑点狗只是整日卧在冰凉潮湿的水泥地上，十分可怜。于是我的夫人不禁叹道，看来狗有狗命，这只狗的一辈子是在这样的生活环境中度过的，而点点虽然独自在家，但它至少卧在沙发上，厌倦了，可从一个沙发换到另一个沙发，有时也可跑到楼上转一圈，然后下来，潇洒地守护着大门，它的活动空间是很大的，而且是自由的。

有一段时间，家中只有我和点点一起生活，我睡楼上的床，它睡楼下的沙发，天刚亮的时候，我总能朦朦胧胧地感到，它轻轻地走上来，然后一下子跳到床上，像电影《101 斑点狗》中彭哥叫醒主人的方式那样，舔我的耳朵、脖子，甚至脸，困倦的我只好翻过身，示意它躺在身边，于是便感到它毛茸茸热乎乎的身子，紧紧贴在我的后背，然后我们便朦朦胧胧地进入梦乡，一起睡到闹钟鸣响。

虽然与点点一起生活，就好像是收养了一个孩子，会花去不少的时间和金钱，但同时也给我们带来了无尽的快乐，使我们感受到另一种生命时时在身旁跳动。这种生命整日与我们相伴，充满着朝气，充满着活力，并且时时感染和激励着我们，使我们同样充满着朝气和活力。

点点是一只极富母性的狗，半年发一次情，经期 21 天，就像日历一样准确。每次点点发情，出去遛狗时我会特别注意，不仅给它戴上嘴罩，还会用上德国造的牵引带；一只手牵狗，另一只手拿着羽毛球拍，那球拍便是为了阻挡公狗对点点的挑衅。点点的母性气味非常浓烈，出门没走多远，荷尔蒙的气味便飘香数里，于是全小区的大小公狗成群结队地闻味追来，我便拿着羽毛球拍左推右挡，尽力呵护着点点。

有一天，那是周末的夜晚，夫人和女儿要去遛点点，因为点点此时正在月经期，我便千叮咛万嘱咐，要她们一定抓好牵引带，不可掉以轻心。然而夫人有点儿满不在乎，结果那天酿成了一个错误。因为小区里还有一只斑点狗，比点点大一岁，长得高大，而且是只公狗，本来和点点十分般配，但我们总觉得那只狗的血统还不够纯，因为它的耳朵不是全黑的，它身上的黑点不够匀称。那只斑点狗白天很少看到，只是在夜里偶尔能碰到，每次见到点点，都好像是英雄见到了美女，对点点无比热情，而点点对它却总是冷冷的。

全家福

可是那天夜里，夫人遛点点偏偏碰上了那只公斑点狗，点点正在“闹狗”期，身上带有强烈的荷尔蒙气味，使公狗兴奋、冲动，老远就扑了过来，它的主人几乎不能拉住，结果便趴到了点点的身上，而点点的颈圈突然被滑脱，于是它俩就有了一分钟的自然交配，直到点点的颈圈重新系好，双方的主人才在一片手忙脚乱之中，将各自的狗拉开。

夫人一直将这一偶遇的真情隐着，只是后来女儿偷偷告诉了我，但自己的兽医经验却使我不以为然，因为狗的交配需要雌雄之间互相“锁住”，时间至少 15 分钟。但此后点点的身体出现了一系列变化，先是不断脱毛，于是加强营养，补充维生素，还是脱毛；打了 3 针杀螨虫的针，依然脱毛；又吃了一周抗真菌的药，仍旧脱毛。当所有的毛都脱尽后，点点长出了一身油亮的茸毛。这时候我发现点点变得特别能吃，很快身体变得越来越圆，接着乳房一个个大起来，我终于开始怀疑点点是否怀孕了。我打电话给夫人，她终于承认了那天夜里发生的隐情，并且自叹道：

“怎么就那么巧？真是绝配啊！”

我们开始慌乱了，怕点点突然生产，连个像样的窝都没有，夫人匆匆用纸盒和褥子临时给点点搭了一个窝，同时也可算作临时的产房。

那一晚上正好是周末，夫人与女儿遛点点回来后，对我大声呼叫，说点点兴奋得有些异常，今夜很可能就要生了，于是母女俩准备守夜。我则不断向狗舍与兽医站打电话，当问到出售点点的清欣狗舍时，女老板对点点生第一窝小狗的情景记忆犹新，她告诉我：

“如果发现点点开始刨地，那就是快要生了，生的时候将是一只一只生。放心好了！点点可会带孩子了，它会先把第一只小狗的脐带咬

给点点临时搭的产房

断，将黏液舔尽，把胎盘吃掉，然后再生第二只。点点一定会做得很好，它的母性可强了！”

那夜并没有动静，我们估摸着大概还要有几天，回想点点在这段怀孕期，我们对它照顾不周，甚至为了减肥常常给它节食，心中不免感到十分内疚。记得那个星期天，我们三个人在不同时间，每个人独自喂了点点两个从超级市场高价买回来的绿色柴鸡蛋。夫人的女友听说点点怀孕了，专门买了肠子、猪肝和水果，来慰劳这位“英雄的妈妈”。那天点点饱餐了数顿，直到吃不动为止。

那个星期天夫人特别忙，她用整整的一天，为点点打造了一间产房。因为听有经验的人说，如果搭的窝母狗不喜欢，它会另外选窝，比如沙发，或者床铺，这对夫人来说是件十分可怕的事情。于是她将车库彻底打扫，喷上消毒液，在车库的一角又给点点搭了个更好的窝。

然而一周过去了，点点依旧如常，没有半点动静。我们开始疑惑了，于是掐指计算点点的预产期，发现足足超了一个月，这几乎是不可能的，因为狗的怀孕期平均只有两个月。作为曾经的兽医，我开始怀疑点点是假孕，母女俩立刻带它去兽医站检查，一摸肚子什么都没有，典型的假孕症。我们都被点点骗了！

然而点点却是假戏真做，它的奶头的确都大了，而且它又一次将自己的小玩具当作嗷嗷待哺的小狗崽，它先是将所有的玩具叼到窝里。后来我一开车库的门，常常看到门前有几个小玩具，开始不解其意，但每当我将小玩具放回原处时，点点立刻会哼叫着，叼起小玩具冲到车库门前。我终于明白了，它是不满意在车库搭窝，认为不安全，因此它要将“小崽”们送到更安全的楼上。

此外，我还发现过去遛点点需要很长时间，它总要磨蹭十多分钟才肯大便。现在完全变了，一出门先解小便，然后急不可待地找一块草地，开始不停打转，迅速排掉大便，花费的时间也就一分多钟，然后跑回门口，哼叫个不停，显然它要回去照看自己的“孩子”。因此邻居们都认定，点点一定生了一窝小崽，实际上它愚弄了我们所有的人。

在楼上的沙发还有九个小玩具，在点点眼里那应该是另一窝“小崽”。每次点点上来，它都会清点，如果少了一个，它就翻箱倒柜。有一天晚上，女儿非要让点点在楼上过夜，结果被打扰的是我。那天我非常疲劳，晚上睡觉几乎一沾枕头就着，可是迷迷糊糊地感到，点点折腾了我一宿。它先是将九个小玩具一个又一个从楼下叼到楼上，然后将它们码放在我的床上，接着左舔一下，右舔一下，有时还顺便舔一下我的耳朵。在睡梦中的我，也隐隐感到点点的确舔了自己的耳朵，并且上面沾有唾液，我不知道点点是不是把我也当成了它的“大孩子”。

点点准备将“孩子”交给我

等我早晨醒来，才恍然大悟，因为我除了看到床上的九个小玩具外，还看到点点正在屋外的沙发上呼呼大睡。原来它将九个玩具放在我的身边是因为它认为很安全，它舔我的耳朵，是提醒我帮它看“孩子”，也就是说替它值班，因此点点分明是把我当作“狗爸爸”了。

我的家里有一个脊柱牵拉器，使用时要躺在上面，先将牵引带勒住头颈，然后摇动把柄牵拉下肢，脊柱就会受到两个相反的力而被撑直。那天我光着膀子躺在牵拉器上，刚把皮带套在脖子上，正好被点点看到，它哼唧哼唧叫个不停，大概以为我要“寻死”，我开始没有理会它。只见点点有些发急，突然跑到楼下叼上来一个被它当作孩子的玩具小青蛙，放在了我的身上，然后拼命舔我的耳朵，直到我坐起来，这时才领悟到点点的真实意图，它分明是在对我说：

“看在孩子的分上，孩子它爸，你不能死啊！”

点点的故事是讲不完的，它融入了我们的生活和家庭，必然会影响和改变我们的生活。养狗会有很多难处，也会有很多乐事，养狗会带来许多麻烦，但与狗的交流中，你会找到两种生命间的互动，找到生命共有的本源，那就是互爱。家中养只狗，会使整个家庭的气氛变得和谐，变得有滋有味，而点点的趣事给全家的生活确实带来了说不尽的快乐，如果点点一直和我们生活在一起，那么幸福也定会一直伴着我们。

# 第七章 避难

点点和我们一起生活了两年，可以用“相依为命”来说明我们之间的关系。尤其是女儿，放学回家后第一件事便是找点点，她一面听音乐，一面做功课，而点点始终伴着她。睡觉时，点点喜欢卧在女儿的睡房，有时还会跳到床上与她共眠。点点自从来到我们家，它的生活质量应该有了翻天覆地的提高，与它曾经住过的狗舍相比有天壤之别，显然点点对我们家是倍加喜爱和依恋的，我想它一定非常自豪当初选择了我们这样的好人家，和其他终日被拴着或被关在室外的狗相比，它该有多幸福啊！因为它能在主人的寝室、书房、客厅自由出入，和人真正一起平等、和谐地生活，并友好相处。

狗常能顺人意，每当点点洗完澡，它便觉得有资格和人进行直接的身体接触，它知道此时人不会嫌弃它，所以刚洗完澡的点点常常表现得异常兴奋，它会跳到沙发甚至床上尽情打滚。在这一刻，点点心里很明白，主人这时不会嫌它脏，甚至会主动亲近它，因为它全身散发着香气，它甚至比人还干净，所以大家都会争先恐后地抢着拥抱皮毛洁净的点点。

那个时候，我们常等到夜深人静时，才出去遛点点，因为我们喜欢和它做“躲猫猫”的游戏。到了外面，点点总是这里闻一闻，那里嗅一嗅，它走路不靠眼睛，据说狗的眼神不好，它们大都是近视眼，所以它们看到的庞然大物会被极度缩小。从这个意义上说，它们不惧高大的猛兽。我不知道“狗眼看人低”是不是因为狗眼的近视所致，反正狗的视

点点的好奇心很强

力不够好，但狗的嗅觉却非常发达，狗走路时全靠嗅觉引导。点点走路时总低着头，它嗅物时，表现出异常的兴奋和快乐，我想它一定闻到了许多人不能识别的信息，甚至我认为这些信息在狗的大脑中构成了一幅幅图，如同电脑的屏幕一般，于是狗所嗅到的无数信息，在它大脑的屏幕上，会展现出五彩缤纷的图像，其中必有许多公狗给它留下的“短信”，那个时候，对于在家窝了一天的点点来说，无疑是愉悦和激动的。

既然点点靠嗅觉得到了那么多美好的信息，因此它常常会沉浸在这些“嗅图”之中，不知不觉忘记了后面的主人，并且远离了我们。此刻，我们和点点之间的“躲猫猫”游戏便开始了，我们会躲在一棵大树或一堵墙后面，远远地观察点点的举动。大概过了一会儿，点点会突然站住，机警地抬起头，它的耳朵竖起来，因为它找不到我们了，它开始四处环顾，不停地转换方向，它多么希望此时主人能唤它一声，或吹一声口哨，但我们并没有这样做。点点终于着急了，它开始朝着一个方向，那正是我们的方向狂奔过来，可是到了附近，它并没有看到我们，因为我们躲在大树后面，抿着嘴，忍着笑，看点点着急的样子，看它的耳朵像两个探头一样，不停地变换方向，结果它还是选择了错误方向，朝着背离我们的方向，一溜烟便跑没影了。这时我感觉游戏该结束了，于是大声喊着点点，并且吹着口哨，那声音划破夜空。不一会儿，点点从远处狂奔回来，速度惊人，一阵风似的，几乎冲到了我的怀中，但它的尾巴却拼命摇着。它显然为终于找到我们而激动不已，此后它便寸步不离地紧跟我们，生怕再次丢失，可见点点对我们是多么依恋和深爱啊！

然而这样一只和我们形影不离、有着深厚感情的狗，这样一只通人性、乖顺的狗，却突然不得不和我们分离，不得不背井离乡远离北京，它是为了躲避抓捕，而不得不逃难。这应该是十多年前的事情，如果我没有记错的话，那该是 2006 年，反正从阴历说，那年是狗年。谁会料到？在狗年，北京却酝酿着一场打狗运动。

先是一项北京限制养狗政策的出台，有 41 种烈狗和大狗被禁养，根据规定狗的肩高在 35 厘米以上均属大狗。我量了量点点，它已高过 45 厘米，我立刻感到忧心忡忡，因为无论是狗的身高，还是狗的品种，点点都属于被禁养之列，也就是说点点已经变成了捕杀对象，万一点点被抓走，我们的家庭怎能承受得了这样的打击啊？因为这样的打击足以和十五年前我们失去儿子相比，儿子属狗，因患脑癌而夭折，后来才有了女儿，那么女儿如此爱狗，是不是因为这对隔世兄妹有着某种因缘呢？我暂不能做出判断，但我清楚地知道，一旦点点被抓走，最受不了的一定是女儿，说不定她还会做出某种偏激的行为，那便是我们家庭的又一悲剧。为此，我非常小心谨慎地应对着眼前的事情，因为那些天风声较紧，已经听说早晨到公园去遛狗的大狗被抓，而且警察带着打狗队有时会突袭小区，旁边一个小区大妈养的金毛就被抓个正着，当她的大狗被塞进警车的一刹那，大妈晕倒在地。

点点每次出家门必戴嘴罩

听着抓狗的消息日益增多，我更加格外小心，每天遛狗的时间总是斟酌再斟酌，小心再小心，千方百计选择人最少的时间遛狗。我选的时间对执法者来说应该是个盲区：午夜 12 点和中午 12 点。我认为这个时间点，警察很少出动，因为这正是睡觉和吃午饭的时间，所以我遛狗在夜里睡前遛一次，然后上午从医院出诊回来遛一次。在这两个时间段，我的确很少碰到人，因此一个月来，尽管院内有不少大狗被抓，点点却一直平安无事。

正当我暗中窃喜时，却不知警方的一个秘密计划已指向了我和点点。我的最大疏忽在于低估了举报者，所谓“明枪易躲，暗箭难防”。这次打狗运动对举报者实行有偿奖励，我真没想到有人会因为这几个小钱，竟然不怕伤害到邻居，其实这类的事情发生在中国早已不足为奇。事后，我回想起一个胖胖的老汉，臂膀上有时会戴一块红色的袖标，他的双眼经常盯着我和点点。他早晨起来喜欢拎着鸟笼到处溜达，有一次点点只是闻了闻他的鸟笼，他便跳将起来，指责点点吓着他的鸟了。我只是耸耸肩膀，没有任何表示，然后带着点点一声不响地走了。但我从此不大喜欢那个胖胖的老汉，以后见到他，从来不与他搭话、唠嗑。

那天中午，我刚刚把点点放出来，只是和那个戴袖标的老汉打了个照面，便寻找没人的地带遛点点。不久我便发现在小区旁边的派出所，开出一辆摩托车，进入我居住的小区，然后开始兜圈子。最后车子在我和点点身旁停下来，车上跳下来一个警察。我觉得事情不妙，但还是淡定地应对。警察开始发问：

“这狗是你的吗？”

“哦，是我朋友的。”

“那我就没收了。”

“不！不！那是我的。”

我支吾着，不得不向警察说实话。当时点点不仅戴着嘴罩，还戴着一顶军帽，背着一个书包，我完全是文明养狗，这样一只有教养的狗，绝不会对人产生任何危险，可警察偏偏要抓它，而且是绞尽脑汁要抓它。我本以为点点这样的着装，即便遭到抓捕，或许它这身“学生装”也能唤起警察的同情。

点点是有教养的文明狗

谁知警察是按章办事，他们不看我是不是文明养狗，也不看点点会不会对周围的人构成实际的威胁和伤害，他们只是拿出一个标尺，量一量点点的身高，有没有超过 35 厘米，超了便在被抓捕之列。一位强壮的警察出现在我面前，他看见点点的嘴是被罩住的，便放胆上前去捉它，可点点灵敏地闪开了，他又试了几次，都没有成功。最后他命令我抓住点点，我无奈，只得照做，但当时我和警察还有一段距离，心中暗自盘算，如果警察过来，我就放掉点点，反正不让他抓住点点就是胜利。

谁知那警察并没有过来，他开始从身上掏东西，我想他可能掏的是手铐，甚至是枪。我虽然表面淡定，但内心却紧张至极，好在他掏出了一个照相机，让我和点点并排站好，然后给我们照了一张相片，并留下了我的姓名、身份证号、手机号和家的门牌号码。他要求我三天之内必须把点点送出北京，否则不仅要没收狗，还会罚款5000元。晚上，我看了《北京晚报》，心里就明白了，因为报纸上分明写着：本市将建立不良养狗人黑名单。所以刚才警察给我和点点拍照及留下个人信息，实际上已将我列入了本市第一批不良养狗人黑名单。

我带着点点回到家，虽然它没有当场被抓走，但我依然非常沮丧，我不知道下一步该怎样做，应该怎样向女儿解释？要做如何的应对？我没有了一点儿办法。夫人下班回来，听到此消息后，不断向朋友和同事打电话，希望能在北京找一个可以藏匿点点的地方，让它避一避风头。可是那些日子北京风声鹤唳，对大狗来说简直是四面楚歌，各个小区都在查大狗，北京的大狗已无处藏身。

女儿放学回来，听说点点险些被抓，便一直抱着点点，生怕警察随时冲进来，将它抓走。当听说警察只给三天时间，这便是她与点点最后能够相处的三天。想到这里，她更加搂紧点点，眼泪便噼啪噼啪流下来，那泪水流在点点的鼻子上。点点竟能懂得，伸出舌头为女儿不断舔尽那如注的泪水。这种人与动物之间的互动，并没有阻止女儿的哭泣，反而触动了女儿更深的悲伤，于是她便抱着点

女儿平素与点点最好

点号啕大哭起来。

限期的第二天，女儿的情绪有些失控，她说誓与点点在一起，如果警察来抓点点，她一定挺身而出，用生命来保卫点点。说着她跳到窗台上，并且将一只脚跨到窗外去，她这样做，可能是向我表示她要与点点同生共死的决心。然而却把我吓坏了，因为那是七层楼的窗户，跳下去必然酿成北京市的惨案。作为一对老夫妻，我们已经失去了一个儿子，在当时每家只能生一个孩子的情况下，我们不得不重来，好不容易将女儿拉扯大，如今为了点点，她要是有个三长两短，往后的日子我们该怎么过啊?

我立刻扑过去，死死抱住女儿，用我自己都不敢相信的哭泣对她说：

“佳佳！千万不要这样！车到山前必有路！我再去找警察说说，他们的心也是肉长的，或许说说还能管用。”

我这样说，女儿终于听从了劝告，顺从地让我把她从窗台抱下来，她开始寄希望于我能和警察说些好话，让他们高抬贵手，将点点破例留下。

我在自己手机上仔细翻找那位警察的手机号码，他当时为了验证我给他的手机号是否真实，便用他的手机拨了一下我的号，直到我口袋里的手机响了，他才放我和点点走，于是我便有了那个警官的手机号码。在拨手机号的时候，我的手有些抖，几乎是颤颤的，手机拨通后，我发出的第一声也是颤颤的。我向他讲了刚才女儿的偏激行为，也说出了作为家长的担心，看能否破例留下这只狗，我们保证文明养狗，甚至我们可以考虑不到外面遛。然而回答是硬硬的，女儿出现偏激行为，应该由你们负责，由家长做工作，不应推到执法机关，我们只管执法，照章办事，所以对谁都没有例外。听了这些冰冷的话，我的心彻底凉了，尽管我几乎是在哀求他能否多宽限几天，以便让我做通女儿的工作。回答同样是硬硬的，三天必须处理掉，一天不能多，三天后我来检查，如果狗还在，狗不仅没收，还要罚款5000元。

听到这里，我瘫坐在地上，完全崩溃了。

现在我们不得不面对现实，商量着应该把点点放在哪里。首先想到的是车库，但车库都在一层，据说打狗队会拿着锤子先将所有的车库敲一遍，狗听到响声，必然吠叫，那么狗狗便被抓个正着。所以藏在车库的方案立刻被否掉。然而北京现在是对大狗处处喊打处处要抓，已根本找不到它的藏身之地了。那么应当把点点送到哪里才能躲避这场杀身之祸呢？这时候我们想起了张先生，他曾经是这样爱斑点狗，并且对点点情有独钟，那么在点点随时都可能遭遇横祸的危难之时，也许他会看在点点儿子的情分上鼎力救点点的。

夫人和他通过电话后，果不其然，他一口答应帮忙，这对于大难当头的我们来说真是雪中送炭啊！他公司中一位打工妹的老家在河北涿州，她家农村有个独门独院，养着一两只狗，放在那里会非常安全也很稳妥。我们立即拍板接受了这个方案，此时已经是第三天的晚上七点钟，离警察规定的时间只有五个小时，我们必须连夜送过去。

我们为点点准备行装，将它爱吃的狗粮、牛尾、肉棍及狗盆、饮水盆、项圈、牵引带、玩具都带上，甚至还有它的两件衣服和帽子。那时我的女儿只要一看到点点就会眼泪汪汪，她最不放心的是怕点点到了一个陌生的地方丢了，于是她在点点的脖子上系了一个小瓶子，瓶子里面放了一张小纸条，上面写着：

点点是不可缺的家庭一员

**好心的朋友：**当你拾到这只狗，你一定不要把它当作一只普通的狗来对待，它可是一只极为善良和通人性的狗，它的名字叫点点，请你一定要看护好它，务必和我联系，我是它的主人，一个善良的女孩，名字叫佳佳。我向你表示万分的感谢！

纸条上还留有女儿的手机号，我看着这张纸条不禁老泪横流，这是人与狗之间多么真切的友谊和情感啊！女儿从小喜欢动物，如今和点点朝夕相处已有两年，看得出她是如何真心地爱这只狗，而如今这只狗不得不暂时离开她去避难，她和它多么难舍难离啊！我以为从小爱动物、爱狗的人，必定有一颗善良的心，或者说他们是最具爱心的。因此养狗能培养人的爱心，仅此一点，我认为采用这样强制的方法，用这样的方式，不分狗的善恶，不顾人与动物之间建立的感情，以一刀切的方式对全市的大狗进行抓捕和处死，这样的执法方式是不合适、不妥当的。未曾考虑过全市有多少孤独老人和儿童平时是与狗相依为命的，如果用强制的方法让狗和他们分离，甚至还要处死曾经和他们相互依存的狗狗，这将会给老人和儿童带来怎样的精神创伤。我的这些质疑也只能存在我的心中，因为在当时的情况下，不管怎样表达都是无济于事的。

那天晚上，我们将点点放在汽车上，后备箱中都是点点的东西，女儿和点点坐在车座后排，她用身体挡住了点点的身子，车悄悄地开出了我们小区，然后向张先生住的小区驶去。张先生在他的小区里租了一个大别墅，专门从事少儿艺术培训，那天是星期日的晚上，孩子们下课比往常早，因此我们和点点便在别墅里歇息，同时等候着河北涿州方面开过来的一辆面包车，因为从北京到涿州农村有几十公里的道上没有路灯，一片漆黑，如果自己去是绝对找不到的，所以必须有人带路。我在附近的餐馆定了一桌饭菜，准备涿州来人后，一起吃晚饭，然后再带着点点向河北涿州方向挺进，说得确切些，应该是逃亡到涿州。

在吃饭的时候，我们打开电视，看到《焦点访谈》正在播放几只大狗被抓的镜头，其中有一只正是斑点狗，这又立刻增加了大家的紧张气氛，显然媒体正在为配合“打狗运动”大造舆论，接着我和夫人都分别

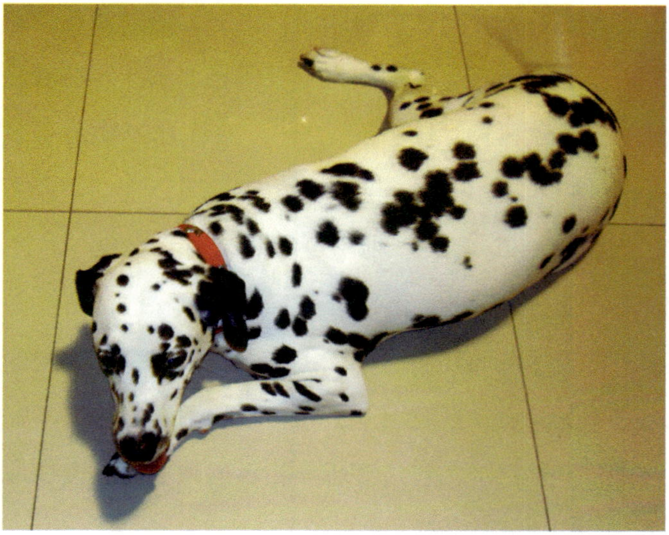
点点避难途中的留影

接到电话，所有的消息都是不利的，说大狗中的斑点狗是重点抓捕对象，已从国外引进了无公害处理狗的设备。这时，夫人又一次接到她父亲的电话，叮嘱今晚无论如何要把点点安置好，否则回来必定被抓。气氛变得越来越紧张，我们感到危险时时存在，好像警察随时都会扑过来，于是匆匆吃罢饭，匆忙带着点点逃离北京。

我们和很多人挤在一辆面包车上，车上堆满了东西，我们一家三口抱着点点，坐在车的最后一排座位上，车在漆黑的夜晚开得飞快，也颠得很厉害，我有些晕车，女儿紧紧搂着点点，我们如同在电影中一样，带着心爱的点点向河北涿州方向逃难。在路上，还真碰到几个哨卡，要我们出示证件，女儿用身体极力挡住点点，幸亏司机应付自如，使我们有惊无险地闯了过去。

车在午夜才到达涿州山区的一个农村，那是一户独门独院，有很高的围墙，一个很结实的大门，一进门，有棵大树，树干上一根铁链拴着一只彪悍的大狗。院子很大，还有一只小黑狗可以和点点做伴。这家住着一对五十岁左右的夫妻，他们都是纯朴的农民，家种几亩果园和蔬菜，以此为生。一看见他们就感到很亲，将点点放在这里，我们一家三口觉得很放心，因为已经是午夜，我们不得不赶回北京。

点点原以为我们是带它出来玩的，所以一直表现得轻松愉快。然而在汽车启动的一刹那，它突然发现我们都在车上，而它却在车下，它的牵引带在一个陌生人的手里，它立刻发出了嚎叫，眼睛里露出焦躁不安的目光，它一定以为我们不要它了，它几度想挣脱后追我们，但没有成功，那一刻，我们的心都被深深刺痛着。

回到家已经是午夜两点多了，我瘫倒在床上，虽然感到疲劳，但还是长吁了一口气，因为至少点点得到了暂时的安置，它现在应该是安全的。然而我听到女儿的睡房中不时传出呜咽的哭声，因为点点今夜不能和她一起睡，她一定是在思念着远方的那只她深爱的狗。第二天白天，我将电话打到涿州，问了一下点点那夜的情况，回答说点点同样哀号了一整夜，它一定也在思念我们，尤其思念我的女儿。点点与女儿这一夜的隔空嚎叫与哭泣，虽然他们彼此之间并不能听见，但是人与狗之间，两种生命之间的互动与相爱，必定会通过某种特异的生物波交织在一起，他们至少会相互感应的，因为爱的力量是伟大崇高和无穷尽的，它跨越了动物的种族，成了世间的爱，或者说是宇宙之爱，那么这种自然而纯真的爱就变得更为伟大和崇高了。

一个星期后的周末，我们迫不及待地去看点点，好在路不算太远，虽然是在河北省，但刚刚跨出北京的地界，约莫 70 公里。我们给收留

一家四口在点点避难处留影

点点的好人家带去了农村买不到的城市食品，也带了许多衣服、布料，自然也给点点带了它喜欢吃的零食。我们一直朝南开，尽管是不太宽的马路，但开起来还算顺畅，并且一直能开到点点寄养的村里。由于基本上不堵车，所以两个小时便能开到。我们上午十点钟出发，路过黄村在一个餐馆吃午饭，吃罢饭继续行驶，到点点那里正好是一点钟。点点看见我们，异常兴奋，摇着尾巴嗅我们，并时时舔我和女儿的脸，它现在终于明白，我们并没有把它送给人家，而只是把它暂时寄养在人家，或许它也能懂得，它现在是暂时避难在别人家。

这应该是一张很珍贵的照片，上面记有拍摄的时间为 2006 年 9 月 10 日。我们一家四口在点点的避难处，河北涿州一个普通的农民家中留影纪念。我为何要说一家四口，因为点点是家庭的一员，它影响着我们的正常生活，它的生死牵动着我们的心，如果点点不去避难，我们是绝不会到河北的一个农村来的。后来一连数月，每隔一两周，我们都会驱车到这个农村看点点。那时正值北京的秋天，蓝蓝的天空中飘着几朵白云，空气新鲜，不像现在会出现雾霾天气，所以这成了我们郊游的好地方。我们有时还会带着佳佳的外公外婆，或者其他亲戚、朋友来此一游，我们除了在这个深宅大院与点点玩耍，还会带着点点到村里走街串巷，到果园菜园采摘水果和蔬菜，走的时候便满载而归，我们与这个朴实的农村家庭建立了深厚的友谊。我们感到，点点虽然在避难，但每次探望它，依然使我们获得了无比的快乐。

与收留点点的家人在果园留影

当时我们不能预测，北京对大狗采取禁养的政策究竟是临时的还是长期的？政策的把握度能否会松动？因为对于收留点点的家人来说，他们并没有丝毫的不愿意，甚至如果把点点送给他们，对他们来说更是求之不得的。这个院的男主人，每天喜欢带着点点在村子里遛弯儿，每到一处都会引来一片赞叹声，村里的大人和小孩都睁大眼睛，看着这只从城里逃难来的大洋狗，点点的美貌和高贵的血统使它在全村的狗狗中鹤立鸡群，这使得牵着点点的人，就算不至于趾高气扬，至少也会有几分得意。

我那时甚至有过长期的打算，觉得每一两周和点点只相聚几个小时，时间显然太短，不足以弥补我们和点点曾经朝夕相处的感情，于是我曾经有过在村子里买一座大宅院的打算，当时我看中的一个四合院只要四万块钱。四合院有高高的围墙，一个七八十平方米的院子，六七间大瓦房，还带有一个牛棚，如果一家人和点点住在里面，过一段田园般的生活也是十分惬意的。我甚至去访问村里一个从北京来的落户者，他的工厂只分给他一间十几平方米的小房子，住在城里实在憋屈，退休后他便花三万块钱，买了座一百多平方米的大宅院，里面有两排房子，都装有厕所和土暖气，院子里种着各种菜，养着鸡、鸭、兔子、牛、羊，大小狗养了好几只，一家三口都住在这靠山的农村里，终日呼吸着大自然的新鲜空气。他们的儿子结婚，在北京买不起房，他就卖掉几只羊和十来只兔子，换回的钱在院子里盖了几间房，再安上厕所和土暖气，便成为临时的新婚房。这样有进有退的生活，这样美好的田园般的生活，着实让我羡慕，甚至颇为动心。

然而我的夫人和女儿却都反对我的“田园”计划，他们一心还是要把点点接回来，加之我们都在北京工作、学习，不大可能为了点点都屈居在一个山沟中去过“田园”生活。但那时北京抓大狗的气氛仍然很紧，媒体上时常有大狗被抓的消息，从网络上可以看到养狗者与非养狗者的矛盾，执法者与大狗被抓者的矛盾日益尖锐。要想让点点回来，只有一个办法，那就是说服我们小区的片警，这也就是我当初对女儿说过的话，如果我们能向片警讲明白，点点虽然是只大狗，它的身高超过了35厘米，但它实在是只善良的狗，加上我们文明养狗，绝不会伤到任何人，或许片警有一天真正了解到点点是一只善良的好狗时，动了恻隐之心，便会网开一面。

这时天气渐冷，点点因为在农村长期洗不上澡，已经变成泥猴，加之它经常和村里的野狗打斗撕咬，身上和眼角有了几处伤痕，我的女儿看在眼中，痛在心里。此时已经快到十一月的隆冬季节，点点是短毛狗，它是十分怕冷的。那天我们离开时，当大门紧闭的一瞬间，点点拼命嚎叫，大门的底下有一个较大的缝隙，点点竟不顾挤压的疼痛，硬是将嘴伸了出来，向我们发出阵阵哀号，它分明是在向我们诉说，在农村的这段日子，它过得太苦了，它渴望着要跟我们回城去住。于是我的女儿被点点的哀求所打动，她跳下车来，开了大门，抱住点点痛哭起来。现在已经没有任何力量能够将

点点的避难生活即将结束

我的女儿和点点分开，我们只得下车，回到大院，将点点所有的行装放在车上，和曾经在危难的时候帮助过我们的好人家一一告别，并对他们几个月来对点点无微不至的照顾表示感谢。

我们就这样突然带着点点离开了河北涿州，结束了这段令人难忘的避难，这个决定是在点点向我们哀求的一瞬间做出的，就像当初买点点时，它对我的一个媚眼，便促使我当即买了它，而如今它的一声哀号，便促使我们匆匆下了把它接回北京的决定。那么下一步该怎样做？是福还是祸？这一切我们全然不知。记得那天往回走时，天下着蒙蒙细雨，我在湿滑的路上忧心忡忡地开着车，夫人给她父亲打了个电话，得到的消息是非常不利的，说电视上又出现了大狗被抓的画面，其中有一只斑点狗。我猛然想到，当初带着点点逃离北京的那个晚上，电视上也出现过类似的画面，也就是说这三个月北京有关禁养大狗的政策几乎没有任何变化，政策没有任何松动。我的女儿在车后抱着点点，她因年纪小天真无忌，竟然没有丝毫的忧虑和担心，一路上唱着歌哼着曲，显然女儿和点点只要在一起必定是快乐的，而我的心却被传来的不利消息蒙上了一层厚厚的阴影。

离家越来越近了，终于到了我们所住的小区附近，但我们在人多的时候却不敢进，只是在周围徘徊着。点点已经有三个月没有洗澡了，它现在是一个泥猴，我们便找了一家宠物店给它洗澡，顺便想探听一下有关抓狗的消息，也就是说想摸一摸附近的风声。在给点点洗澡的时候，我们向宠物店讲述了点点逃难的故事，获得了在座所有人的同情，而同时我们也得到了一个非常重要的信息，那就是这个宠物店所在的小区属另一派出所管辖，而此小区是允许养大狗的。后来这个信息对我们产生了至关重要的影响，也促使我们做出了一个更为重大的决定。

点点习惯在外方便

雨终于停了，夜也静了，人烟稀少了。我叮嘱女儿一定要用身体挡住点点，然后将车慢慢驶入小区，保安没有发现；车开到楼门口，我下车四处张望，在确定没有人的情况下，我让夫人和女儿带着点点迅速跑进了楼门，然后上楼梯，进家门。点点此时刚刚洗完澡，它终于回到了自己熟悉的家，它兴奋异常，在沙发和床上不停打着滚。不管今后如何，至少我们一家四口，现在是快乐的。

我们制定着下一步的方案，决定从此不遛狗，从此点点吃、喝、拉、撒都在家里，我们哪也不送了，就把它藏在家中。点点似乎完全懂得，说也奇怪，它从此就没有再吠叫过一声，直到后来搬到新家才恢复了昔日的吠叫。然而颇使我们感到费力的是点点不肯在家拉屎撒尿，尽管为点点专门腾出一个阳台，作为它专用的厕所，我们在地面铺上报纸，但点点决意不肯在家方便。尽管点点被憋得团团转，但它依然使劲憋着，我们只好把它关在阳台里，直到第三天的上午，也就是说它整整憋了 36 小时，点点才撒了一泡长长的尿，拉了一大堆屎。我拍了拍点点的头，夸了它好几句，从此点点就不在外方便，也就不需要在外面遛了。自此，点点便清楚地知道，它在家可以拉屎撒尿，那阳台便是它的厕所，于是就变得一发不可收拾，我们的报纸常常供不应求。后来点点在家拉屎撒尿的习惯和它先前在外拉屎撒尿的习惯一样变得不易改变，以致我们搬到新家后，点点依然如故，大概花了整整一个月的时间，才将点点在家拉屎撒尿的习惯改掉。

点点就这样“秘密”地回来了，与我们快乐地生活在一起，虽然没有被人发现，但我们惶惶不可终日，只要有人按门铃，我们会立刻捂住点点的嘴，赶紧把它藏起来，生怕警察来抓。后来，我与夫人商量，觉得这样生活下去太被动，不如主动与片警沟通，就说这狗一直还放在河北的一个农民家里，已有好几个月，我们非常思念这只狗，特别是女儿都快得抑郁症了，希望能高抬贵手！行行好！让我们的狗狗回来吧！我们保证只在家里养，不到外面遛，也就是说不让它与任何外人接触。我再次拨通了片警的手机，将上面的话向他说了一遍，结果依然是冷冰冰的回绝。

我反复琢磨这件事，觉得让一个基层单位的片警做出决定是很难的，我应该站在政府的角度或立场上，帮助政府修正这个显然“过火”的政策，或者说“过左”的政策。有一天，我给北京市政府养犬管理办公室写了一封信，我怕他们收不到，就从网上找到了养犬管理办公室的传真号，将信直接传到了办公室。时间已经过去了十几年，当我今天写这本书的时候，居然从我的电脑中找到了那封信，题目是《建议对北京限养大型犬政策科学调研和进行相应调整》，内容概括如下：

目前在北京地区因为完全禁养大型犬，出现了尖锐的社会矛盾，已经成为社会的不和谐因素，其中有养犬者与不养犬者的矛盾，有警察与养大犬者的矛盾，也有人类与自然界动物的矛盾。

首先，我们要正视这样的一个事实，北京地区超过35厘米高的大型犬至少应该有一二十万只，不允许这些狗上证，对它们进行抓捕，但却很难使这些生命在地球上消失，它们的主人势必把这些大犬藏匿起来，结果是这些狗处于政府的监控之外，特别是无法受到卫生部门的监控，如果这些大狗东躲西藏，没有接受狂犬病疫苗的注射，便在北京地区形成了烈性传染病流行的最大隐患。而少数被抓捕的大狗，如果最后遭到杀戮，必然激化养狗的老百姓与警察、政府的矛盾，甚至仇恨，同时还会造成不良的国际影响。从网上看这些矛盾已经到了一触即发的程度，这就是党的公告中所说的容易引起社会动荡、影响社会的不和谐因素，原因是我们制定的政策有问题，不能适应目前社会的现实，不能适应北京地区实际存在一二十万只大型犬这样一个基本事实。

我建议政府对北京市限养大型犬政策进行一次科学的调研，举办养犬者与不养犬者的听证会，与有关的专家座谈对话，例如被禁养的犬种，哪些是温驯犬？哪些是凶猛犬？我们不能“一刀切”，不能“只看个头不看性格”，对于那些从不侵犯人类、本是我们的朋友、本是老人和孩子伴侣的温驯大犬，我们为什么要不分青红皂白地杀戮和追捕它们呢？我们为什么对大自然的生命给予这种不公正的处置呢？我们为什么不能和它们和谐相处呢？

我建议政府对生存在北京地区的一二十万只大型犬进行“大赦”，给它们一定的生存空间，给它们合法的身份，但对它们进行严格的管理。我建议对四环外（城市人口相对稀疏地区）温顺的大型犬在接种完疫苗后允许上狗证。同时对狗进行严格的管理，如遛狗时不仅要用牵引带，还必须戴嘴罩（可百分之百地防止伤人），否则每抓到一次可进行高额的罚款。这样做不仅能迅速消除北京地区狂犬病流行的巨大隐患，同时也是更为人性化的管理。

我们国家养犬政策从禁养到限养，再从现在禁养大型犬到允许有管理地养大型犬，应该看作是社会的进步，也是与国际社会的真正接轨。希望北京市政府对北京限养大型犬政策进行科学调研并做出相应调整，我们的目的只有一个，那就是消除社会中的不和谐因素，让北京人民的生活更为安定、和谐、幸福。

北京市的一个普通居民

点点是只乖乖狗

我的传真信发出了两周，本来非常期盼有相关人员和我沟通，但那时候的信访工作远不如现在，我的建议信石沉大海。与此同时，我的女儿通过网络也参加了一些活动，而这些都是背着我们秘密进行的。我至今没有搞清楚当初她是否参加了活动？是什么样的活动？因为当年她只有 14 岁，但她有可能参加了一个狗被抓者组织的秘密游行集会，作为父亲，我曾极力阻止她参加这类活动，主张运用柔性的协调方式和有关部门进行沟通，可是我那条路又走不通，与相关部门的沟通屡屡受阻。于是我对女儿的行为，也只能是睁一只眼闭一只眼了。听说游行集会的时间定在 2006 年 11 月 11 日 11 点，使我大为吃惊的是 16 年前的 11 月 11 日 11 点正是她属狗的哥哥离开这个世界的时间，也就是说那么多爱狗者选择游行集会的那一天那一时，正是我那属狗的儿子 16 周年的祭日。

这次游行示威是许多市民为了狗狗的生命，出于对动物的爱，因此是理性的、和平的，并且最终获得了胜利。我甚至认为这样的群体行为是人民维权、争取民主的典范，应该载入史册。据说那天上百个警察去了动物园。事件发起者是几位年轻的妇女，她们毅然拉开事先准备好的横幅，写有“尊重生命，爱护动物，反对虐杀”等口号。他们高呼“养狗无罪，停止虐杀”等口号。约莫下午两点，有数百警察赶来增援，接着警察开始清场，集会人群未做抵抗，平和散去。

第二天，北京的报纸发表了一篇关于管理犬的社论，社论的内容是号召北京市居民文明养狗。读完报纸，我便长长地吁了一口气，显然北京市政府对管制大狗的政策做出了重大和根本的调整，由硬变软，由强力变得柔和，由主张捕狗转为倡导养狗者文明养狗的温柔政策，

一位游行者所举的标语牌

许多北京市爱狗的老人和儿童，终于又能和与他们相依为命的大狗团聚在一起。

中国社会目前正在进行政治体制的改革，即向法治与民主的社会过渡。一项政策出台应遵循科学，在实施时如果受到一部分民众抵制和反对，政府应能听取民众的意见进行调研和重新论证，然后修订后再实施，这或许在未来的民主中国是平常之事，或者说是一件按常规程序运行的民事。北京市突然宣布禁养 41 种狗及所有 35 厘米以上的大狗，并且予以抓捕甚至杀戮，这样的政策显然是一个极“左”的政策，它给北京市民心中留下的阴影是极其深刻的，许多北京人至今还记忆犹新，并且心有余悸。为此我要写下这段历史，并不是有意与政府对抗，只是希望为今后的执政者借鉴、勉之。今天在写这本书时，我从网上搜到了当年关于这一事件的报道，题目为《打狗风潮导致北京爆发示威集会》。文中披露：

今年是中国狗年，但对很多生活在中国的狗来说，却是个灾年。因为中国各地相继展开针对城市养狗人的严打行动，而个别城镇还曾发生大规模屠狗事件。九月底，这股风潮席卷北京。北京市公安局宣布要严肃执行2003年发布的养犬规定，并发誓入户检查。而养狗的市民认为，以狗肩高35厘米为限养作为标准的规定缺乏科学依据，使得金毛猎犬、拉布拉多犬、牧羊犬等性情温和、深受人喜爱的犬种失去了生存的资格。

尽管北京部分养狗人及民间动物保护组织一直努力与当地立法机关、行政机关及主管部门进行协调，希望修改养犬规定中的诸多不合理之处，但并未取得任何回应……

十月底，一篇号召养狗人于11月11日11时到北京动物园集结的帖子开始在网上流传。文章中呼吁养犬人士以和平、理性的方式，向人们宣传犬与人类的亲密关系，呼吁养犬人自觉关照他人利益，呼吁政府修改不合理的规章，并呼吁主管部门停止收缴、虐杀大犬。该文章刊出后，在多个宠物论坛上被转载，并得到了广泛的响应，最终引发了“双11”的示威集会。

这次示威集会是一次和平民主表达养狗人诉求的行动，尽管政府出动了大批警察，但并没有引发激烈的对抗，警察清场时，集会人群未做抵抗，平和散去。第二天，北京市政府及时发表社论，将管理狗的政策由强硬改为柔和，提倡养狗人自治管理，文明养犬。我在网上查到，2006 年 11 月 15 日《新京报》发表了题为《北京社区养犬自治初见成效　街头犬粪几乎绝迹》的文章；2006 年 11 月 16 日《新京报》又发表了题为《北京市民代表与官员面谈养犬　建议政府立法》的报道，文章的第一段话是这样写的：

当时网上流传的一张照片

**本报讯** 北京如何管理流浪犬？对于平衡养犬人与非养犬人的矛盾，社区自管形式究竟能起到多大作用？昨日上午 10 时至 12 时，在本报五楼会议室，针对流浪犬、禁养大型犬等问题，5 名市民代表与人大代表、政协委员、政府官员面对面热烈讨论。与会市民代表提出推行“养犬人资格证”等多条建议。

由此，我们看到了执法机构与养狗人之间出现了和谐的局面，并且他们之间逐渐建立起了沟通的渠道。十几年前，北京市政府由强制捕狗引发群众的和平示威活动，最后使政府重新制定提倡养狗人“文明养犬”的自治管理政策，应该看作是社会民主的胜利，是当时民主推进社会进步的一个典范。

与此同时，我的夫人作为资深记者，给北京市政府养犬管理办公室打了一个电话，讲了我们养的大狗如何通人性，我们又是怎样的文明养狗，我们的女儿为了不让这只狗离去，曾险些做出十分危险的偏激行为，而我们又是多么希望与片警进行一次人性化的对话。

在这样一个和谐的气氛下，我们家与片警的沟通渠道终于接通了。那位在我看来非常威风凛凛的警官，居然非常客气地给我打了个电话，主动约我们到派出所进行一次面谈。于是我和夫人便面对面地坐在了这位警官的面前，他开始聆听我们的述说。于是我们便讲了许多点点与人为善和通人性的故事，也讲了我们避难的艰难和曲折。我讲了女儿对这只狗的真实感情，讲了与狗分离第一夜人与狗难舍难离的悲壮情景，女儿哭泣了一夜，点点则哀号了一宿。

讲到这里时，我认为已经深深感动了警察。这便应了我以前经常对女儿说的一句话，那就是“人民的警察爱人民，警察的心也是肉长的”。因为此时，我分明看到警察的眼眶也含着泪花，他竟感慨地说：

“是啊！我也经常看到老百姓养狗是把它们当孩子那样养的。有一年冬天，在一个大雪天里，我看到一个七十岁的老人，将他一只病倒的大狗艰难地抱起，一步一步颤悠悠地走着，好像是抱着自己的孙子，当时看了我很感动，后来我一直把他和狗护送到家。”

说到这里，警察竟用手背擦了一下他的眼角，他并不知道，我们的狗已经回来，并且已经养在家里，然而他这次却极富同情心地对我们讲，或者说是发自肺腑地对我们讲了几句掏心窝子的话：

女儿与点点

“最好是再过一段时间，大概在春节前夕，你们可以让狗回家，但切记晚上 11 点钟后再遛狗！”

既然警察把话说到这分儿上了，我们的心便有了底，因为他至少不会带人到我家来查狗抓狗，甚至如有人举报，他也会为我们“扛”着。虽然点点现在还不能出屋，但再过一段时间，警察都默认晚上 11 点钟后可以适时遛狗，也就是说我们可以带着点点到小区里透透空气了。从此，点点将是安全的，它不会再被抓了，它不会再有血光之灾，而我们也不必再提心吊胆地过日子了，我们忧心忡忡的日子终于可以告一段落，也就是说点点从此不必离家出逃了，那么点点的避难，也就此可以宣告结束了。

# 第八章 狗运

养狗常常能给人带来好运。我在网上查，出生在寒冬的人都比较适合养狗，狗在五行中，代表了火土，即同时具备火与土的五行特性，如果命格里水多喜土的人，养狗容易带来好运。而我、女儿、夫人都是出生在冬天，特别是我和女儿又都是水瓶座，命里注定养狗会带来好运，后来证实点点和小爱真的给我们带来了好运。

养狗能否带来狗运?

虽然点点被抓的可能暂时没有了，但是我们总觉得住在这个小区不踏实，因为有太多的人认识点点，它在狗群中太出众了；而片警据说会经常换防，如果再碰上一个生面孔，点点的安危同样没有保障。此时，我们便想起避难回来的那个晚上，点点洗澡时所得到的重要信息，比邻的一个小区属另一派出所管辖，由于所划小区不属重点区，因此这个小区可以养大狗。与我们目前居住的小区相比，两个小区都位于北京的五环外，相隔只有一条街，然而对于大狗来说，则是水火两重天。

那时北京的房价刚刚开始涨，这个小区的房价大约七八千一平方米，现在看起来那个时候其实正是北京买房的好时机。然而那时买房是要下很大决心的，因为当时我们住着一个复式房，楼下还有一个车库，如果不是为了点点，我们也许一辈子就在此安居乐业、颐养天年了。然而点点的不安定，促使我们对眼前的生活不满意，于是内心深处的思变之火蠢蠢欲动。点点当时还不能出屋，我和夫人吃罢晚饭没事，就会到那个小区转悠，并且四处打听房屋出售的信息。

终于有一天，我们碰到了一条绝好的房源信息。房子有上下两层共二百余平方米，加上六七十平方米的地下室和七八十平方米的前后院，足有四百平方米，应该说是非常适合养狗的住宅。我们仔细看过，感到如果把后院作为狗的室外娱乐场地，遛狗便成为可有可无的事情，因为采用圈养的方式养狗是政府提倡的，符合北京市关于养大狗的规定。这所房子无疑对养大狗者来说是最适合不过的，而我们能碰到这样的机会，也许是天赐良机。

房子的主人是一对台湾夫妇，他们精心装修后，因为男主人在上海获得了收入更丰厚的工作机会，于是举家搬到上海。他们半年前委托一家房产中介公司，将这所房子以 200 万元的价格出售，然而却一直无人问津。其实那个时候，北京的房价已经涨了，而上海还未涨，但房主对这一信息尚不知晓，那么这么好价格的房子，为什么在北京没人看中呢？我后来分析其中的原因，发现是看房者忽略了一个极为细小的问题。房子的电卡没电了，所有的人只能摸着黑看，房子的窗户都挂着厚厚的窗帘，地下室和三个厕所更是一片漆黑。我们第一次看房时，也没有看中。第二次我特地带着手电筒，当我打开手电筒，在灯光下一照，我和夫人几乎都看傻了。房屋的装修极为考究，特别是厕所、浴室、泡吧，都是用上等材料按台湾格调精心装修的；家具包括餐桌椅、衣柜、书柜、木床、酒吧台都是全木打制的，还有豪华的沙发、茶几、跑步机等，而这一切全都包括在200万元内。

200万元在今天只能买个一居室，而十几年前当房价刚刚开始涨的时候，在北京却可以买这样装修好、带家具的大房子，因为那时候的人还不富裕，而我们这样的工薪阶层同样是囊中羞涩。然而为了点点，为了全家的安定，我们必须全力以赴，当时的办法只有贷款，但30%的首付款60万元则需要自己筹，这一时成了我们的难题。我当时曾想过先卖掉自己住的房，然后再通过租房过渡，但这需要一段时间来运作，等到手中有了钞票，机会可能没了。于是我苦苦思索，突然想到自己的某张存折上，应该还有一笔美金。

记得25年前我离开美国的时候，我将一个抗病毒的中药方交给了美国的巴伯夫人，她是美国自然阳光公司在克利夫兰市的总代理，她同时也是我在美国克利夫兰社会大学开设中医课时的一位学生。当她把我的药方交给总部后，便受公司的委托问我，公司准备买下我的药方，有两种付款方式，一种是一次性支付一万美元，另一种是每卖出一瓶药给我提5美分，但公司只要生产下去就会一直支付。在当时，几乎所有的人都建议我选前者，但我对自己的药方颇有信心，所以选择了后者。美国人为我建立了一个账户，他们每个月会把销售提成打到我的账上，一

我在美国自然阳光公司总部

个月大概有几百美金，日积月累，我想现在该有一大笔钱。可是随着时间的推移，我竟把这笔收入遗忘了。

我能有这笔额外的收入，现在想想，应该归功于我的父亲，虽然这笔美金不是父亲直接给我的，但是因为他独到的眼光，给了我一个“good idea”（好主意），才使我有机会获得这一笔钱，因为我仅仅是把一个药方交给了一个美国人，就如同我每次给病人按脉看舌后，要给他们开一张中药处方那样，而在平时我只能取得微薄的挂号费，尽管有时候专家的挂号费一次有几百元人民币，但也仅此而已。然而这个药方就不同了，虽然我开药方的时间比平时多了二十分钟，因为我知道这药方将用于生产，所以便多斟酌了一会儿，而这个药方的回报，则是美国人为我建立了一个账户，然后几十年来不断地往这账户里打钱，而且有可能世世代代打下去，这就如同神话中的“聚宝盆”一样。

由于美国公司汇给我的是美元，在中国无法流通，而我的手头一直是宽裕的，所以对这个账户，平时很少去查询，特别是近几年，我几乎把这笔收入忘得干干净净。如今为了点点，我们不得不倾尽全力为买房子而一掷千金时，才猛然间想起了这笔钱。我从箱子底层，好不容易找到了那个外汇账户，然后迫不及待地跑到中国银行去查询，因为已经很多年没有管它，存折里到底有多少钱？首付款够不够？有没有可能存有一笔较大的款？我的心中不由得紧张起来，我的心脏曾被查出有杂音，但由于一直坚持乒乓球锻炼，因此心肌的承受力还可以，否则那天我的健康恐怕会出问题，因为当我看了账户显示总款的一刻，心就如同怀揣兔子似的跳动不已。我立刻跑到一个角落里，给夫人打电话，我的心在跳，声在颤，手在抖，那声音最终还是颤颤悠悠发出来了：

“你……猜……多……少？”

“5 万？”

“10 万！我说的是 10 万美元！”

“是吗？有那么多？太好了！那咱们首付就够了！”

正好台湾人喜欢收美元，于是我将 9 万美元交予台湾人作首付，然后又向银行贷了 140 万元人民币，非常顺利地买下了这所房子。贷款分 7 年付完，在我写这本书的时候，贷款已于几年前还清，而现在房子的价格已经长了五倍以上。倘若让我现在买这房子，那是绝对买不起的，即使在当时也是倾注了我们的全部钱财，假如没有那笔“意外”之财，我们便付不起 30% 的首付款，那房子的成交也就成为泡影。140 万元的贷款在今天或许很平常，而在当时则是个天文数字。实际上，为了点点，我们在当时做了一次非常大胆的投资；如果不是为了点点，我们绝对不会像个赌徒那样勒紧裤腰带，做出如此疯狂的投资。这是因为出于

点点与我在新房子前

某种爱，使我们的胆量无限扩大，结果做出了如此果敢的决定。而现在我们则要感谢点点了，正是因为它，我们当初才买下这个大房子，使我们今天在步入老年的时候，能够以这所房子安身立命、享受晚年的生活。这或许就是养狗得到的狗运，因为爱感动了天，天便赐予了我们这所养老的大房子。

凭我们当时的财力买这样大的房子，而且是为了一只狗，这在父辈们看来实在是一件荒唐的事情。因此做这件事，完全是我和夫人共同商量和策划的，既然不向任何人借钱，就没有必要将这一信息透漏给其他人，自然我们也怕女儿的嘴走漏风声，所以我们连她也没有告诉，无论是看房、洽谈、贷款、付款、拿钥匙，还是装修、清洁、添置家具、搬部分的东西到新家，都是我和夫人秘密进行的，尽管所有的工作都是劳累的、枯燥的，甚至是烦人的，但我们的心情却一直是快乐的。

经过半年的努力，新房子便被打点得焕然一新，虽然我们还是住在老房子里，但是在我们的心中已经矗立起一所金碧辉煌的房子。记得有一晚，约莫十点钟，我们遛点点，便遛到了因它而买的这所房子面前，我们走进院中，用钥匙打开房门，点点便第一次走进这所房子。它异常兴奋，对屋中所有的东西都表现出兴趣。这样大的房子，我们只开了一盏灯，光线并不好，但点点欣赏东西并不靠眼睛，它靠的是鼻子，东嗅嗅，西闻闻，脚步飞快，楼上、楼下跑了个遍，然后才慢慢停下来。我想在点点的脑中，一定出现了一张张“嗅图”，这些图远比人所能看到的还精彩许多。这些信息便以先入为主的方式进入点点的脑中，并且永久地记在了它的脑中，因为它认为自己将永远和主人住在这所房子里。

既然点点看到这所房子的时候表现出了惊喜，那么相信女儿也一定会表现出惊喜。记得二十年前，我在国内第一次买了辆二手意大利菲亚特乌诺汽车，车主为卖个好价钱，把车收拾得和新车一样。而那时我正好将自己的专利卖给一个企业，所以也算作是得到了一笔“意外”之财，数目是 10 万元人民币，于是我便乘夫人出差之机，非常果断地花 8.8 万元买下了这辆车。当时女儿刚上小学二年级，放学回来，第一次带她坐进这辆汽车时，她简直惊呆了，因为她以前坐的车，都是我用最便宜的钱，租来的夏利、云雀或面包车，无法与这辆意大利菲亚特进口原装车相比，所以她便有了犹如灰姑娘第一次走进皇宫的感觉，不敢相信这辆车从此属于我们，并由我开。

点点在室外

我的女儿那时在新房子所在小区对面的中学上学，我在房子的二楼远远望去，正好能看到学校的大门，于是我就买了一架天文望远镜，支在已封好的阳台上，透过长长的镜子，便能清楚地看到学校的大门。放学时，我看见孩子们一个一个从学校走出来，自然也看到了我的女儿，她背着书包先出了校门，然后向我们的老房子走去。我拿起电话向夫人报告女儿就要回来的行踪。一连数天，我都乐此不疲地做着这件其实意义并不大的事情，心中却荡漾着快乐。

终于有一天，我们有些忍不住了，便和女儿约好晚上一起遛点点。遛狗的时候，我们说到旁边的小区看看房子，如果房子好，可以考虑将来买一所新房子。那个小区的空间要比我们住的小区大很多，而且人烟稀少，我们一家三口牵着点点遛弯儿，就如同在一个宽阔的广场上散步，女儿立即表示喜欢上了这个小区，并且十分赞同在这里买房子。我说光看外面不行，最好还要看看房子的里面，于是就走到我们的房子跟前。女儿惊奇地看见，我从兜里掏出一把钥匙，然后把门打开，她的聪明使她立刻反应过来：

“原来你们已经买下了这个房子！”

接下来女儿的喜形于色我就不必细说了，她这次真的有了走进皇宫的感觉，楼上有三张床，她在每张床上都要滚一滚，叫喊着，跳跃着，点点则在沙发上翻滚着。那一晚，我的两个“女儿”可真是快乐得近似疯狂，因为她们知道，从此她们便可堂堂正正地、自由自在地在这所宫殿式的房子中生活了。

当我们正式搬进新家后，点点立刻找到了做主人的感觉，它恢复了昔日的吠叫，并且逐渐改正在家方便的习惯。它在楼上南北两个阳台的沙发上分别做了两个窝，因为它喜欢透过明净的玻璃看远景。此外，点点还把客厅角落的一个方形脚垫也当作自己的窝，我们在客厅中看电视或聊天时，它便蜷缩在它的窝上；我们夜晚上楼睡觉时，它会尾随到楼上，在两个阳台的窝交替睡觉，但有时它也会在半夜轻轻地走下楼来，喝上几口水，然后跳到大沙发上，伸开四肢，像人一样四脚朝天，懒洋洋地睡在沙发上。因此有时早晨，当我从楼上走下来时，便听到客厅传来一阵忙乱的响声，那便是点点匆忙地从沙发上跳下来，然后又匆忙地跳到它的方脚垫上，因为那才是它法定的窝。

随着时间的推移，年复一年，房子的价格便翻着跟头往上涨，我们则喜形于色，有时会当着点点的面谈论此事。我们说道：当初亏得是为了点点，我们才买下这大房子，实际上是点点引导我们做了一次最大的也是最成功的投资。谁知道这些话点点竟能听得懂，因为我明显地感到此后点点变得愈发“牛掰”了，原本它只是在卧室旁的阳台上做了一个窝，而之后它便做了三个窝，所谓“狡兔三窝”。点点自从做了三个窝后，走起路来也变得趾高气扬，或者说带着三分的“范儿”，楼外只要稍有动静，它便会在第一时间冲到那里，狂吠不止，那响声也变得异常嘹亮，或者说十分有底气。它分明在向人们展示，我是这房子的主人，当初我的主人能买下这个房子，都是为了我，现在房子升值了，我立了头功。而我们也分明听出了点点那些骄傲的话，并且承认点点确实给我们带来了狗运，提高了全家也包括它的生活质量。

点点在室内

点点在新家的这几年，是它一生中过得最舒坦、最幸福的日子，因为它不仅和人平起平坐，而分明是在人之上的。这不仅是因为主人同情它，深知它在避难时吃过苦头，而且也是因为它，使我们走了狗屎运，用当时所有的钱，买了现在绝对买不起的一个大房子。点点显然表现出它的居功自傲，当然我们大家也都认可，并且决意好好和它生活，满足点点的一切要求，将来为它养老送终。点点无论在物质上还是精神上其实都很满足，特别是和那些放在外面或拴起来甚至关在笼子的狗相比，它冬天在暖气房里冻不着，夏天在空调房里热不着，且能自由自在地蜷卧在不同的沙发上，如果一直这样生活下去，它或许认为自己是世界上最幸福的狗。

然而小爱的到来，多少改变了点点的平静生活，或者说打破了它一狗独享的幸福生活，至少使它的心理出现了不平衡。在点点看来，它是这家的有功之臣，它为整个家庭带来了舒适和快乐，带来了巨大的财富，简单地说，就是带来了狗运。而小爱算个什么？一个乳臭未干的“臭妞”，一个对主人无礼的小厮，一个肆意损坏主人东西的问题狗，一个在狗学校学了两个月仍然一身臭毛病的狗崽子，一个比它能吃能喝的家伙，可是它却同样受到主人的溺爱，点点打心眼里不能理解这是为什么。

“小爱那么小又不曾也不可能给主人带来狗运，不就是会算几道算术题吗？我不大相信那些题真是它用脑子里算出来的，或许其中有什么‘把戏’，待我有一天识破了其中的秘密，恐怕我也是能对答如流的。”

虽然点点不能把这些话完整地表达出来，但是从它的眼神中，我早已看出了点点的愤愤不平，可是它哪里知道小爱在来家前两个月发生的事情，它更不知道小爱在被买的那一天，更确切地说，在买来的一周内就给我女儿带来了狗运。要说清这件事的来龙去脉，话就长了。

众所周知，在潘家园古玩市场能够淘到真正的宝贝，或许偶尔发生在一二十年前，而现在要淘到宝贝，就如同大海捞针一般。几年前，记得是个五月天，我去潘家园古玩市场买些笔墨、纸和帖子，当口袋里还剩下 200 元时，我开始在各个摊位转，希望自己也能碰碰运气，寻到一个“宝”。

几套发了黄的中医书籍

我左转右转，最后在几套发了黄的中医书籍面前停下脚步。记得几个月前，我曾问过一部中医古书的价格，开价就要几千元。而眼前的几部书略显粗糙，从年代看像民国的，书应该不会这样贵。于是挑了一套最薄的，斗胆问了问摊主：

“这套书多少钱？”

“150 元。”

我不由得捏了捏口袋中的200元，感觉买卖好像靠谱。摊主见我不作声，于是又进一步说：

“你能出多少钱？开个价吧！”

我愈发感到交易变得有可能，便鼓起勇气说：

“这六套书一共多少钱？”

“你说吧！你能出多少？”

我因为口袋里只有200元，所以底气很不足，便用很低的声音回答说：

“200元。”

我以为对方一定会嗤之以鼻，把六套书的总价提到2000元以上，但大大出乎我意料，他竟回答说：

“你怎么也得再加100元！”

我抱歉地回答说，自己现在只有200元，于是不舍地离去。

没想到，过了一会儿，摊主又把我追了回来，表示愿意成交。这时我才认真看了一眼摊主，是一对河南籍的老夫妻。他们似乎还在争论，那老汉明显表现出不情愿，操着河南话不快地说：

“这书怎么也不能比现在的书卖得便宜！怎么着也是一百年前的东西！”

可是一家之主显然是那位老妇人，她指着老汉的鼻子数落着，同样操着河南话，却快言快语道：

“这几本书放了好几天啦！有人问吗？好不容易有人要，还不快快出手？！”

我想他们一定没有什么文化，不知道这些书的价值。河南是医圣张仲景的故乡，那里的中医世代相传，这六套书一定是从一位已故的老中医那里淘来的，而老中医的子女又不学医，便把这些书便宜处理了。结果现在辗转到了我的面前，只见那老妇人把六套中医书装进一个黑色的垃圾袋，然后非常麻利地扔给我。

我立刻拱手相接，就好像接住天上掉下的“馅饼”一样，并在第一时间将那 200 元递过去。然后非常“轻盈”地闪入人群中，迅速离开潘家园古玩市场。一路上，我的腿感到有些发软，在走到一个拐弯处，还被重重绊了一下，险些跌倒。我生怕摊主反悔，再次追过来，直到一头钻进我的车子，才大大松了一口气。此时美国著名的主动心理学家塞利格曼博士的幸福观，开始在我的大脑中作祟，于是心中充满着幸福。

开这辆车犯了个低级错误

坐在车里，我小心翼翼地将那六套中医书从垃圾袋中拿出来翻看，少则 6 本一套，多则 12 本一套。我仔细清点后，发现竟然一本不少。我买的六套书都是全本！于是更感幸福。然而塞利格曼博士的幸福观，在我身上所发生的效应可能有些过，因为我的内心一直在激动，以至开车时握方向盘的手都有些抖，好容易把车开到了我女儿所住的小区。我开始停车，那时我的脑子里还想着这几本古书，于是接下来我犯了一个相当长时间自己怎么也没有想通的错误。这个错误不仅后来被夫人当作笑柄来数落，而且作为一个有二十余年驾龄的司机来说是十分丢人的，因为我把油门当作刹车踩了，结果这个在世界上看来最低级的错误，竟然发生在了我的身上。

于是我便听到轰然一声，在车前一个多年失修水泥砌的锈铁栅栏居然被撞“酥”了，虽然我的车没有受到太大的损伤，但那声音吓着了住在地下室的一位女子，她先发出一声嘶叫，然后尖叫着跑了出来，结果引来了保安和物业。

这件蠢事的发生应该是典型的乐极生悲，公平地说，是不能简单归罪于塞利格曼的幸福观的。我来不及细想，当务之急是如何处理眼前的麻烦。我立刻向夫人求救，让她前来和物业周旋，自己却躲在远处，故意做出打手机状。物业人员还是通情达理的，他们并不要我立刻赔偿，但希望通过我的保险公司进行赔偿，这或许也是为小区做点儿贡献，但我却不得不陷入了一个极为费时费事、旷日持久的理赔程序之中。

然而后来万万没有想到，女儿要养一只拉布拉多犬的要求却与我的这次蹩脚的汽车事故关联上了。那段时间我每周二、周六都会和夫人开车去马连道军区干休所看我年迈的老母。那天是星期六下午，我女儿在周末通常会上课，而我则要到女儿所住的小区接待保险公司的现场勘察，因为勘测员当天又比较忙，所以约好的时间一拖再拖。待汽车事故勘测完毕，已经很晚了，正赶上女儿下课回来，结果我们便一起开车去看她奶奶。接下来的故事就回到了本书的第三章，女儿非常巧妙地说服我的母亲，也就是她的奶奶，最终在母亲的命令下，我为女儿买了小爱。

只记得买小爱的那天我和女儿很辛苦，回家后已经很晚了，接着我们还要给小爱买全套的生活必备品，这包括幼犬狗粮、奶糕、食盆、饮水盆、项圈、牵引带、玩具，那一刻我们已顾不得问价了，在极短的时间内“疯狂”购物，就像迎接一个刚刚出生的婴儿一样，迎接小爱。

小爱能给我们带来狗运吗？

那天是星期日，我花费了整整八个小时，带着女儿寻狗、挑狗、买狗，又给小爱备齐全部的生活用品，不仅所有的费用都由我出，更重要的是我给女儿买了只她非常中意的纯种拉布拉多幼犬，她视小爱为自己的孩子，自然对我表示出无比的感激，看到我疲惫的样子，她要我早些回家休息，说自己一个人打理小爱，完全没有问题。

然而这时候出了一件麻烦事，我的车停在了别人的车位上，这在北京是常有的事，因为北京约缺失两百万个车位。车位主人回来后，本可在我车窗角留有的名片上找到我的电话号码，打个电话，我会立即跑出来，道三声对不起，然后马上挪车。可是那个车位的主人脾气有些暴，他选择了一个极端的方法，把车故意停到了我的车旁，不仅我的车开不走，后边的车也开不过去，结果在小区狭窄的道路上堵了足有一串车，可是这位老兄偏偏又躲起来，于是这些车拥挤在一起，在小区中形成了一个死结。

我和女儿出来时无法将那车挪开，只好到附近的庆丰包子铺，先往饥肠辘辘的肚子中填些卤煮火烧之类的糙食。当我们吃罢饭，再回到车旁时，发现所有横在道路上的车已不见了踪影，心中一阵窃喜，迅速开车！走！但走到门口，被一位汉子拦住，定睛一看，正是被占车位的主人，他已等我多时了。自然他要把那一串车主对他斥责所产生的怨气，再发泄到我的身上，而我只得非常耐心地、委曲求全地向他慢慢解释。

我的女儿平素是个安静的女孩，她的性格内向，说话和我有些像，语速较慢。但今天她对父亲的付出，一直心怀感激，当下父亲却被一个中年男子训斥、欺负，她再也按捺不住，突然冲出车外，与那男子理论。这是我以前从来未曾看到过的，她在这种场合下竟会变得如此强势，好似一个“女汉子”，她的嗓门越来越高，语速越来越快，终于占得上风，将那个汉子说“憋”了。

这一天，女儿的收获是巨大的。她不仅得到了一只好狗，而且赢得了一场吵架的胜利。养狗本该得到好运，却没有想到养狗的第一天，就把女儿拖入到与邻居的一场吵架中，但她强大的潜能因此而被激发出来。万万没有想到的是，这种潜能的调动，居然帮她在第二天的一场极为重要的选秀比赛中脱颖而出，使一家非常著名的影视公司和她签了约。

记得女儿进入初中后，我便对她有些失控。要她学钢琴，她不好好练，却去学长笛和街舞；本来乒乓球练得不错，一连拿了几年的小学冠军，但因为怕长青春痘，说什么也不练了。平时变得爱打扮，喜欢照相，并且常常把她的照片从网上传给剧组或电视台，这样她就会有很多面试机会。那个时候，我成了她的专职司机，好在当时我的病人没有现在多，所以一有面试，我都会开着那辆乌诺车，将她送到面试地点，然后在外面苦苦等上几小时，再把她接回家。

初中毕业后，她没有上普高，而是去了艺校，然后不满意，就不停地换学校，最后上了国际学校，到加拿大留学一个学期，但后来又回来了。因为她听说加拿大的电影学院在世界排名十几位，而北京电影学院在世界排名第四，于是她又跑回国，准备考北京电影学院。有个漂亮的女儿，对于父亲来说或许很体面，但背后揪心的苦处有谁人知晓？只记得那时每隔几个月，我就会开着车在北京东奔西跑，为女儿办理入学和退学手续，而最使我感到头疼的是学费常常不肯退，我不得不厚着脸皮，三番五次地与学校领导软磨硬泡。这类纠结的事做多了，我便会向身边的人发出叹息：

“做漂亮女儿的老爸难！做有明星梦女儿的老爸更难！”

好不容易熬到了高考，参加北京电影学院表演系的高考就如同赶集一样，每年都会有成千上万怀揣着明星梦的孩子从全国各地涌向北京，一试会刷掉大部分，二试后只剩下5%，进入了三试的女儿感到在最后的竞争中，她在外形上已远远领先，于是信心陡增。可是她哪里知道，那时在中国会有许多意想不到的因素起着决定性的作用。当得知落榜后，她曾大哭一场，但她执意要上北京电影学院，哪怕沾点边都行，于是她考进了北京电影学院成人教育影视制作系。

她只是周末上课，这样她就有大量的时间。她曾经想找一份工作，希望自己早些跨入社会，但十八九岁的孩子很难找到像样的工作，可她竟然凭借电视台《非你莫属》的节目，找到了一份时尚杂志编辑助理的工作。后来她又跳槽，做了一个大公司视频广告的编辑，但她完全没有职场经验，更不懂人与人之间的你争我夺，她的年轻漂亮，决定了她早晚会被排挤出职场的是非之地。

于是她又回到了初中学生时代的原点，她开始与多方联系面试，逐渐在各个电视台客串一些小节目，这时我的病人越来越多，我的夫人也身患重病，我忙得不可开交，已经顾不上女儿，就随她去闯吧。有一天，我正在门诊看病人，突然接到女儿打来的电话，在嘈杂喧闹的诊室里，我隐隐约约听到女儿不紧不慢的话音：

“爸爸，我最近做了几期节目，是访谈章子怡、胡歌、张国立、孙悦等明星的，我现在是郭德纲的主持助理。”

女儿、章子怡、郭德纲在《今夜有戏》

我当时惊得有些不敢相信，因为正在忙于应诊，无法细问细说。此后，我还是半信半疑，直到在电视屏幕上，看到女儿频频出场，才终于感到她好像开始出道，而这一切都是凭借她的努力，自己闯出来的。

之后类似的节目不断，她还时不时地到外地参加选秀活动，其中去过上海、海南、香港等地，因为都是主办方出费用，所以我也不阻拦，让她趁着年轻，多见见世面，虽然每次都能进决赛，但终无建树。而这一次的大型选秀活动是由亚洲一家著名的影视公司组织，网上报名者达二十余万，经过层层选拔，最后只剩了几十人，从中选出的八位（四男四女），将成为这家公司的签约艺人。

在买小狗的第二天，正好女儿参加最后一轮的考试以决定她的去留。四位考官分别是金牌经纪人、导演和两位著名的男女演员。他们对我女儿总的印象还不错，只是觉得她比较文静，性格不温不火，不适合做艺人，所以要考考她，看是否有“火辣”的潜能可以被挖掘出来，于是问她有没有吵过架？让她即兴演一个能吵架的辣女，按现在的话说就是演一个“女汉子”。

女儿因为参加选秀的节目多了，已经成为“老手”，所以她不紧张，即使面对这样一个超级影视公司的考试也不当回事。当她接到这个题目后，心中一阵窃喜，因为昨天她为了买小狗，为了忠厚的爸爸不受欺负，与一个中年男子大吵一架，因此她“火辣”的状态正好被调动出来了。表演时，一位导演与她搭戏，不知道是他的普通话说得不好，还是我的女儿那天超水平发挥，有好几次，导演竟被女儿咄咄逼人的犀利语句搞得前言不搭后语。四个考官鼓起掌来，她的录取一致通过。

经过慎重考虑，征得了父母和奶奶的意见，她与这家影视公司签了约，从此步入影坛，实现了她小时候的明星梦想。她随后演了第一部电影，那部影片是描述一群怀有明星梦的女孩，如何经历各自的坎坷之路获得成功的故事，她演其中的一个女孩，或许正是她自己的写照。

在相当长的一段时间里，我都不相信最近发生的事是真的，云里雾里好似做梦一般。细细回想，女儿的签约成功，和那天艺考时的即兴表演有关。她惟妙惟肖扮演一位善吵架的辣女，是和她头天晚上吵架有关。而吵架虽然起因于停车，而停车又因为买狗，如果那天不去买狗，不把小爱买回来，就不会把车停在别人的车位上，从而引发了一场激烈的吵架；如果女儿不参与吵架，就不可能在第二天最后的考试中有超水平的发挥，以至阴错阳差地成了亚洲最大影视公司的签约艺人。所以从某种意义上说，女儿签约的成功是和买小爱有关，也就是说小爱一买回来，就给女儿带来了好运气，或者说小爱一到我家就给女儿带来了狗运。

小爱一买回来就给女儿带来了好运气

小爱的“萌”曾经欺骗了我和女儿，其实它是一只其闹无比的狗。我仔细观察过它，它是只破坏性极强的狗，而且内心深处就是有意要毁坏东西，并且以毁坏东西为乐。小爱至今被终日关在厕所里，只要放出来，它就会迅速寻找目标，并且在第一时间咬住一只拖鞋或一只鞋垫。如果你要追它，那正中它的下怀，因为你和它的游戏就此开始；如果你看着小爱，那么它的即兴表演就开始了。它先紧紧咬住一件东西，然后拼命晃着它的大脑袋，甩着被咬的东西，显然它是要当着你的面彻底毁掉那件东西。这时无论换了谁，都会一个箭步冲上去，试图夺回那东西，可是小爱却机敏地一跳，你扑了个空。此时，我只好叫来夫人两边堵它，小爱便异常兴奋，眼睛里露出顽皮的目光，忽而从桌子底下钻出来跑掉，忽而纵身一跳，跳到沙发上，它的眼光露出神采奕奕的光芒，因为它觉得这游戏太好玩！太刺激了！直到我们两个人累得气喘吁吁，最后把小爱逼到一个角落，揪住它的耳朵，把那东西从它的嘴里夺回来，这个游戏才暂告一段落。因为即便你惩罚它，比如说打它几个耳光，或用拖鞋拍打它的屁股，它都不会理会，因为它是典型的“记吃不记打”的那种狗。你若是打它，小爱只是微闭着眼睛，做出害怕状，同时不停地摇着尾巴，又好似在享受。

被小爱咬住的东西常被撕得粉碎

小爱就是这样一只问题狗，尽管如此调皮，我们仍不得不迁就它，原因是它一买回来，就给女儿带来了好运，以致我们最后不惜血本，花了买狗价格两倍的钱，投资于小爱的教育，将它送到北京最好的狗学校进行培训。满以为小爱毕业后，能变成一只“懂规矩、有教养”的狗，结果那钱看来好像是“打水漂”了，因为它虽然学到一些才艺，但单从“没有教养”这一点来说，它比进学校前有过之而无不及，所以这便应了“江山易改，本性难移”“狗改不了吃屎”这两句民谚。我就此得出这样一种看法，狗和人一样，性格是天生的，并且在后天是很难改的。点点和小爱的性格截然相反，一个内向，一个外向；一个文静，一个活力四射；一个乖顺，一个调皮捣蛋。而这两只狗竟也能生活在一起，并且“和平共处”，同时都给我们带来各自的狗运。

对于小爱给女儿带来的好运气，如果仔细分析，似乎并不是小爱直接带来的，而且是拐了几个弯儿，甚至是逆向的，但那运气还是隐隐来到了。为了证明小爱是不是幸运之神，有一天，女儿把小爱带回了在城里的家。那段日子，女儿比较闲，她因为没有机会而感到憋屈。令人惊异的是，虽然小爱只是和她一起待了几个小时，但她却接到一个重要的电话，让她去主持一个活动，并且是有偿的。那个电话通话时间虽然只有几分钟，但却把所有的事情敲定，顺利得有些出奇。女儿放下电话，长长地出了一口气，可这个时候，她发现小爱跳到床上，嘴里叼着她的美容仪，于是立刻奔过去，夺回那个价值不菲的美容仪，好在只留下了几个狗牙印。她看了一眼小爱，终于悟出了一个道理，原来小爱带来的好运气，是伴着它的淘气一起来的。

小爱在捕食

当我的书写到此时，好久未见的女儿正好来家过元宵节。第二天，我准备开车和她一起看她的外公、外婆、奶奶，女儿的动作有些拖拉，我不断在催促她，顺便我把两只狗从院子放回屋里，进入室内走廊，我不停吆喝着“转”，为的是让它们把在院子里沾在爪子上的泥土、屎尿清除掉，让这些脏东西在进屋前都留在走廊的地上，于是像每次一样，点点捯小碎步转着小圈，小爱则毫不惜力，跳跃着跑大圈，但却一会儿叼晾在木架上的袜子，一会儿撕咬着脚垫，我不得不双手拿着两只拖鞋，不停地击打小爱的后背和屁股，可是它绝对是那种“记吃不记打”的狗，尽管我出了一身汗，这个“胖妞”却毫不在乎我的敲打，依然我行我素。

当两只狗放进来后，小爱仍旧像打了鸡血一样，在屋里横冲直撞，一会儿叼块抹布，一会儿叼只鞋，搞得大家不得安宁，除了对它大声喊叫外，便是四处堵截，可常常是刚从它的嘴中挖出一块抹布，转瞬间，它又叼起一顶帽子，真真是防不胜防。我的女儿不能理解我的教育为何如此失败，把小爱养得这样无法无天，于是她便亲自出马，她拿起半年前专门买的一根尼龙棍子，那是她交给我管教小爱的一把“上方宝剑”，可我总是舍不得打我的“外孙女”，其实用那根尼龙制成的棍子是打不坏狗狗的，那么现在我倒要看看小爱这个“虎妈”，是如何用这根棍子管教它的。

说也奇怪，小爱对我女儿还真有几分怕，这大概是它从小由我女儿带大的缘故。只见女儿手握棍子，向小爱发出各种口令：

“坐！……趴下！……定！”

小爱居然一一执行，有时它执行不力，便会挨几棍子，于是小爱就躲到我的身后瑟瑟发抖，我这个“外公”立刻成了全家的批评对象，一时间成了娇惯和溺爱“第三代”的替罪羊。

这个时候，女儿的手机响了，她立刻向我们摆摆手，让大家安静，我知道一定是什么机会来了，便马上将小爱关进厕所。女儿打了几分钟

点点与小爱共享的院子

电话，然后又给她的经纪人打个电话，便把这件事敲定，原来是江苏卫视邀请她参加一期当下很“火”的节目《非常了得》。事后我们左思右想，愈发感到小爱或许真是女儿的幸运之神，因为每次女儿和小爱在一起玩耍的时候，便会有各种好运好机会到来。

买点点和小爱最初都是女儿的主意，或者说是她的要求，但最终这两只狗还是甩给我了，就此和它们便朝夕相处，不仅要管它们的吃喝拉撒，而且有了病我要为它们医治，惯出了“坏毛病”，还要进行调教。好在我们不仅住着大房子，还有一个大院子，这样我就不需要像一般养狗者那样，早晚至少花费一个小时遛狗。我施行圈养的方式，在院子里为狗狗修建了不怕雨雪的渗水地和漂亮的小洋房，无论我多么忙，都不需专门抽出时间遛狗，只需将点点和小爱放出去，它们便在院子里快乐无比地嬉戏打闹。

要养狗的最初是女儿，可真正的养狗者却是我，养这两只高品质的狗，对我来说似乎出于无奈，或者说是出于被动，但坦白地说，养狗还是合了我的心意，因为我自小喜欢动物，特别是狗。狗的魅力，在于它通人性，它时时在猜测人的想法和意图，人的一个眼神、手势或说话的语调都会引起狗的高度注意，并且做出相应的反应。而绝大多数养狗者，虽然没有学习过动物心理学，其实也很善于揣测狗的心思，在他们看来狗相当于半个人，因此有些孤寡的老人与狗相依为命时，便会不停地与狗讲话，时间长了，狗竟能听懂其中的一些话。我的母亲喜欢与狗对话，例如我推着轮椅带母亲出去吃饭时，杰瑞就会跳到母亲的怀中要一起去，母亲这时会耐心地对它说：

“杰瑞好好看家！我们会买一根排骨带给你吃！”

杰瑞似乎真能听得懂母亲的话，竟跳下来，卧到桌子底下，同时流露出依依不舍的眼神。当然，我们从饭馆把母亲推回家时，她的手里便拎着一个饭盒，此时杰瑞便兴奋不已。

养狗的故事说不完，如果不是和狗狗生活在一起，或许不能感受其中的快乐。女儿虽然将那两只狗都甩给了我们，但她心中还时时惦念着点点与小爱，为了调教好小爱，她曾给我买过一根棍子，同时还为两只狗买了两套“警服”，点点与小爱穿上后便显得格外靓丽。

穿着“警服”的点点与小爱

在世界杯期间，女儿又为点点与小爱各买了一身球衣，这样

点点与小爱身穿球衣

点点穿上了上届冠军西班牙队的球衣，只可惜小组未出线就打道回府了；而小爱身穿著名球星梅西的球衣，所代表的阿根廷队一直杀入了决赛。

狗既然是生命，那么当它们与人生活在一起的时候，必定会影响到人的生活，并且还能给人带来意想不到的运气，至少对我的家庭来说是这样的。如果没有养点点，我们便住不上现在这样的大房子；如果没有养小爱，女儿的事业就不会这样一帆风顺。点点与小爱虽然给我们的生活带来了不少麻烦，但它们也给我们带来了快乐，带来了精神上的愉悦，我把其中的故事写出来，与大家一起分享，如果大家读后，感到点点与小爱好像也生活在你们身旁，那么我就没有枉费笔墨，足以自慰了。

## 第九章

# 两年后

这部书稿已写好两年，却一直没有出版社问津，直到我的另一本书《那年那月人马情》的中文版和英文版开始出版发行，我才重新启动了修改和续写本书的愿望。开始写这本书的时候，点点十四岁，而如今点点已十六岁。如果按人的年龄折算，它该是只百岁老狗了。好在今天提笔时，两只狗还算健康，至少它们还活着，特别是点点，它能活到今天，成为远近闻名的“寿星”。因为一般来说，周围小区的狗很少能活过十二岁。

如果从外貌来看，点点丝毫不显老态，因为它带有斑点的皮毛，依然透着光泽；它端坐在那里，吐着舌头的姿态，依然光彩照人。点点有着诱人的魅力，虽近暮年，依然美丽，谁要是无意中看了它一眼，都会忍不住停下来，对着点点端详许久。然而仔细观察下来，点点还是老了，我在它大眼睛的晶体中，看到了白内障云雾般的絮状物，所以点点的眼神大不如前了。我将食物扔到它的跟前，点点常常看不到，最后还是靠依旧灵敏的嗅觉，捕捉到食物，然后伸出舌头，将食物一口吃下去。

点点右上眼睑那个腺瘤依然存在，有时小一点儿，有时又大一点儿，虽然我经常为它上一些外用的中药，但始终没有消掉，用医学上的行话来说，这叫“带瘤生存”。大概因为这个缘故，使得我给点点上药大不如前，或者说不够精心，三天打鱼，两天晒网，有时会忘记个把星期。因为隔得时间长久，点点会因瘤子的长大而感到不舒服，于是它便主动找我，用头、嘴不停地摩挲我的小腿，然后不时抬起头，凑近我，让我看它的眼睛。我便猛然醒悟到了自己对点点的疏忽，立刻去拿棉签、中药，然后给它的眼睛上药。点点依旧规矩地端坐在我面前，将头伸向我。待我上完药，它依然不忘反复舔我的腿和膝盖，向我礼貌地表达它的感激。

点点的听力也大不如前了。先前，我只要在楼下轻叫一声“点点”，它便会迈着轻盈的步伐，从楼梯上奔下来。而如今，任凭我大声地喊叫，却听不到它的动静，我不得不爬上楼，四处寻找。最后，在一个角落的地板上，发现点点四肢敞开着，酣睡正浓，以致我叫着它的名字，走近它，都毫无反应，好像一个自闭症患者与外界世界完全隔绝，而实际上是点点的耳聋到了相当程度。我不得不猛击一掌，或者猛跺一脚，点点才会有所感知，猛地跳起来。

在本书中，我曾不止一次地夸过点点“好狗不挡道”，你只要走近它，点点会立刻跳起来，闪在一边，给你让道。可是现在不行了，点点因为“耳背”，听不到人走近的声响，因此不会像以前那样主动为人让道，除非你的脚触碰到了它的身体，点点才会猛地跳起来，给你让道。可是对于一只百岁老狗，我怎能忍心让它受到如此惊吓呢？于是便从它身边轻轻地绕过去，或者轻轻地迈过去。

老年的点点已完全没有了壮年时的灵敏，它的行动变得迟缓，甚至很难做出跳跃的动作，除非处在应急状态。它大部分时间都是伸展四肢，躺在屋里的地板上，或者是院子里的阴凉地上，打着呼噜睡觉。它这样的生活状态，不仅十分接地气，更重要的是让生命的时钟尽可能走得慢些，或许这就是点点能够长寿的奥妙。

年老的点点喜欢整日躺着

然而点点的迟缓，毕竟给我带来了少许养狗的烦恼，尽管我的养狗方式相比一般家庭要省力得多。我不需要每日花几个小时遛狗，因为我有一个大大的后院，在那里为它们建造了狗别墅。每日白天，我把两只狗轰到院子，原本是非常省力的，我只要轻叫一声“点点”，它会从楼上迅速跑下来；再打开关小爱的厕所门，它会箭一般地跑出来，然后两只狗便争先恐后地冲到院子。可是现在不行了，首先叫点点是个头疼之事，我常常需要叫它十几声，这使我想起了那时叫女儿上学的烦恼。我不知道点点是真的完全听不到，还是因为懒惰，而佯装听不到，因为我上楼找到它时，点点的头会微微抬起，然后又躺下。此时，我只得击掌或跺脚，点点才肯爬起来，然后伸一个大大的懒腰，再站起身，但并不行走，我只得到它身后，用小腿顶着它的屁股。它不情愿地走着，我不断顶，只觉得它细细的富有肉感的尾巴，在我的两个小腿之间，本能地甩打着，于是我感到了几分快意。点点或许也感到了快意，因为只要我停下脚步，它也会停下来，似乎在等待什么，特别是下楼梯时，它的步履显得更慢，而小尾巴甩得却更为有力。因为点点已是百岁老狗了，我便耐着性子，让点点迈着蹒跚的步子，一步一步走到院子。

接着，再去开小爱的厕所门，小爱如今已三岁多了，小时候是个十足的调皮蛋，听人家说，拉布拉多犬两岁后便会乖巧，可是小爱依然我行我素，看来狗的本性的确难移。小爱冲出来后，如果它不去叼东西，便会扑向我，然后两只前爪搭在我的两只手上，它会向前走几步，然后向后退几步，头高扬着，眼神中露出兴奋和快乐。我虽然耐着性子和小爱跳了几圈舞，可是它似乎并不尽兴，它会扒在沙发的后背上，用一种期待的眼神看着我，希望和我继续玩耍。于是我会抓住它的两只耳朵，骑在它的后背上，高喊着："骑大马！骑大马！"谁知，从此一发不可收拾，成为小爱的保留节目。而且它会接二连三，没完没了，因为每当我从小爱身上下来，小爱会换一个位置，又一次扒在沙发上，示意我继续玩。或许小爱关在屋子里，有时长达十几个小时，它希望通过玩耍，来排解它的寂寞。

与小爱相比，点点则要静得多。它大部分的时间都在睡觉，更不用说夜深人静的时候，它躺在我的床跟前，与先前不同的是，年老的点点开始打呼噜，而且随着它年龄的增大，呼噜声也愈发增大，这种正比例的发展规律，使他目前的呼噜声简直可以用鼾声如雷来形容。我十分惧怕呼噜声，听到呼噜声便会失眠。记得二十余年前，有一次出差参加会议，大会安排两人睡一个房间，我便和一个陌生人睡在一起，谁知那位老兄竟是个打呼噜者，使我一直不得入睡。到了半夜，我实在忍受不住，便去敲我床前的茶几，直到把对方吵醒，然后抢先入睡，可在后半夜的梦中，却一直伴着这位老兄的鼾声，好在他的鼾声还是有节奏的，使我总算睡了半宿的觉，好在这样的经历只有一夜。然而点点不同了，它终日伴着我睡觉，而它年老“耳背”，发出的鼾声如雷，任凭我做何声响都丝毫不为所动，依旧我行我素，它好像是在告诉我：“我毕竟是个出气的生命，我还活着！”最后我只得半夜起身，触碰它的身体，将它请出我的卧房。

年老的点点不爱动，不像小爱在院子里不停地跳来跳去，弥补了运动的不足。点点除了和小爱打闹时，会在地上滚来滚去，更多的时间则卧在那里不动，有时卧在狗别墅的地板上，有时卧在院子里的阴凉处。时间久了，点点四爪的指甲便愈来愈长，结果导致点点上下楼梯常常打滑，有一次下楼时，竟连滚带爬般地滑落下来。自此，点点每次上下楼，变得小心翼翼，裹足不前，畏首畏尾。为此，我想了很多办法，例如想花很多钱，在楼梯上铺两块地毯；甚至花更多的钱，用防滑材料重新做一个楼梯；最后还是夫人找到了物美价廉的方法，她只花 200 元，买了些防滑的地板革，粘在原来楼梯的地板上，从此不仅点点上下楼自如，我们上下楼也有了安全感。

点点尽管行动迟缓，但它的脾气却较前大了许多，这表现在它与小爱从院子里放进来的那一瞬间，小爱腿脚灵活，跑在前面，习惯到点点的食盆中先叼一口狗粮，然后再到它的食盆中吃自己的口粮，这使得点点非常不快。此时，点点会扑上去，照着小爱的耳朵咬去，同时发出咆哮的吼声，声嘶力竭，小爱立刻缩在一边，不敢作声，直到点点回到自己的狗食盆时，小爱才敢回到它的狗食盆吃食。那一瞬间，点点不顾一切发着脾气，表现出它的神圣不可侵犯。看到点点真正发怒的样子，我很难想象得出，这就是平时依偎在我身旁的点点。那一刻，我都会本能地躲着点点，唯恐它的利爪踏到我穿拖鞋的脚上。

点点虽然已过百岁，但看它还能发这么大的脾气，而且能吃能喝能睡，它应该还有几年的活头。事实上，点点在大部分的时间，还是表现出温顺和忠诚的一面，至少我是这样认为的。在院子里，点点与小爱能完全和平相处，点点不再独占别墅，小爱有时也可进到屋中避风，甚至在烈日炎炎的暑热天，两只狗都在屋中分享避暑的快乐。有一年夏天多雨，一天我和夫人去看电影，又遇暴雨，突然想起两只狗还在外面，我的脑中立刻出现了两年前的一幕，点点躲在屋子里，小爱却扒在窗户上，浑身浇成个落汤鸡，在雨中瑟瑟发抖。我们赶紧回到家，打开院子的大门，使我颇感意外的是，小爱全身皮毛柔顺，没有被雨水打湿的痕迹，而点点则成了个落汤鸡。原来小爱一直躲在屋中，点点因为年老的缘故，竟缺少了避灾的意识，结果被雨淋了个透心凉。

有一段时间，我较忙，顾不上仔细端详点点，直到有一天，我发现在点点的下腹部，那该是狗的两排乳房处，长出了一个拳头大小的肿瘤，我摸了摸，质地较硬，加上这个肿瘤是短时间迅速长大的，依据我的临床经

点点的腹下长出一个肿瘤

验，这个肿瘤不是好东西，应该是个恶性肿瘤。

按部位说，点点患的是乳腺癌。癌症的高发年龄是幼年和老年，因为这两个年龄段免疫力低下。人是如此，狗也不例外。点点在它初潮时就被配种，一窝生了七个小崽，其中一个儿子后来患了白血病，而点点在百岁之后，患了乳腺癌。点点一岁多的时候，正赶上美国大片《101斑点狗》在中国上演，于是斑点狗成为市场一时追逐的宠物。为此，点点在初潮时，老板就让它受孕，为的是尽快生出小崽，卖个好价钱。点点一岁多时就当了母亲，哺乳了七个小崽整整两个月。可是点点的七个小崽，突然都被一一抱走。可以想象，那时的点点心理一定受到了严重的创伤。试想当点点生下七个活蹦乱跳的小崽时，点点曾是何等的高兴啊！然而当它看到七个小崽一个个被抱走，我完全能想象得出当年点点焦躁的样子。它一定是四处寻找，整日哼叫着，心灵上留下了重重的创伤。

点点的一生出现过五六次“假孕”，这该是曾经的心灵创伤在作祟，它想孩子想疯了，才会出现这样的内分泌改变。每次假孕，点点乳房胀得溢出了奶汁，而心理的改变，更使人感到不解。因为那段日子，点点会奇葩地把平时给它玩耍的玩具诸如小青蛙、小白兔，当作自己的孩子，将它们叼在自己的身前，呵护着，不许任何人触碰，这样的关爱，常常要持续几周。这必然引起点点严重的内分泌紊乱，记得四十余年前，当我在内蒙古兵团做兽医时，发现一匹怀孕的母马，因马鞍上的肚带不断磨伤，孳生了一个巨大的恶性肿瘤，这使我萌生了对癌症的研究。记得我在内蒙古一个偏僻的马厩中，在一个土坯砌成的土桌上，在一张发了黄的纸上，写了我人生中的第一篇论文，题目为《癌变的本质——内分泌紊乱》。我把这篇论文寄给了当年中国医学科学院肿瘤医院吴桓兴院长，居然收到了他的回信，曾经使我欣喜若狂。而如今，点点患了乳腺癌，再次证明了我当年对癌变机理的假说是有几分道理的。

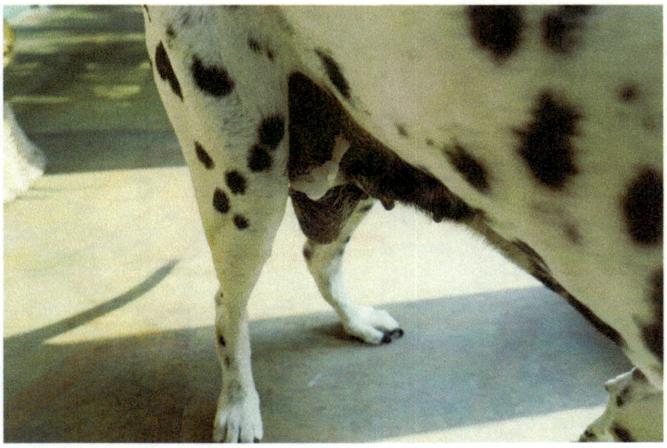

点点的肿瘤在长大

点点患了乳腺癌，如果不做治疗，任其发展，它大概活不过三个月。如果把它送到宠物医院，给点点做手术，术后还会复发，这是依据我多年临床经验的判断。于是我对点点采用了保守治疗。我两年前出版了一本书，题目为《与癌磨，不与癌搏》，这便是我的治疗原则。我先用纱布，在点点肿瘤的上部扎紧，意在减少肿瘤处的供血。然后我为点点配了中药，做成颗粒冲剂，每日喂它一包，我把中药和粥调和在一起，点点居然每次都能吃尽，就像它配合我为它做耳病和眼疾治疗一样，点点知道我在为它治疗乳腺癌。

既如此，我的愿望便是能够让它活过2015年，因为它毕竟老了，早已到了寿终正寝的年龄。有一位邻居告诉我，他一位朋友的狗，年老时也患了肿瘤，结果花两万元做了手术，只多活了两个月，而这两个月活得很痛苦，很可怜。而点点如果能活到 2015 年，那么它实际上能多活半年，而这半年不会活得太痛苦。点点的治疗方案既已选定，我的各种无毒的保守治疗的方法都可以试用，那么点点也将以自己的身躯，为人类的医学做出最后的贡献。

# 第十章

# 点点最后的日子

点点自患了乳腺癌后，我便在网上发布了《点点老了，又身患癌症》的博文。博文立刻转化为微博而被传播开来，由于这只美丽的斑点狗几年前曾上过电视，于是这篇文章连同点点上电视的视频被转发到微信，在我的朋友圈中传得几乎人人皆知。自此，我每遇熟人，他们首先会仔细观察我的面色，当排除了我的悲哀后，便小心地问，点点还活着吗？我说还活着，不过肿瘤是越来越大了。他们立刻无比同情地说："如果实在看着痛苦，就尽早让它结束吧！"

这样的问话，反映了世人对肿瘤的恐惧，不仅人患肿瘤是可怕和痛苦的，狗也必定一样，他们这样非常现实地想着。因为我是治疗肿瘤的一名医生，说到此，脑中就会浮现出各类的肿瘤病人。他们对癌症的态度大不相同。有的极度悲观，认为患了癌症必定死，所以对各种治疗都采取抵制的态度；如果对身体有毒害的放疗和化疗进行抵制尚可理解，但对无毒的中医抗癌疗法也同样抵制就实在令人费解了。

一位患胃癌的老者，手术后不能进食，为此安放了支架。其实本是术后的并发症所致，并不是肿瘤在作祟，他却认为已到了完全没救的地步。每次我去查房，他都向我求死，希望给他一针重剂的镇静药，让他安静地睡过去。我则向他介绍各种中医、超声热疗等无毒的治疗手段，告诉他，他的肿瘤恶性度不高，治疗上还有很多办法，不要失去战胜肿瘤的信心，也不要错失治疗的时机。可是他却每每拒绝，结果在病房中延续了数月，才勉强死去。

我夫人的同事曾是外交部的一位高级英语翻译。记得几十年前，我准备到美国留学，曾向他讨教过英语。可是当我从美国回来后，他却不幸患了脑癌，我被请去为他治疗。他拒绝手术，在他看来，如果采用手术、放疗、化疗这样有害的治疗，还不如尽早结束自己的生命。他的夫人希望中医在丈夫身上能发生奇迹，可是这位曾经的北大高材生，却对中医半信半疑，虽然在吃过几周中药后，他的症状有了一定改善，说明肿瘤开始软化，如果他能坚持服药一年，或许脑中的肿瘤可慢慢消去，毕竟中药的疗效来得较慢。然而这位老兄却过早看破红尘，没有耐心等待中医的疗效慢慢显现。有一天，在夫人没看住的情况下，竟然从楼上跳了下去。

还有一位晚期的癌症病人叫陆幼青，在经受 6 次化疗后，他饱受了治疗带来的痛苦，看不到目前医学抗癌治疗的疗效和希望后，毅然放弃治疗。他没有选择自杀，而是选择了另一种面对死亡的方式，他以每天写日记的方式逐步走向死亡。他的日记每天在网站上发表，有成千上万的人光顾阅读，他是希望通过自己的日记让人们了解死亡的尊严。他死后，他的日记被编辑成书，书名为《与死神相约》，又名《死亡日记》。

对于上述几位癌症病人对待癌症的态度，我都不赞成，或者说不完全赞成。如果对于西医目前流行的手术、放疗、化疗进行抵制是可以理解的，这些治疗是痛苦和残酷的，而这些有毒抗癌的治疗又是昂贵的，即使我或者我的家人患了癌，也不会选择这些有风险、有毒副作用的治疗，尽管这种治疗被现代医学标榜为正规的治疗，成为目前专科肿瘤医院或三甲医院的主流治疗方法。可是惧怕有毒抗癌治疗的患者，为何对无毒的抗癌治疗也同样抵制呢？至少是应该试一试的。

狗没有人聪明，但至少它不会看破红尘，不惧怕死，更不会主动寻死。十多年来，点点一直跟着我，它无限信赖我，每遇不适，它会主动找我治疗，例如它多次患过耳疾和眼疾，都会主动找我治疗，上药时从不躲闪，甚至有意凑过来。这次也不例外，当它意识到自己乳腺长出了一个坏东西后，它除了不时去舔，还时时凑到我的身边，用它的头颅摩挲我的膝盖，意在让我发现它的肿瘤。

点点的肿瘤刚被发现时，应该有鸡蛋大小，开始没有引起我的注意，当肿瘤继续不断长大时，才引起我的警觉。于是我为它配了两周的中药，每天一袋颗粒冲剂。点点或许知道我在为它治病，人都感到十分难吃的颗粒冲剂，我则将其拌在粥里，点点竟然一口一口吃了进去。可是人吃中药，都会有厌的时候，更何况狗了。于是点点吃过一周药粥后，便会剩下一半，我只得在剩下的药粥中，加些剩菜肉汤，点点闻了闻，伸出舌头，还能将余下的药喝净。

一包颗粒冲剂，大约有 30 克浓缩的中药粉，拌在粥中喂狗狗，点点居然能吃下去，而且坚持了两周，这实在是一件不易的事情，我想世界上只有像点点那样，懂得人在为它治病的为数不多的狗，才能吃得下去这样苦涩的中药。但是两周后，点点对药粥则闻也不闻了。于是治疗不得不中断几周，肿瘤开始长大，点点变得恍恍惚惚，有时躺在地上呻吟着，似乎奄奄一息，随时会断气。我想，中药抗肿瘤的治疗不能中断，但要寻找剂量更为小的中药，至少能让点点吃得下去。点点吃中药的两周，肿瘤没有继续长大，并且它的精神好了许多。然而随着时间的推移，点点对我的药粥开始抵制，左闻右闻，就是不肯下口，即使加上剩菜肉汤，也只是勉强吃几口，然后离去。于是我不

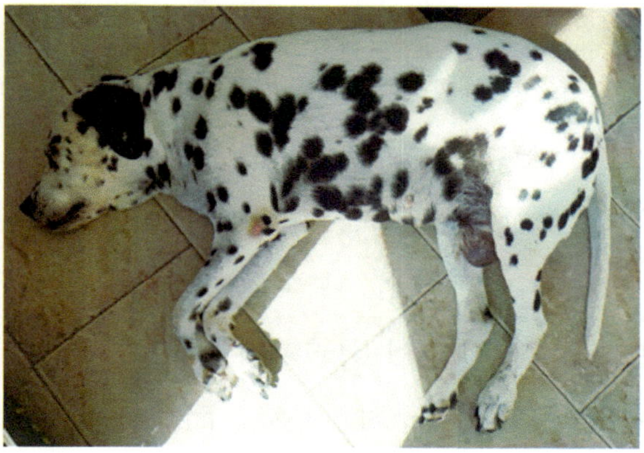

停了中药，点点的肿瘤更大了

得不给点点策划新的治疗方案。

点点毕竟是只名狗，或者说有一定的知名度。因为点点不仅上过电视，在北京电视台《超级陪审员》的节目中客串过，而且它的许多故事，被写进《一个中医在美国》中《狗的故事》的一章中，因此世上很多人知道点点。我写的那本书八年前出版，当时点点七八岁，却已有了诸多打动人心的故事。点点既然有着这样的知名度，那么它患肿瘤的消息，自然会传得很远。这一次居然传到了香港，被一位 20 世纪 80 年代从上海移居到香港的老中医知道了，于是他主动打来电话，愿意将他依据古药方秘制的消瘤丸，免费提供给点点。

一个疗程的药只有 15 小包，每包大约有 50 粒，重量 3 克。一疗程 15 包药价格为 4000 元人民币，虽然是免费的，还是感到价格虚高，但经张老解释后，我认识到了那药的价值。原来远在 20 世纪 70 年代，张老在上海跟随一位资深的老中医学医，那时正值“文化大革命”，真正有本事的人都是深藏不露的，学医也是默默地进行。只知道师父经常到旧书店去淘一些中医古籍，那个治肿瘤的古方，便是记载在宋代传下来的一部古医籍中，而这部书在那个“破四旧”的时代有可能被焚而失传，因为我曾查找过这个秘方，却始终没有找到任何线索。

张老视那个古方为他的秘方，自然不会告诉我全部配方的中药名，但他还是告诉了我其中的几味药，其中最为贵重的一味药是沉香。张老在精心做消瘤丸时，都是选最上乘的中药材，沉香也是如此。在内地一市斤为 500 克，在香港一市斤为 600 克，而 600 克上等的沉香在香港的售价为 10 万港币，这样算下来，张老秘制的古方消瘤丸的售价该是合理的。

15 包古方消瘤丸从香港快递到北京，摆在面前的问题是如何将小药丸喂进点点的肚中。第一天，我将小药丸裹在馒头中，居然没有费多少周折，喂到了点点的嘴中。可是第二天，馒头喂进去了，一部分小药丸却被吐出来，只好将更多的馒头重新裹着药丸，再蘸着油汤，费力喂进去。夫人在一旁看后，想出一个办法，她用糯米做成小团子，馅便是小药丸。

糯米药丸小团子

用糯米做成的药丸小团子，如此精美！想必点点一定会吞下去，谁知点点虽然患了晚期癌症，但它的舌头依然灵敏，嗅觉依然不差。它吞下第一个后，第二个、第三个，却在嘴中不停咀嚼，最后将小粒药丸又全部吐出。我表现出垂头丧气，只得买来肉馅，将糯米药丸小团子重新包裹了，再让点点吃。总算吃进一个，可是第二个、第三个如法炮制，被点点细细咀嚼后，小药丸又被吐出。最后只好再回到原点，再将小药丸融到粥中，如果不吃，加上剩汤油水，终于在 15 天内，把 15 包药都喂进了点点的肚中。

记得这 15 天，每天能否将药丸喂到点点嘴里，使它不吐出来，成为我的一件心事，如若完不成，我便会纠结。现在一个疗程的古方消瘤丸总算如期喂进了点点肚中，我终于松了一口气。细细观察点点的肿瘤，没有长大，但也没有消。不过，点点的精神还是好了许多。大概点点此时全身的经络已被打通，它显得精神焕发，走路不再恍惚，腿脚变得利索，从院子放进屋中的一瞬间，不输小爱，它俩曾在两年前一起上过电视，在百姓大众中露过脸。点点紧跟着小爱的步伐，身下带着巨大的肿瘤，只见肿瘤随着点点晃动的身体不停晃动着，但肿瘤似乎并没有给点点带来额外的负担，点点照列冲到它的食盆，大口嚼着狗粮，看来它的胃口大增。既然点点能吃能喝，即便身体带有巨大肿瘤，应该还是有活头的。

然而香港古方消瘤丸的药吃完后，没有续上其他治疗，点点的抗癌治疗又一次中断了。尽管点点能吃能喝，甚至能睡，并且能和人一起玩耍，似乎回到了一两年前的状况，只是发出的声音粗了许多，但肿瘤依然在长大，两个月的光景，几乎大了一倍。我想，不能坐等着，看着点点一步一步走向死亡，作为一个中医肿瘤医生，我应该想更多的办法，于是一个更有意义的抗瘤试验计划开始酝酿。

在浙江有一对父子，他们利用祖传的去毒方法，对红豆杉进行了有效的去毒，研制了无毒的紫杉胶囊和紫杉酒。在新加坡的一个国际会议上，他们为自己的产品作了简短的报告。由于他们并不是学医出身，我的书《无毒抗癌》中的一些观点，成了他们的理论依据。或许因为这个缘故，我们建立了某种合作关系，我亲身试服了三个月的紫杉胶囊，感到确实无毒安全。从此，我常常向癌症病人推荐无毒的红豆杉提取物制剂。

我治疗癌症采用中医无毒大剂量抗癌法，救治了许多癌症病人，但苦于药量太大，一些年老体弱的病人最后很难接受，而导致治疗失败。所以我一直在寻找或试图制造剂量小、有效的无毒抗癌中药制剂。我相信，这是一条中医药走向世界的研究道路。我对去毒的红豆杉提取剂感兴趣，但对应氏父子的祛毒技术更感兴趣，当然这项核心技术是保密的，我们只能是合作关系。我将几味毒性极大的抗癌中药组成一个配方，交予应氏父子祛毒，在确定无毒后，我准备让点点成为第一个试用者。

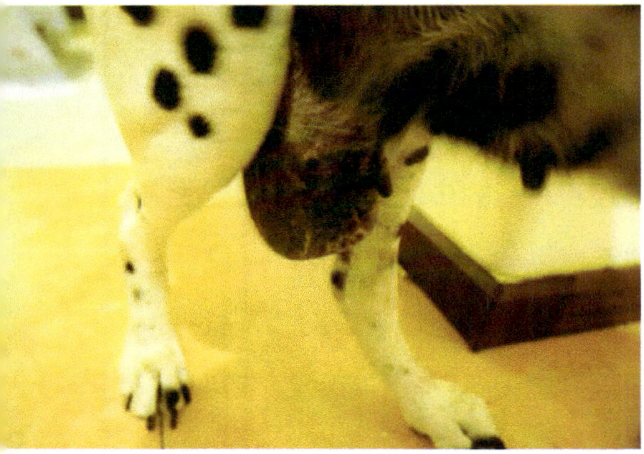
点点的肿瘤变得巨大

祛毒的过程比较漫长，整个工艺流程需三个月。而这段时间点点没有治疗，于是肿瘤长得越来越大。然而我怀着信心，耐心等待着这个伟

制备的抗癌中药粉

大的试验。经过三个月的等待，祛毒抗癌中药提取物终于制备好了，经过急性毒性试验，证明药物无毒、安全。于是无毒的抗癌药粉摆在了我的面前，一场无毒抗癌的试验即将开始，而参加这个伟大试验的动物便是点点。

点点的无毒抗癌试验开始了，这或许是点点一生中，对人所做的最后一次贡献。按照药物研究所计算，点点每日需服 4.5 克去毒的抗癌中药粉。我将多年未用的天平找了出来，每日精确地称出 4.5 克药粉，然后加入少许的沉香粉作药引子，一起拌在粥中喂给点点，竟然没费多大力，便将药喂进了点点的肚中，这大概是因为药量不大的缘故。喂过几天后，有时会剩一些，加些带油的残羹剩菜，点点还是能全部吃尽。

试验进行一周后，我看到点点的肿瘤并没有缩小的趋势。这时候，女儿通过微信，发给我一个美国晚期癌症病人获得治愈的视频。他曾是美国的举重冠军，被诊断为癌症时，已全身转移。三个不同医院的医生，告诉他只能活三个月。于是他采用生酮饮食疗法，不食碳水化合物的主食，因为碳水化合物会转变成葡糖糖，最易被癌细胞吸收，而不食主食便切断了癌细胞最主要的能量供应。食物以脂肪为主，因为脂肪代谢产物的酮体，可以被正常细胞利用，却不能为癌细胞利用。结果三年后，这位病人一直活着，而癌细胞则已消退。

这个病例不能不使我反思点点的试验，因为中药粉是通过粥喂进去的，而粥是碳水化合物，那么在喂药的同时，实际上也向癌细胞提供了营养。于是我开始想，狗是肉食动物，那么能不能将中药粉拌在肥肉为主的狗食中，喂给点点吃呢？我开始在网上关注生酮饮食疗法。

经过研究，我决定也给点点实施生酮饮食。因为狗毕竟是肉食动物，将狗粮改为五花肉，这是点点求之不得的。我走进一家食品商店，指了指卖肉柜台上一大块足有十来斤的五花肉，说：

“这块肉，我都要！”

一位上了年纪的服务员，抬起头，用惊愕的眼光看了我一眼，他不大理解眼前这位比他年纪更大的顾客，居然一下子买了这么多的肉，与当前社会提倡“少吃肉，多吃菜”的健康理念相悖。不过，这样的买卖又是商店求之不得的，于是他用两个塑料袋为我包好肉，然后对我说了声：

“这肉烧出来，可香哩！吃完了再来买！”

我说：“以后少不了会经常来买，请你帮我把肉切碎。”

回到家中，我将肥瘦相间的五花猪肉，放在一个大铁锅中，炖了约半个小时，然后盛了一碗，再将4.5克的去毒抗癌中药溶在肉汤中，放在点点的盆中。病恹恹的点点走过来，看到一盆肉摆在它面前。它已很久没有吃大块的肉了，多年来却一直吃着不同品种的狗粮，所以尽管它患了晚期癌症，但看到这香喷喷的肉，眼睛依然发出异样的光芒，点点立刻将那盆五花肉连同中药粉吃尽。吃完后，它还不断舔盆子，显然生酮饮食十分适合狗。使我想起，不少人知道点点患了癌症后，对我说：“多给它买点肉吃吧！不要总给它吃狗粮，它的日子不多了！”现在采用

可怜的点点带瘤生存

生酮饮食，正好应了这句话。

在生酮饮食加抗癌中药实施一周后，有一天，也许癌细胞的大量坏死引起了肿瘤的破溃，并且不断流出分泌物，只是被点点不时舔去。这样持续了几天，总看到点点在不断舔，这或许是动物天生治疗自己疾病的本能。我想起以前点点来月经的情景，也就是俗话说的“闹狗”，狗每半年会有一次，月经来潮要有 21 天，整整三周，点点的阴道不断滴血。开始几年，我不大懂，因此每当点点来月经时，我成了忙人。先到超市去买物美价廉的卫生巾，然后一天两次，在点点的私处裹上卫生巾，结果每次点点的月经都要用去五大包卫生巾，这不仅增加了养狗的成本，而且每次遛狗，还会引来路人的嬉笑。后来有一次点点来月经，因为忙，顾不上为它买卫生巾，自然也顾不上为它换卫生巾，但家中并没有被点点的血迹污染。原来每当点点的私处一有血性黏稠物分泌，它便在第一时间用舌头舔去，这便是动物的本能。自此，点点来月经，我再也没有为它裹过卫生巾。

因此，这次点点肿瘤的破溃，我开始没有采取任何措施，任凭点点自己处理伤口，也就是任凭它自己去舔。然而又过了几天，点点的肿瘤发出了臭味，而且愈来愈熏人，点点也变得恍惚。我想，肿瘤的内部一定有脓，那是点点舔不到的，那些腐败物是毒素，在内侵袭着点点，腐蚀着点点，使它处于中毒状态。点点走路变得摇摇晃晃，卧在它的沙发上，一睡便是十几个小时，并且很难叫醒。我想或许哪一天，它有可能永远叫不醒。有一天，我看到点点已虚弱到极点，它拖着巨大恶臭的肿瘤，实在走不动，两条后腿和尾巴分明在颤抖，我感到必须采取抢救措施，否则点点有可能随时死去。

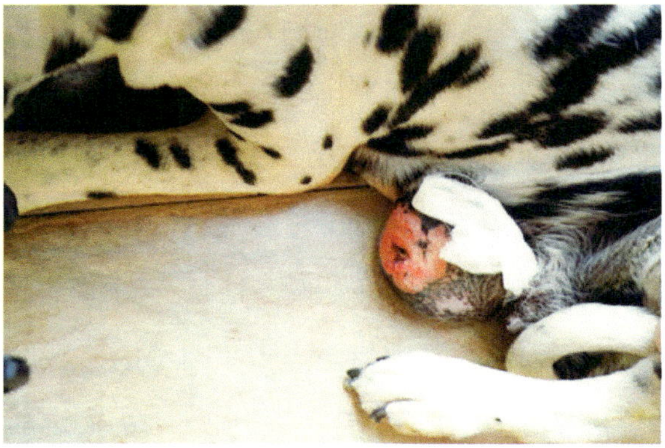

点点的肿瘤破溃了

我想起四十余年前，为马疗伤的情景。马有一种常见病，在驾辕、背鞍时，脊梁处很容易磨破，感染后形成一个脓包。我会将毛剪去，涂上碘酒，一刀刺进去，脓汁便会喷出来，然后用镊子夹着棉球，蘸着消毒水，为马清创。为此，我决意为点点的肿瘤清一次创。我到药店买来消毒水利凡诺、镊子、棉球、棉棍、注射器等。一切准备就绪，我将点点叫到厕所，让它躺在我的面前，点点知道我要为它医病，便顺从地躺下，两只眼睛看着我，露出信任的目光，这是十几年来，我们之间彼此达成的默契。

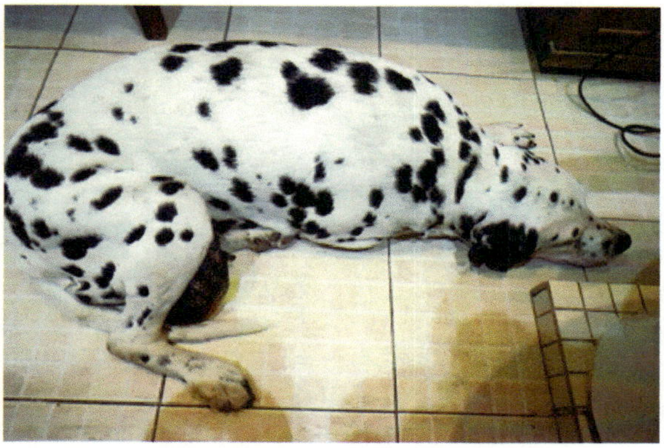

点点主动卧在厕所，任凭我治疗

我将利凡诺消毒水倒在一个小塑料盆中，用不锈钢钳子夹着棉球，蘸湿了消毒水，先将整个肿瘤进行多遍消毒，然后找到破溃口，将所有的分泌物擦净。接着用棉花棍，蘸足消毒水，伸进创口，将分泌物带出后，扔到一个塑料袋中。这样，反复用了几十根棉签，带出了很多臭气熏天的分泌物。然后我用不带针头的注射器，吸满了消毒水，对准创口，将消毒水射到里面，如此反复冲洗点点的肿瘤，让脏物和毒素尽量排出。

我想，点点也是有福气，身患绝症，还会有人这样精心为它疗伤，它幸运地碰到了一个曾经做过兽医的主人，否则它会早早死去，而我至少能使点点生命的最后时光不那么痛苦。当我完成了清创治疗后，点点站起来，先抖了抖毛，然后甩了一下小尾巴，感到了轻松，好像即刻恢复了往日的活力，它开始在房间里转来转去，完全没有了晚期癌狗的痛苦。

自此，我每隔一两日，为点点清洗一次创口，同时用西医的抗菌素控制感染，用中医的抗癌药粉控制肿瘤。我坚信自己抗癌的宗旨："与癌磨，不与癌搏。"如果做手术，恐怕就不是这样的结果。那些天《新京报》登出9岁功勋搜爆犬甜甜患肿瘤进行手术的消息，只可惜术后的甜甜只活了一天，尽管另两只军犬为它献了血，医务人员也尽了全力。走的时候有四位军警向它敬礼，照片登在报纸上，甜甜死得很庄严，但它毕竟死了。而点点采用保守疗法，却还活着。类似的事情，每天都发生在人类身上。我不知道点点还能活多久，但它的肿瘤似乎小了些，要使点点的肿瘤完全消掉也许很难，但尽量使点点带瘤长期生存，或许它治疗的结果，将为人类的抗癌事业积累宝贵的医学经验。

2015年12月31日晚十二时，当午夜的钟声敲过后，点点趔趔趄趄从院子里蹒跚地走进来，走到台阶处，它竟怎么也爬不上去，它已虚弱到了极点。我曾经说过，如果它在平常人家里，它是如何也活不过2015年的。幸运的是，它的主人在四十年前，曾经是一位兽医，如今又是一位专治肿瘤的老中医，才使它的病拖到今天，并且使它活到了2016年。

点点的中药＋生酮饮食疗法，应该说已经失败，或者说根本实施不下去。本来五花肉拌中药，点点都能吃尽，后来会剩一半，加些我们吃剩的菜汤，依然能吃尽。然而过了几天，只要肉中有中药，点点便闻也不闻了，后来即使不加中药的五花肉，它都不吃了。真是邪了门！狗连肉都不爱吃了，可是给狗粮却能吃尽，给面包、馒头也能吃尽，显然它偏爱碳水化合物，或许是很久吃不到这些食物的缘故。然而再后来，即使变着花样给点点吃，它也只是勉强吃几口。它已到了晚期癌症病人的恶液质阶段，肿瘤愈发长大，胃口愈来愈差，身体自然愈发消瘦。此时，给它喝一袋奶，磕两个生鸡蛋，倒还能吃下去。点点的生命就是这样勉强支撑着，点点的生命只留下一缕残火了。

点点虚弱到爬不动楼梯，可是它还是顽强地爬着，有几次爬到中途，会摔滚下来，可是它还是顽强地爬起来，依然努力，直到爬上去为止，因为它的主人睡在楼上，它希望在生命的最后时刻，依然守在主人的身旁。尽管它睡觉时，曾经鼾声如雷，它的肿瘤里还散发着臭气，可是它的主人并不嫌弃它，随着点点的虚弱，它的鼾声也大不如前，逐渐变得细弱无声，而它又常昏睡不起，一睡就是十几个小时。我们也任凭它睡下去，到了下午四点，才将它放到院子里。

人到老年，大小便容易失禁，或者说憋不住大小便。狗也是如此，老年的点点常常憋不住屎尿，到了晚上，它要小便，此时的它会在你身上不停地摩挲，那是它告诉你要上厕所，以致一晚上要为它开几次门。可那时它还未患肿瘤，身体是灵便的，上下楼是自如的。而如今它拖着一个巨大的肿瘤，爬上楼梯需要拼尽全力，下楼梯都需要人在后面帮助。于是点点选择了忍着，可是到了后半夜实在忍不住，它也不会随便大小便。在点点的脑中，有着这样一个信条，既然不能到院子里方便，也绝不能在楼上方便，至少要在楼下解决。

有一天早上，我走下楼梯，看见正对楼梯的地面上，有三个粪球，显然这是点点在深更半夜自行解决留下的，那时我们已经熟睡，听不到它的动静，但可以想象点点曾经是如何艰难地爬下楼梯；方便后，又是如何艰难地爬上楼梯，甚至它衰弱的身体很难支撑，它摔下来多次，最后又终于爬上楼，睡在了主人的身旁。

还有一次，大约已经晚上十一点，我忘记还要放它一次，走下楼梯，看见点点在一楼客厅，旁边有一摊点点刚刚尿的一泡尿，它看见我过来，立刻不停地去舔尿，显然它不愿意我看到它把尿撒在了屋里，所以它在自责，它试图舔净自己的尿来弥补它的过错。一个年老的癌症晚期的狗，此时还有这样的自觉性，真让我心痛。我含着眼泪，立刻制止了点点的行为，赶紧拿来盆和抹布，为点点擦洗了尿。

点点现在已经吃不进中药，也无法对它实施生酮饮食治疗，目前我唯一能做的是，每天为它清一次创，并且通过局部的创口加上外用的抗肿瘤中药，这是我唯一能帮助它的，所以我非常认真地做着这件事。准备工作是缜密的，例如外用的消毒液用完后，我会立即到附近的药店去买。我走进药店，指明要上次买过的利凡诺，谁知上次是最后一瓶，这样不常用的药，一般药店不会及时补货。于是我不得不寻找替代品，我看到柜台上有复方苦参洗剂，觉得可用。

“给我拿一瓶复方苦参洗剂。”

药店的小姑娘接待我已经是第二次，知道我是为治疗狗买药，于是说：

“这是妇科用的。”

“我家的狗是母狗！”

“那就卖给你一瓶吧！”

小姑娘笑着回答，她没想到我的回答会是这样，让她感到即使处方药或违禁药，也非卖给我不可。于是我买了一瓶复方苦参洗剂，一瓶双氧水，还有棉球和棉签。

每次为点点清创，大约需要四十分钟。我会在它破溃的肿瘤下垫两层报纸，然后倒出一瓶盖复方苦参洗剂药液，用镊子夹着棉花，蘸湿药水，先把肿瘤周围洗净，然后再伸进创口，将污浊的分泌物反复擦洗。接着，用干棉球吸湿后，用不带针头的注射器，吸出几毫升双氧水，对准创口，然后猛然推进去，顿时创口流出许多白色的泡沫。再用棉球擦净，然后倒出紫杉酒，用棉球蘸湿后，伸进创口反复擦洗。接着用棉签蘸足了中药粉，去填充肿瘤上的瘘道口。这是局部用药，多少会抑制肿瘤生长的速度。抗癌的中药粉组成为：去毒抗癌 2 号粉、去毒紫杉粉、沉香粉、三七粉等。

后来，我又增加了一种治疗。我用带针头的注射器，吸了一管紫杉酒，然后分几处直接注射到瘤体。第一天，当我将针头刺进去并注射，点点竟毫无反应；但第二天，当我把针头扎进去，开始推液体时，点点明显不适，猛地站起来，只推了一半。我想这个治疗就此中断，因为我不希望再看到点点的痛苦。

在点点生命的最后时刻，它更多的时间是睡觉，它已没有力气爬到楼上，只是在一楼找一个地方卧着，而这一卧就是十几个小时，连姿势都不会变，有好几次我以为它会不会就此睡过去，永远不醒。可是走过去，它还微睁一下眼，鼻翼微微翕动，它还有一口气，但愿它的生命之火就这样慢慢熄灭。令我欣慰的是，看不出点点有丝毫的痛苦。点点现在大部分时间是在睡梦中度过的，它一天中最快乐的事情，是等待我为它疗伤，对点点来说这或许是它临终前唯一的渴求。

在点点生命最后的日子里，给我留下最深的印象，便是每次我为它清创，它都是那样配合，那样心甘情愿，并且赋予我那样的信赖。它的一生中患过各种疾病，每次都由我为它疗疾，而且基本治愈，因此它给了我莫大的信任。每当我为它治疗时，它都一动不动，甚至有意凑过来。而现在也是如此，清创时要反复触碰伤口，疼痛是可想而知的，然而点点从来都是一动不动，任我操作。只是偶尔，它会抬起头，看我一眼，露出感激的目光，同时也露出希望康复的眼神。虽然这次它患了这样一个巨大的肿瘤，而且它明明感到自己连爬上楼的力气都没有了，但它依然相信它的主人最后一定会把它的病治好。然而我心里是最清楚的，点点这次的病是积重难返，凶多吉少，恐怕我也回天乏术了。所以每当我看到点点那充满期待的眼神时，我的眼眶则常常会湿润，我不知道这样的清创还能为点点做几次？我和点点一起相处的日子还有多久？

记得那天是 1 月 5 日，晚上我到东方广场君悦大酒楼与马来西亚海外天酒楼的老总一起赴晚宴，他们现在已是马来西亚的上市公司，十几年前曾邀请我去做过东方抗癌讲演，当时有多家马来西亚报纸报道。我们谈得较晚，回到家中，已是晚上十一点钟，发现点点不见了。

记得早晨起来，我给它磕了一个鸡蛋，它有生以来第一次竟然不吃；我给它蒸了几个扬州包子，它居然闻也不闻。它只是喝了不少水，可是接着便呕吐了一地。我收拾完后，将它放出去方便，平时完了事，它会站在门前等待回屋，可是这一次，它站在院子的中央，任凭我把门打开，也丝毫没有进来的欲望，看来点点是在渴望院外阳光的照射。然而我还是担心点点虚弱的身体，很难抵御室外寒冷的空气，我让它走进屋，点点居然端坐在门前，遥望室外。

中午我从医院回来，发现点点卧在一个方方的脚蹬上，上面有松软的垫子，这是它平素最喜欢卧的地方，可是这段日子，它因为那个巨大肿瘤的拖坠，自己再也爬不上去，可是今天居然爬上去了。我不知道这是不是病情好转的表现，可是细细一想，点点已没有了胃气，近似中医所说的“胃败”，《黄帝内经》曰：“平人之常气禀于胃，胃者，平人之常气也。人无胃气曰逆，逆者死。”因此我的脑中曾闪过，点点有力气爬上那方方的脚蹬，会不会是它的“回光返照”呢？

为此，晚上六点钟当我们离开家时，看到点点卧在餐厅。它已有一天没有进食。无论狗粮、五花肉、鸡蛋、扬州肉包子，它都闻也不闻。我倒了一袋牛奶，它也只是喝了两口。当晚上十一点钟回到家时，不见了点点，但在食盆旁却有点点的呕吐物和一泡尿。夫人立刻清扫，我则寻找点点，发现它卧在厨房，它还活着，但它也嫌弃自己的排泄物，所以爬向一处干净地。我像往常那样为点点清创，但这次没有给它上中药，只是将肿瘤瘘管中的分泌物用棉球吸净后，再用双氧水打进去，看到白色沫子涌出。每次清完创，我都会让点点方便一下，可是这次它却不肯，夫人说就随它吧！今后它的屎尿由我负责清理。夫人临睡前，又去看了点点一次，那已经是2016年1月6日凌晨一点钟，想到它这一天没有进食，夫人找出一罐炼乳，放在食盆上，送到点点的嘴边，可是它闻了闻，却把头扭过去。夫人又找出一根小泥肠，那是前几日做奶油杂拌剩下的，点点闻了闻，依然不吃。它已到了真正的“胃败”，但夫人盘算着，待睡一觉后，到宠物店去买80元一管专喂幼崽的营养膏。

早上八点多钟，我下楼去看点点，看到它直挺挺地侧卧在厨房的中央，它的四条腿伸直着，却是舒展的；它的脖颈也是舒展的，支撑着它毫无痛苦的头颅；它的眼睛是闭着的，并且永远不能张开；但它没有痛苦，而是感到十足的幸福。点点离开了这个世界。

点点的肿瘤自破溃后，并没有再长大，而且由于我天天为它清创，也没有继发感染引起致死的败血症，当然肿瘤的高能量消耗使点点愈来愈虚弱。然而另一个使它离开世界的原因是寿命，点点真实的年龄始终没有搞清楚，点点在下完一窝狗后，它 11 个月大的儿子死后半年，它才来到我家，而在我家它生活了 12 年，这样算来，它的实际年龄应该至少在 16 岁以上，按人的年龄算，点点无论如何说，都是一只百岁老狗。点点生命中最后的表现是越来越虚弱，当它的胃气已尽，整个消化系统完全衰竭时，它便到了寿终正寝之时。从这个意义上说，点点也可以说是老死的，而作为百年老狗的点点，应该是仙逝。

我把点点离世的消息告诉了女儿，电话那边传来了她的哭泣。虽然点点的许多不祥之兆，我们一直在不断向她传递，为的是让她提前有心理准备，但当点点真正离世时，她依然控制不住心中的悲痛，因为她与点点有太多的依恋和故事。

点点在与我们共同生活了 12 年后，今日走了。我们在院子里的一棵大树下，挖了一个深深的大坑，用一条考究的棉毯将它包裹住，然后安放在坑中，再将松土盖严，上面放置花卉。这棵大树是我们那排房中唯一的一棵。邻居们全都砍了，并且曾多次劝我们也砍掉，因为这样可使院子显得宽大。我们则因为知道国外如果砍这样一棵大树会触

点点的树葬

犯法律，而始终无动于衷。或许是因为这个缘故，这棵大树便更富于养分而长得格外粗壮，以致这一处气场尤好。在相邻的树杈上便有喜鹊搭窝，并且喜鹊常常飞来飞去，给我们带来喜气和好运。如今树下安葬着点点，有这样一棵大树作为点点的树葬，其气场更为强大，相信也必将给我们带来更多的好运。

然而更为重要的是，点点要继续并永远守护着这所大房子，因为这所房子实在和点点有关，没有点点，当初我们便不会买下这所房子。生前点点已守护这所房子将近10年。点点是一只十分尽职的看家狗，尽管它在主人面前是那样的温顺和听话，但在生人面前却总是表现出凶猛无比，奋不顾身，这使得附近的盗贼闻风丧胆，从来不敢光顾我家。因此，点点离世后，我没有像有些人家，将自己的宠物安放在郊区的某个风水宝地，甚至为它立一块碑。我则选择将点点安葬在自己的院子，安葬在这棵大树下，让它永远地守护着这所曾经因为它而买、而它又守护了10年的房子。

记得很多年前，在小区的附近，摆满了大件的瓷器，商人们因为拿不走，便以低廉的价格一次性甩卖。我转了许久，只中意这件黄色的斑点狗物件，便以50元买下。它的姿态和神态与点点十分相似，如今正好成为点点的碑，标示着点点继续并永远在守护这所曾经与它朝夕与共的房子。

# 第十一章

# 点点走后的小爱

小爱应该知道点点的死，在点点生命最后的几个月，它俩白天都是在院子里一起度过的。因此小爱是看着点点的身体一天天衰弱下去，或者说是看着点点一步步走向死亡的。点点走的那天早上，我将小爱从厕所里放出来，小爱没有径直走向院子，竟然跑到厨房，闻了闻躺在地上的点点。我赶紧把小爱赶到了后院。

中午出诊回来，我与夫人在前院的大树下，深挖了一个大大的坑，然后将点点安置好。傍晚，我把小爱从院子里放回屋，已彷徨一天的小爱，进屋后，竟然跑到客厅中点点最喜欢卧的方脚凳边，围着方脚凳，闻了又闻，久久不愿离去。我知道方脚凳子上有点点的味道，显然小爱在寻找点点，或许早上小爱在闻点点的那一瞬间，它便在第一时间知道了点点已经离开世间。

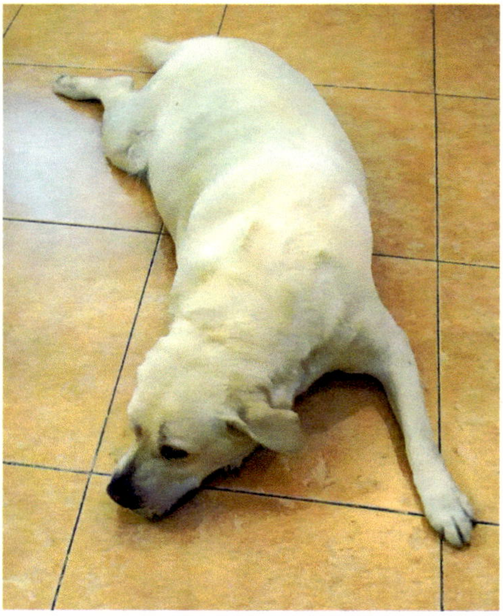
孤独的小爱

自此，白天小爱独自在院子，再也看不到它和点点玩耍时常有的跳跃动作；它总是坐着，或者卧着，重复着这两个姿势，它变得愈来愈孤独。而晚上，它则是趴在厕所，一趴就是十几个小时，一声不吭。它的生活变得异常简单，同时也变得极为单调。我想再聪明的狗，如果每天按着这样的生活节奏活着，久了，也会变傻。我开始琢磨如何改变小爱的生活方式，使它和我们能更融洽地生活在一起，让点点走后的小爱活得自如、快乐。

如何帮助小爱摆脱孤独，最好的办法，就是让小爱从厕所出来，和我们融洽地生活，让它自如地活着。为实现这一步，白天当我有了闲空，会把小爱从院子放进来，或从厕所放出来。此时，我手拿一大杯狗粮，然后一个个扔给小爱吃，它接食和过去一样灵敏，每次都准确无误地接到嘴里。然而，当杯中的狗粮吃完了，想坐下来和它继续相玩时，小爱却变成了另一只狗。首先，它不像点点那样愿意让人抚摸，总会左右躲闪，然后满屋子乱窜，叼到东西后，又满屋乱跑。于是我只得在小爱后面紧紧追赶，东奔西跑。原本寂静的家，立刻变得喧嚣了。最后我不得不用食物，将小爱重新引进厕所，将它软禁起来。我做过 N 多次尝试，试图让小爱走出厕所，可是每次都没有成功。于是我不得不仰天长叹，感到古人说“江山易改，本性难移”，确有其中的道理，看来小爱叼东西的恶习或许终生难改。

然而无论如何，点点走后，小爱还是得到了我们更多的爱。因为点点的走，曾经使我们伤心至极。我的夫人回忆，在点点离世前的最后几天，点点曾拖着它那个巨大而破溃的肿瘤，艰难地爬到楼上，有几次爬到一半，因为身体的虚弱无力，又滚下来。但点点还是一次一次地往上爬，为的是它渴望在走向死亡的最后几天，能和主人睡在一起，能卧在主人的床前。

破溃的肿瘤会发出恶臭，尽管每天我要花去近一小时为点点清创，但残余的臭味依然扑鼻，我的夫人多少有些洁癖，所以她在睡前还是把点点关在门外。早晨起来，发现点点紧贴着门，一步也没有离开，表达了它对主人的忠诚和依赖。每当夫人看到这一幕，她多少有些内疚和后悔。点点走后，夫人又想起了那一幕幕，她便忍不住落下泪来。有一天，我不在家，她竟关起门，一个人在屋中号啕大哭，因为她觉得对不起点点。

几年前，女儿执意要买小爱，或许是因为她想到，点点老了，说不定哪天一走，我们二老的精神会一时接受不了，而给父母的生活留下遗憾的空白。当时小爱的淘气与恶习，使我们并没有意识到这点，甚至认为小爱的到来是多余的。因为点点是一只看家的好狗，而小爱在这方面则表现出十足的不中用。然而当点点离去后，我们突然明白了，当初女儿买小爱或许是对的，尽管她独自养了一个月后，就把小爱甩给了我们。但如今当点点真的走了之后，至少我们的精神没有崩溃，而是把对点点的想念转化为对小爱的爱。

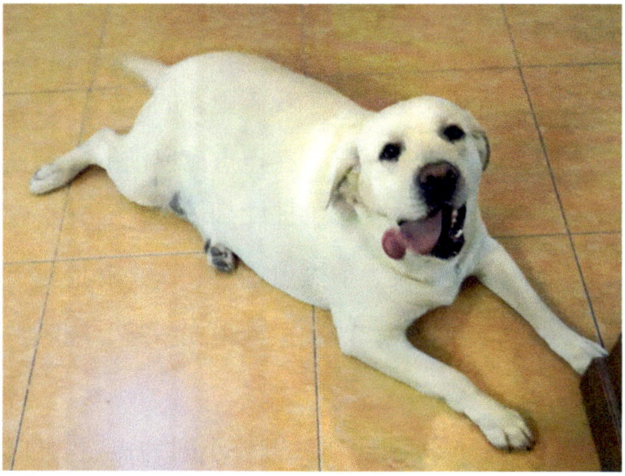

小爱开始受宠

小爱开始感觉到，我和它相处的时间在增多。特别是当夫人不在家的时候，我会把小爱放出来，与它一起玩耍。而在我独自吃饭时，我不把小爱关在厕所，因为我料定在这个时候，它不会任性地去叼东西。的确如我所料，此时的小爱出奇的乖，它只是静静地端坐在餐桌旁，全神贯注地盯着我咀嚼的嘴，因为有的时候，我会将咬不动的东西扔给它吃。这样，小爱在厕所外待的时间逐渐增多，但到了晚上，我还是把小爱关在厕所，因为只要它在外独自待的时间稍稍延长，就会发生东西被叼、被啃的事情。

由于对小爱的关爱日益增多，我便发现小爱或许患有严重的哮喘病。小时候，它的气管被铁链勒过，当送到狗学校体检时，兽医说它的气管狭窄，所以在选修训练科目时，凡是跳跃的运动项目都没有选，只怕它跑动时喘不过气来。小爱当时主修的是算数，它的学习成绩相当优秀，曾获得过学校算数课头奖，它的头像至今还挂在学校大厅的墙上。后来小爱在北京电视台做节目，因为算数而出尽风头，也一时被传为佳话。然而小爱因为没有选修过运动项目，使它至今不敢爬楼梯，除了小时候有一次挣脱铁链，爬上楼梯将卧室中许多衣服撕咬得稀巴烂外，它就再也没有爬上过楼梯。有几次，它看着点点噌噌爬上楼梯，自己却爬不上去，而望梯长叹。

然而随着小爱体重的增加，它的气喘病却愈发严重，稍稍活动，便会喘个不停；睡觉时，小爱睡在厕所，常常发出如雷的鼾声。中医讲究望闻问切，为此我有时会细听小爱喘息的声音和它打呼噜的声音，感到它的气管可能有异物，甚至有可能长了一个肿瘤，阻挡了小爱的呼吸道。果真如此的话，小爱的寿命将屈指可数，那么过不了多久，它或许会步点点的后尘。

终于有一天，小爱的气喘病突然加重，以致看起来好像随时都会憋死。因为我分明听到，小爱在喘气时，同时发出异样的声响，好像有一块赘肉堵在小爱的气管上，随着它的呼吸上下运动，并且发出奇怪的声响。我因此预感到了某种不祥之兆，刚刚失去了点点，会不会又要失去小爱？无论如何，作为曾经的兽医，现在的人医，我都要全力救治小爱。

我将小爱带到兽医站，花 260 元拍了一张 X 光片，又花 60 元做了一个血常规。我的目的是要查看小爱的喉头部有没有异物？有没有炎症？以决定我下一步对小爱的治疗。

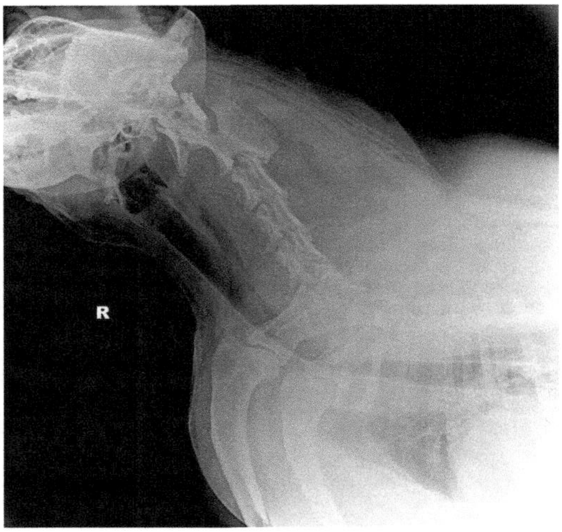


小爱的 X 光片

小爱的 X 光片做出来了，结果完全正常。兽医告诉我，小爱的气管处没有肿瘤，也没有任何异物，甚至气管也不狭窄；小爱的血常规也是正常的，说明也没有炎症。我问，那是什么原因使小爱如此大喘气？因为在我和兽医讨论小爱的病情时，我们分明听到了小爱几乎处于窒息状态，同时发出异样的声响。兽医回答说，可能是喉头水肿，至于什么原因引起的，他也说不准。

我问兽医应当如何治疗小爱的喉头水肿？他说西医的办法就是用激素治疗，需要先打针一周，然后吞口服药一周，待症状控制后，再逐渐减量。西医治疗顽固的过敏症或自体免疫病，无论人医和兽医都喜欢用激素，为此使我颇感不安。因为在临床上，我治疗自体免疫病如红斑狼疮、类风湿、牛皮癣，有自己独到的中医方法。我的经验是，如果病人未曾用过激素，治疗就会有显著的效果；但病人用了激素，就会使治疗变得棘手。因为第一步，我先要在中药的保护下，把病人的激素慢慢撤掉；第二步再用中药治疗自体免疫病，只有这样，最终才有可能将疾病治愈。而在实施这一治疗过程中，往往又会遭到西医的抵制和干扰。

对于兽医提出用激素治疗小爱喉头水肿的方案，我没有采纳，但我还是向兽医询问，有没有局部的喷剂，因为我见到许多哮喘病人都备有局部的喷剂。回答是人有，宠物则没有。我又问，我的狗能否用人的。那位兽医是一位研究生，他看了我一眼，觉出我也是搞医的，于是说你不妨试一试。

我走进一个药店，买了一瓶治疗喉炎的中药喷剂，然后给小爱喷了几次，作用不大；于是打开喷嘴，添加了两瓶2毫升的地塞米松，然后再给小爱喷，尽管它不配合，左躲右闪，但最终还是喷到它的嘴中，它不停地吧唧嘴，药还是作用到喉头。连续用了几天，小爱的症状果然好转。自此，含有激素的中药喷剂，便成了小爱的必备药，只要它出现哮喘之症，我就随手给小爱喷上几下，它的症状就会好转。

小爱的病既然得到了控制，那么它便能和我们长期生活，十年八年都有可能。只是希望它能自如地融入我们的生活，使它早日从厕所里“解放”出来，从“软禁”的生活中获得新生，可是它叼东西的恶习积重难返，我做了许多尝试都没有成功。我本以为小爱或许永远都要过着这种半囚禁的生活，永远都不能和我们融洽相处时，家中偶发了一个事件，从此彻底改变了小爱的生活，使它变成了另一只狗，一只可以和点点相媲美的好狗。

小爱的眼神充满智慧

这事要从很多年前说起，我的夫人花了5000多元，报名参加了一个驾驶培训班。她是学霸出身，考交规对她来说易如反掌，两部分的考试都是一百分一次过。可是正当她开始学习驾驶准备路试时，突然被诊断为晚期癌症，于是立刻陷入旷日持久的治疗中。好在我是一位专治癌症的中医，主张无毒抗癌，因此无论癌症如何凶险，坚持不用化疗，而她也宁愿每日喝着我开的大碗汤药，经过五年的治疗，终于闯过了一关又一关。可这个时候则传来了驾校的通知，她还有两周的时间，驾校学习的最后期限即将过期，而此时她已过六十岁，这意味着，如果这两周她通过不了路试，她将永远拿不到驾驶证，而那5000多元也会就此打了水漂。

人或许被逼到绝处时，便会产生一股平时绝对奋发不出的力量。学霸就是学霸，夫人凭着这股神奇的力量，五天的驾驶学习和三次不同的考试，竟然都是满分一次通过。十天后，当她把驾驶证扔在我面前时，真把我惊得目瞪口呆。我手拿着她的驾驶证，觉得来之不易，感到其中或许蕴藏着我们未来不同的新生活。

有一天，女儿滴滴打车回家，竟然坐了一辆电动汽车，感觉出奇的好，平稳，静音，启动快，无污染。于是她开始盘算，既然油车排队抽签已等了多年，不如买一辆无需排队只要申请就批的电动汽车。可是电动汽车不是说买就买的，因为要具备必要的条件，那就是家中要能安充电桩。在思量和考察了许久后，发现充电桩只能安在我家的后院贴墙处，于是用夫人的驾驶证去申请新能源指标，便成为一个最佳的选择。

本来只是想买一辆国产的电动汽车，可是偏偏女儿又插了进来，非要买宝马迷你型，尽管开这辆车的或许仍然是我，因为电桩只能安装在我家。女儿说，我要是买国产电动汽车会“掉价”，如果真买，她发誓将永不坐。于是我不得不开始关注这辆小宝马，发现设计时尚合理，造型美，虽然小，但坐在里面，却感到空间足够大，结果我一下就被迷住了，甚至比女儿还要喜欢，按照夫人的话说，我买小宝马的决心已定，她们都懂得，这时谁也拦不住我了。

几个月后，这辆小宝马从德国运抵北京，电桩安装在我家的后院，由于每次充电需 6 个小时，所以它也实际上有了自己的车位。这款新型的宝马电动车，虽然推出已有些日子，但买的人却寥寥无几，在我所居住的开发区为第一辆，在全北京那时也没有超过十辆。然而迷你小宝马电动汽车独特的造型，又实在迷人，无论是开在大街上，还是在车管所上牌子，都会吸引众多眼球，或者引起围观。虽然它的价格适中，但开着它，就如同开着辆保时捷。当小宝马被安置在我家后院处后，自然也吸引了左邻右舍的眼光。

电动小宝马

然而这样一辆耀眼的小宝马，既然能吸引众人的眼球，却也能吸引贼的眼球。在小宝马到家的第三天夜里，两个贼跳进了我家的院子，借着我家一个窗没关好，又摸进了一楼。小爱是在一楼，可是它却被关在厕所。我在本书中曾一再称赞点点是只看家的好狗，家中稍有异常动静，它都会狂吠不止，如果遇到了贼，点点会不顾一切扑上去，可惜它已经离世，这或许给了贼机会。在我脑中，不仅小爱，甚至所有的拉布拉多犬都不是看家狗，它们对陌生人几乎不叫。小爱有时也会叫，只是在表达它的欲望，比如饿的时候、渴的时候、要出去方便的时候，它会狂吠不止，面对陌生人，它从来不叫，但它会扑，不知道是想玩耍，还是表达什么特殊的感情。然而狗毕竟是狗，看家或许是狗的本能。那夜一点钟左右，夫人在楼上还没有睡觉，猛然听到楼下小爱在厕所狂吠不止。她走下去，以为小爱饿了，心想小爱的突然吠叫，不过是要口食儿吃，于是向厕所里扔进两张饼，小爱不叫了，大口地吃着饼。

第二天早上，夫人发现通向后院的一扇窗大开，客厅中所有的包都是敞开的，夫人装钱的包总放在楼下，自然首当其冲，被洗劫一空，好在只有五六百元。那两个贼属于流寇，似乎只对现金感兴趣，对其他诸如证件、存折、银行卡动也不动。不久，在小区的微信群传出了多家遭窃的消息，损失最重的是有一家丢了一个金佛，相比之下，我家的损失不值一提，但却给了我们一次严重的警告！小区的微信群传出一段视频，这是邻居家摄像头拍的，两个彪形大汉在院子里行走，时间正是午夜一点钟。那正是小爱狂吠的时间，或许它真是听到了什么异常的动静，实在不是为了向主人要一口食儿，如果它不是被关在厕所，那两个贼原本是不敢轻举妄动的。

下午，我家来了不少警察，他们勘察了好一会儿，希望能找到贼的手印或脚印。他们发现在客厅的吧台上有一把菜刀，我以为贼或许是要撬上了锁的抽屉，但警察的解释使我吓出一身冷汗。警察说，贼进入一个家，首先是要控制厨房，因为那里有菜刀，所以这把菜刀是用来行凶的，如果一旦惊动房主，而又是一位不顾一切拼命的主，那么这把菜刀就成为贼的利器。此外，还丢了一把大剪子，也不知这把剪刀是作为贼的利器还是作案工具。五六百元现钞加一把剪刀，看来损失不大，细细一想，却存在着出人命的危险因素。亏得夫人没有再听到动静走下楼梯，亏得夫人在楼下的包包中还有五六百元的现金，使贼没有一无所获而走上楼来，亏得这两贼属于“打一枪换一个地方”的流寇，否则后果不堪设想。

这次小小的失窃，如同给我们打了一针防疫针。从此，我们大大加强了防范意识。每晚前后院，各锁两道门，也就是共锁四道门。此外，我们还不放心，感觉一楼需要一个“保安”，这个“保安”就是小爱。我们决定把关了几年的小爱从厕所中放出来，宁可让小爱咬坏一些东西，也不能让贼进到家来，如入无人之地。我们认真做了些功课，将所有可能被小爱叼的东西预先收起来，藏起来，尽量使小爱没有犯错误的机会。

在家中失窃的当晚，小爱就从厕所被放出来了，作为“保安”正式上岗。我想，贼如果进得我家，小爱即使不叫，也会扑向贼，这足以使贼惊出冷汗，而逃之夭夭。我们每天为小爱的表现打分，没有咬任何东西得一百分，咬一个小东西，得九十分。偶尔小爱得六十分，那一定是咬碎了一个大东西，而这往往与我们疏于管理有关，没有把东西藏好，给小爱创造了犯错误的机会。

把小爱放在楼下，固然是好，它能帮我们看家，可是它会不会跑到楼上？而此时我们在熟睡中，那它会尽情地撕咬东西，这样的事情曾经发生在它小时候。小爱挣开锁链，跑到楼上，咬坏了两间屋子中的几十件衣物。这样的事情，想想都会令人汗颜。好在长大了的小爱，不知什么时候患了恐高症，它竟不敢爬楼梯。在外面，有时几级台阶，在小爱面前，都是巨大的障碍。以致好几次我不得不抱着小爱的腰，让它勉强爬上去。因此，面对一楼到二楼折返的长楼梯，在小爱面前，如同天梯一样，高不可攀。

小爱望梯兴叹

最初几天，小爱没有上得了楼，这使我们感到窃喜，可又忧心忡忡。说不定哪天小爱心血来潮，变得天不怕，地不怕，突然冲上来，那么必定给家庭带来灾难。然而我们的担心似乎是多余的，因为几个月过去了，小爱每夜都坚守在一楼，从来没有爬上楼梯，尽管每次我从楼梯走下来，小爱的两只前爪搭在楼梯上，做出跃跃欲试的样子，但它的两只后爪却始终离不开一楼的地面，不敢越雷池一步。其实它只要勇敢地跨出一步，或许就能噌噌上得楼来，可是它却始终没能跨出这一步，它也许永远跨不出这一步，而这又何尝不是我们求之不得的。因为小爱待在一楼，就不得不成为当然的保安，那么它带给我们的是安全；若是它有一天突然爬上楼来，那么它带给我们的则是灾难。

然而毕竟小爱的生活有了较大的改观，它从在九平方米的生活空间，一下子扩至五六十平方米的空间。在这样的空间里，至少在深更半夜，它是自由的。它可以随意趴在地上睡，也可以跳到沙发上睡。当然如果它叼到一个东西，比如抹布或布娃娃，那么这一夜它可尽兴地将其撕得粉碎。不管怎么说，小爱的生活较前有了很大的改观，而这源于家中的一次失窃，给小爱的生活带来了巨大的变化，否则它或许永远被关在厕所，也就是说它一生中多一半的时间将在厕所中度过。从这一点上说，小爱获得了新生和自由。

小爱不再狂野，想起它每次从厕所中蹿出的一瞬间，好似一只小老虎，如果从外形看，更像一只小狮子，然后在屋子中乱窜，这情景常常使我们倒吸几口凉气。而如今的小爱，则时常站在你面前，用萌萌的眼神看着你。过去的它，是不让触碰的，你伸出手，它会躲闪；而如今当你将手伸出，它会仰起头，眯起眼睛，随意让你抚摸，而它分明也在享受着这份爱。

萌萌的小爱

小爱就是这样融入了我们的生活，尽管它有时还会叼东西，但这或许是拉布拉多犬的本性。我们会努力将东西收好，不给它机会，可是它却也在长本事。我不止一次看到，它高高站起，伸长脖子，去叼放在餐桌上的抹布。叼到后，它会藏起来，于是我家的抹布越来越少。忽一日，夫人在长沙发的垫子底下发现了好几块抹布，这都是小爱的作为。如果及时发现，我会追逐小爱，直到将抹布从它嘴中挖出，然后用手扇一下它的脸，此时它会眯着眼睛，好像又在享受着什么。还有的时候，我会示意让它将抹布给我，它竟然真的走过来，将抹布交到我的手中，因为它感到这是在做游戏，接下来便会更兴奋地去寻找另一块抹布。

点点走后的小爱开始独立，它变得不再和我们较劲，不再逆反，它不再是只知道或者满足于吃喝拉撒睡，它开始明白家中一员的责任，到了夜里，便守护着一楼，成为称职的“保安”。小爱弥补了我们失去点点的心理空白，使我们不再只是怀念点点。我们开始将爱逐渐转给了小爱，因为它现在是一只可以和点点相媲美的好狗。

# 第十二章 嗨森

点点走后，家里剩下小爱，它成了孤狗，变得寂寞。它常常端坐在院子里的小屋前，一坐就是几个小时；或者卧在屋中的厕所里，一卧就是一宿，一声不吭。我的女儿住在二环边，她十八岁开始独立生活，或许是因为那个年龄段的孩子都希望远离父母，但毕竟一个人生活，也会孤独，于是小爱成了她选择的第一个陪伴者。然而女儿经常外出拍戏，小爱最终还是抛给了我们，这也就有了许多狗狗的故事。

点点走后，最伤心的是女儿。点点在我家生活了 12 年，曾经是女儿少年时代的陪伴者，读了她与点点的故事，就不难理解她对点点的情感和怀念。与小爱相比，女儿的内心更喜欢点点，这和我们同感，并不是因为小爱是只淘气的狗，而实在是因为点点作为狗，太优秀了。它的忠诚，它与人相通的天性，曾经无数次震撼了我们的心灵。点点是一只罕见的好狗，以至在它走了几年后，我们还时时回味着点点的许多往事。女儿总是说，当时挑小爱时，挑走了眼，原本要挑一只和点点性格相仿的狗，结果阴错阳差，挑了一只与点点性格完全相反的狗。

那时小爱才两个月，一副萌萌的样子，把我和女儿都骗了。长大了，才慢慢看出，它是一个混不吝的胖妞。在生活中，如果稍不注意，被小爱咬住一块抹布，那么它便像脱缰的野马，在屋里转着圈子东奔西跑。于是全家人不得不对它围追堵截，虽然我们最后总能捉住这个胖妞，并且把抹布从它的嘴中挖出，但为了防范，从此小爱就只能被关在厕所里了。小爱一生的大部分时间便是在厕所中度过的，其实如果它能稍稍动一下脑筋，改变陋习，它便可以和我们自由相处，可惜小爱坚守那句“狗改不了吃屎”的老话，不改它的恶习。小爱永远要在第一时间叼东西，尽管它已六岁，成为一只中年狗，却依旧我行我素。

对点点的怀念和对小爱的失望，促使女儿买了第三只狗。这一次，不是我和她一起挑的，而是她自己偷偷买的，并且在相当一段时间里是瞒着我的，因为她知道我定会持反对态度。直到有一天，我看到女儿发布的一个视频，一只小狗咬着一个长长的扫把，在家中转着圈扫地，点击率几十万。我也点了赞，因为那只小狗太可爱了。可定睛一看，小狗分明是在女儿的家，于是产生怀疑，莫非女儿又买了一只狗？

柴犬嗨森

电话打过去，果不其然，女儿买了一只日本柴犬。据说这种狗会笑，因此有一只日本柴犬竟然成为网红狗。我立刻到网上查了查，对日本柴犬是这样介绍的：日本柴犬是日本本土最小的犬种，在多山的地形中，或在浓密的灌木丛中，可利用视觉和嗅觉进行捕猎，警惕而敏捷，感觉敏锐。它性情温顺，忠实，有耐心，朴实而雅致，灵巧机敏，英勇大胆，亲切而富有感情。柴犬具有独立的天性，对陌生人有所保留，但对主人则忠诚而挚爱，适合做门卫犬和陪伴犬。

柴犬嗨森就是这样走进了我们家庭，成了我家养的第三只犬，但与点点和小爱不同的是，嗨森是一只公狗，所以具有公狗的所有特性。嗨森勇敢，遇有生人或听到动静，它会第一时间冲上去，狂吠不止，表现出男子汉的刚性和看家护院的本能。此外，嗨森敏捷，有着非凡的跳跃能力，当我第一次接触嗨森时，被它的灵活所折服，它在我面前跳来跳去，一个飞跃，跳到了我的前面；一个闪身，又溜到了我的后面，使我应接不暇。尽管一楼是平层，但走廊与大厅连接处，有几节台阶。嗨森跟着我走下来时，我是一步一步走下去的；嗨森则是跃起一米高飞跃下来，它在腾空中有一个停顿的动作，就如冰雪滑板运动员在半空中做动作时，有一个抓板腾空停顿的动作，令我叹服。我想假如自己能像嗨森那样灵敏，那么我的乒乓球水平不知道会提高多少倍。

然而嗨森的灵敏也给我带来麻烦，记得女儿第一次把它放在我家时，为了冲洗后院，便把小爱和嗨森放在前院，前院的围墙要比后院矮些，但是小爱和点点也从未曾跳出去过，可是嗨森竟一跃而过，当我发现时，它早已不见了踪影。我在小区内苦苦寻找了一个多小时，依然没有踪影，问过保安，确保没有小狗跑出去，才放下心来继续找。最后终于在一个联排别墅的窗下，看到了嗨森。远远望去，看见窗户隐现一个红蝴蝶结，戴在一只类似小羊羔狗的头上，这是一只贵宾小母犬，原来嗨森是去找小妹妹了。

嗨森第一次见到小爱，丝毫没有被小爱庞大的身躯吓住，它不仅灵敏，而且勇猛，竟然冲上前，以迅雷不及掩耳之势，咬住了小爱厚厚的背，从此小爱便怕了这小家伙。以致放风时，小爱竟然不敢与嗨森并排前行，小爱不时扑向我的怀中，我则要不断喊着加油声，才能将小爱送到院子里。而到了院子里，两只狗便撕打得不可开交，嗨森屡屡占优，

嗨森咬住了小爱的背

最后反客为主，嗨森成了领地的新贵。

狗的领地观念十分强，嗨森虽然成为领地的新主人，但也仅仅限于院子。放回屋中，对于小爱的领地厕所，嗨森从来没有占有的欲望。每次，我会在厕所为小爱铺上狗粮和水，在厨房旁为嗨森铺上狗粮和水。一开院门，两只狗便风驰电掣般冲进来，嗨森一马当先，它首先会路过厕所，尽管它一眼就能看到小爱的狗盆中盛满了狗粮，但它从来不会冲进厕所，而只是跑向自己的狗盆。嗨森不像小爱那样，立刻狼吞虎咽地吃起来，它像个绅士，慢条斯理地闻一闻，再转过身到厕所，看一眼正在大口嚼吃的小爱，然后再绅士般走向自己的狗粮盆，细嚼慢咽吃起来，与小爱的吃相形成了鲜明的对比。

我从院子进来，首先把厕所的门关好，生怕晚一步，小爱会冲出来。有一次，这个祸害精，迅速吃完后，抢在我关门前跑出来。它冲到厨房，叼了一块抹布，转身就跑，我腿脚慢，追不上。此时，一件意想不到的事情发生了。嗨森箭一般地蹿出来，将小爱逼到一个墙角，然后把抹布从小爱的口中夺出，叼到我的面前，交到我的手中。这令我对嗨森刮目相看。

于是小爱永远被关在厕所，而嗨森则是自由的。小爱十分惧怕的楼梯，几年来它始终没有越雷池一步。可在嗨森眼中，楼梯根本不是事儿。它来的第一天，趁人不注意，便一下子蹿到了二楼，在楼上转了两圈后，又跑了下来。之后上蹿下跳，如履平地，楼梯成了它的运动场所。女儿在城里住三居室，对嗨森来说，似乎小了点；而外公家有楼梯的房子，便显得空间足够大，这或许是嗨森愿意到外公家来住的原因。此外，外公家还有个“婶婶小爱”能被它欺负，更为重要的是，婶婶是母的，于是我在院子里，经常看到嗨森在和小爱撕咬打闹中做出不雅的动作。

打闹中，小爱处于被动

因为嗨森是自由的，所以总觉得，它一直陪伴在我的左右。我的卧室里有个电动沙发，白天我躺在沙发上，将自己调到一个最舒服的姿势。我手拿笔记本电脑，无论是医学文章，还是文学作品，都在我的敲打中，慢慢流淌出来。到了晚上，躺在床上，或是奇思妙想，或是做着各种美妙的梦。但始终觉得，嗨森一直卧在我的旁边，一声不响，像是守护主人的一只忠实的狗。当我站起身，嗨森也会迅速站起来，当我走进厕所，它会端坐在厕所门口，眼光始终不离我，它好奇地观察着我的每个动作；当我准备下楼，它必定先我一步，跳下楼梯，好像时时要为我开路。

清晨，天色渐亮，我朦胧地感到，嗨森快速地跑来跑去，只要院子外稍有动静，它便一个箭步冲到阳台，向外张望，如果有人出现，它还会吠叫两声。我终于坐起来，开始穿衣服，嗨森密切地注视着我，当我起身，它立刻跳到楼梯口，以为我要下楼，可惜我走进了厕所，于是嗨森又端坐在厕所门口，静静地等候我，它就是这样一只好像永远不愿离开主人的狗。

晚上，当小爱关在厕所，我开始做饭，嗨森则端坐在厨房门口，两眼紧盯着我的每一个细小动作，好像它也想学做饭。晚饭终于做好了，香喷喷的菜，端到桌前，如果是小爱在旁边，必定会狂叫不止，或者急不可待地将两只前爪，趴在桌沿，然后毫不客气地张开它的大嘴，去吞吃它面前的食物。可是嗨森却彬彬有礼地坐在一旁，没有任何向你讨要食物的举止，只是它的眼睛一直望着你，并且是深情地望着，当你把食物的残渣投给它吃时，它才弯下身子，先用鼻子嗅一嗅，然后慢慢吃进去。嗨森的乖顺、懂事、彬彬

嗨森的标准照

有礼，与小爱截然不同，这使我想起了另一只狗，那就是点点。

我把自己的看法讲给女儿听，她竟然也有同感，她说原本嗨森带着几分野性，当生人或半生不熟的人来访时，它会龇着牙，露出狰狞的面孔，以致女儿害怕有一天会被嗨森咬伤。我的兵团战友曾经养过一只日本柴犬，每次我们到他家，这只柴犬被紧紧拴住，它躲在一个黑暗的角落里，龇着牙，用眼睛的余光看着你，好像随时会做出饿虎扑食的举动。后来听说，这只柴犬有一次竟然把他的主人咬伤了。因此我很担心嗨森也会是这样一只狗，可是当我亲自养了一段时间后，没有发现它有丝毫的野性和不友好的“反骨”，只有对主人的忠诚，它的萌和微笑，表明了它的纯真无邪，它在我和女儿面前，乖顺得像一只小绵羊，那么它的野性和劣根性是怎样被一下子摒除的呢？或者说它的灵魂是如何被净化的？它怎么会被驯化得如此乖顺？这使我百思不得其解，因为已经活到中年的“爱婶”，一身的坏毛病至今改不掉，而且在我看来，它的劣根性似乎永远不会改变。

女儿说，嗨森的改变是从在我家养了一段以后发生的，她问我是采用何种方法把嗨森训练得如此乖顺、听话，以至她给了我一个“驯狗专家”的称号。然而细细想来，感觉自己并没有做什么，我只是按时给它们喂食，按时把它们轰到院子里；到了晚上，又按时把它们放进屋里，把小爱关进厕所，嗨森便自由地跑上跑下，当它累了，便会伏在我的身旁。那时候，我正在赶写一部医书，我的心思都在电脑上，嗨森有时用它那尖尖的嘴伸到我的手中时，我只是简单地轻抚它两下，敷衍了事。所以我并没有做任何训练嗨森之事呀！这份功劳记在我的头上，自愧难当。何况狗性是最难改的，我们一直试图改变小爱的陋习，花 6000 元把它送进学校都没有成功，所以“江山易改，本性难移”这句话其实是十分有道理的。

嗨森没有了野性

那么究竟是什么神秘的力量，一下子净化了嗨森的灵魂，使它变成了像点点一样的好狗呢？我苦苦思索，终于有一天，我大概悟出了其中的原因。女儿第一次把嗨森寄养在我家时，它还不足半岁，因此它只是个幼崽。还记得，那天为了清洗后院，我将小爱和嗨森轰到了前院，而前院的墙要比后院的墙矮一截，于是嗨森一跃而过。可是在它翻墙前，它先要穿过点点的墓地，两年前点点走的时候，我亲手把它埋在了前院的大树旁，在那里立着一个陶瓷的斑点狗塑像，这是点点的墓碑。点点像一只影子狗一样，仍然守护着我们的院子，院子里放着几个大的玻璃柜，里面还放着值钱的玻璃器皿，但尽管院子的大门始终是半开的，两年来，却从未丢过一件东西。

此外，养狗会带来狗运。我家前院有棵大树，在整个一排房中成为仅存的一棵，家家都为扩充院子，把大树连根刨掉，唯独我没有。我的一个懂风水的朋友曾告诉我，那棵大树是旺女儿的，是砍不得的。如今这棵大树长得格外旺盛，常有喜鹊飞来，站在树梢上，叽叽喳喳叫个不停，这自然会带来好运。女儿的事业蒸蒸日上，她在香港和北京都开办了公司，她做自己品牌的化妆品，也做大健康食药产品。同时她的影视业也做得风生水起，最近热播的电视剧《利刃出击》中，她扮演一个宠物店的老板兼兽医，非常出彩。我猜想她事业的旺盛，她的好运，与点点的气场有关。

当嗨森从点点的墓地跑过去时，点点在地下，嗨森在地上，它们之间有过一秒钟的瞬间气场相交，由于嗨森还是个幼崽，它极易接受信息。当嗨森被送回女儿家时，女儿发现，嗨森变得极为听话，极为乖顺，好像变成了另一只狗，变得很像点点。当嗨森第二次寄养在我家时，它已经一岁了，成了一只成犬。它不仅乖顺，而且彬彬有礼。半夜醒来，我听到嗨森在床边的脚步声，于是伸出一只手，故意放在床边。过了一会儿，我感觉到了嗨森将嘴巴伸到了我的手中，于是我为它轻轻拿捏。我感觉到了它的舒服和喜欢，也感觉到了它对我的依赖和恋恋不舍。而这种互动，或者称作我们之间的游戏，只有我与点点曾经乐此不疲地玩过，而如今，嗨森也与我玩着这种游戏。除了外表，嗨森的一举一动、端坐和蜷卧的姿态以及眼神都酷似点点了。因此从某种意义上说，点点复活了。

嗨森的眼神酷似点点

然而女儿当初秘密买下嗨森，并不是完全要复制一个点点，否则她该买只斑点狗，至少应该买只母狗，可是她不仅买了一只公狗，而且买了一只小型狗，买了一只与斑点狗完全不同种的狗。狗的起源是多种的，大多数的狗起源于狼，例如斑点狗，因此点点像狼；而日本柴犬可能起源于狐狸，因此嗨森像一只小狐狸，有着尖尖的嘴巴。我反复思考，反复推敲着，感到女儿购买嗨森的真正原因，并不只是怀念点点，或有其他的缘由。当我动笔写嗨森时，顺便查阅了一下女儿的微博，才恍然大悟。从女儿的微博中，我下载了许多嗨森的照片，许多照片是我从未看到过的。当我仔细翻看了这些照片，才慢慢悟出女儿买嗨森的初衷。

日本柴犬的价格通常在每只上万元人民币，可女儿只花了 5000 元就买下了嗨森，她不是在狗舍买的，而是通过网上找私人买的，加上她是一位砍价高手，所以她只花了一半的钱，就买下了嗨森。可是在最初的几个月，我发现女儿陷入过某种纠结，她害怕这么便宜买下的日本柴犬，不是一只纯种的狗。所以她拍了很多嗨森的照片，然后一张张与网上纯种日本柴犬的照片进行比对，最后感觉相差无几，她才放心。

日本柴犬与其他狗相比，最大的特点是会笑。日本柴犬露出的萌萌的微笑，曾经吸引了无数狗迷们。据说，日本柴犬凭借它们吐出舌头的甜蜜微笑，救治过无数日本大地震后心理受创伤的人，因为只要看到狗狗的微笑，一家人的心情立刻转好。在那段非常时期，一只叫 Myuji 的日本柴犬微笑的照片经常出现在网上，于是成为了一只网红狗，当年就有 260 万粉丝。因此女儿买嗨森的初衷，我想她一定是试图把嗨森也打造成一只网红狗。

然而事与愿违，我逐渐发现了嗨森的劣根性，至少它不是一只好狗，它与点点其实是无法相比的。它先天的本性终会显露出来。嗨森第三次寄养在我家时，它变得肆无忌惮，开始随便在屋里拉屎、撒尿，并且寻找不经意的地方，我们只得将所有的房门都关紧，在它最喜欢方便的地方铺上报纸，看到它有尿意或便意，赶紧把它放到院子里。但尽管这样，也无法阻止这小家伙的恶习，结果整个屋子终日臭气熏天。

相比之下，倒凸显了小爱的优点，它虽有叼东西的陋习，但从不在家中拉屎、撒尿，尽管它是被关在一间厕所。有时候因下雨或下雪，它被关了十几个小时，憋得嗷嗷叫，我们不去理它，意在随它了，在厕所方便一下也无妨，可是它却始终憋着，坚守在屋中绝不拉屎、撒尿的信念。有一次，它吃了夫人自制的狗粮，消化不良，天蒙蒙亮就开始汪汪叫，我躺在被窝里，知道它要出去拉，心想随它去吧！于是睡到自然醒，才将它放出。小爱从厕所门冲出来，省略了和我周旋的多余动作，直冲向院子大门。一出门，便急不可待地找寻一处，撅起屁股，拉了两泡稀。它的信念是，屎和尿无论多急，一定要拉撒在外面。从这一点说，小爱也不失为一只好狗。而嗨森却全然不是这样，尽管它也曾进过狗的学校，在女儿家也不随意拉屎、撒尿，而到了外公家却如此放肆，将它的恶习尽情展示。到后来，每当我把它和小爱放到院子时，它竟往回跑，往楼梯上跑。我只得把小爱送出去后，再折回来，捉住它，抱起它，强行把它送到院子里。因为在嗨森看来，反正在屋里可以随意大小便，因此到不到院子对它来说已是无关紧要的事情。

这或许是我不喜欢嗨森的第一个理由，然而还有更让我们揪心的事情发生。点点和小爱和我们是心心相依，如果出去遛，点点有时会自作主张，跑失了，但它却总能找回家。而小爱则始终寸步不离，从来没有丢失过。可是嗨森则不同，外号叫“撒手没”，出去遛，必须拴紧狗项圈，只要被它挣脱，便跑得无影无踪，害得你苦苦寻找几个小时，最后在一群狗中找到它，然后将它抱起，像抱个婴儿一样，把它抱回家。这样的事情经历了好几次，苦不堪言。

我由于做过兽医，有和各种动物打交道的经验，因此对嗨森颇为警惕，开外门时格外注意，生怕嗨森乘机跑出去，可是我的夫人却完全没有这种警惕。一次我去倒垃圾，为防嗨森溜出去，便把其中一道推拉门拉得只剩下一条缝，以此试图挡住嗨森，我想只需两分钟就可回来。谁知这个时候，我的夫人去晾衣服，拉开了这扇门，结果嗨森跑了出去，并且很快无影无踪。我马上出去寻找了半个小时，无功而返。我用眼睛盯着夫人，希望她能认识到自己对嗨森出逃负有责任。我的眼光竟然起了作用，夫人二话没说，起身就走。五分钟后，夫人抱着嗨森回来了，这使我喜出望外。

我们赶紧安顿好一切 ，开车外出，参加朋友的一个小型聚会，以为嗨森的走失和找回，如同每次一样，不过是虚惊一场，区区小事。然而我们把事情想得太简单了，一路上电话接连不断，物业、邻居、宠物店以致派出所，所有的电话都是在告知我们一件事，那就是嗨森出逃的半个小时，竟然惹了一场大祸。院内有个宠物店，因为门没关好，嗨森闯了进去，将两只刚刚洗完澡的小狗咬得遍体鳞伤，一只泰迪，一只贵宾。宠物店老板为了推脱没关好门的责任，抢先报警，并在小区的微信群中大肆渲染，一时间嗨森成了众矢之的，成了伤害两只狗的凶手，成了害群之狗。

尽管我们没有亲眼看到嗨森作案，但细细一想，嗨森行凶是完全可能的，首先嗨森在这家宠物店洗过澡，所以它认识这家宠物店。第二，嗨森的确具有攻击性，只要看看前面几张嗨森欺负小爱的照片，就可断定它的凶恶，对大狗尚且如此，对小狗更不必说了。于是我们不仅道歉，赔不是，而且承担了医治小狗的全部医疗费，损失超过了当初女儿买嗨森的价钱。

出了这件事后，我们变得整日忧心忡忡，生怕嗨森再次跑出去惹祸，同时我们还要忍受嗨森臭气熏天的屎尿味。我开始意识到养狗不只是能带来狗运，而且还能带来厄运。可是养一只狗，如同养一个孩子，不论好坏，你都要养它一辈子，所以选狗显得极为重要。我对自己的眼光颇有自信，我看中的狗一定是好狗，点点是我看中的，它是世上不可多得的好狗。小爱也是我帮助女儿挑的，尽管它有叼东西的陋习，或许那是拉布拉多狗的天性，但它从不把屎尿拉撒在屋中，即使憋得嗷嗷叫，也一定强忍着，它的信念就是屎尿无论如何一定要拉撒到室外，从这一点说，它应该是宠物狗的楷模。此外，它是狗中的数学天才，二十以内的加减乘除，从未算错过。

然而女儿自己背着我买的狗，则几乎都不是好狗。早在十年前，她得到了第一个月的工资，不顾我反对，非要买的泰迪，只活了十八天。而如今背着我买的这只日本柴犬，我却愈发看不上眼，虽然嗨森也在狗的学校训练了几个月，可是它什么也没学会，就连最起码的坐下、趴下都不会，更不用说需要高智商的算算术了。而它富有攻击性，不仅欺负大狗，更欺凌小狗。现在我只要看到嗨森，便会想起兵团战友对日本柴犬的评价：这种狗一旦看到了自己的猎物，便会以迅雷不及掩耳之势，攻击和掠夺。

虽然嗨森对我总是彬彬有礼，并且时常走到我的面前，伸出长长的嘴，做出与人为善的样子，希望我能抚摸它。其实它憋了一肚子坏水，这不仅仅表现在它东拉一泡屎，西拉一泡尿。我的地下室放着一张乒乓球桌，上面架着一台发球机，我时常下来一个人练球，而嗨森看见了，也会溜下来，在某个角落蹲着，看我打球。我开始并不在意，后来不断听到嘎嘣的声响，打完球，才发现有十几个乒乓球坏了，每个坏球上都有嗨森留下的深深牙印。这使我愈加不喜欢嗨森。

女儿一心要把嗨森打造成一只网红狗，我看到过她发的几个视频。尽管女儿使出各种解数，为它包装，穿上各种华丽的衣服，配上音乐，抓着它的两只爪子，随着音乐或歌曲，做着各种舞动的动作，可是我观察到嗨森的眼神始终是散的，至少是心不在焉的，很难与人产生互动。而我也曾给小爱做过一个算算术的小视频，小爱的眼神会紧紧地盯着我，即使在答题汪汪叫时，两只充满智慧的眼睛也始终盯着我。而嗨森全然没有和人互动互通的动作和眼神，它只有我行我素的坏主意，它是很难被人驯服的，以致到狗学校去了几个月，连一个动作都没有学会。因此，这样的狗是当不了网红狗的，任凭你如何包装，它天生本性不具备这样的素质，而小爱其实是具备这样潜质的，如果我再年轻几十岁，或许会成为小爱的推手。

终于又过了一个月，女儿忙完了一堆事，带着助理把嗨森接走了，我如释重负，希望嗨森今后不再回来。或许真的是天意，一个月后传来了嗨森丢失的消息，助理夜晚去遛嗨森，因为脖套没拴紧，被它挣脱，这个“撒手没”便跑得无影无踪。接连两周的寻找，费尽人力财力，却始终找不到。虽然到处贴寻狗启事，赏金从5000元攀升到10000元，前后看过四只希望领赏的狗，多数是形状相似的土狗，最后一只虽然也是一只日本柴犬，却是胖乎乎的。女儿还雇用搜救队去寻找，除了被赚走不少钱，如竹篮打水一场空。

我想如果忠诚于主人的狗，它丢失或跑出去，是一定会找回家的，除非它和主人不是一心，就如《狼图腾》的最后一幕，小狼跑向大自然，尽管主人对它拼命喊叫，小狼却头也不回地奔向远方。或许日本柴犬就是有着狼一样的野性，与人心格格不入。不过依据我的经验，嗨森有可能在出逃的第一个夜晚，辗转了一宿后，闯入清晨遛狗的人群中，在与其他狗玩耍时，被陌生人捉去。当然对狗来说，有奶便是娘，但如果嗨森对我女儿还有旧情的话，或者说还有良心的话，那么有一天，嗨森会再次逃脱，找到以前它住过的女儿家，否则它就不是一只好狗。

# 续 篇

2022 年 2 月 28 日，也就是 2 月的最后一天，我从医院出诊回家。年过七旬的我，自抗疫以来，门诊做了调整，每月出诊六个半天。这是因为疫情期间医保政策也较前宽松，允许给病人开一个月的中药。这样，我就可把出诊时间都集中在每个月下旬，并且都是下午。每个半天限号 12 人，这对我来说已是超负荷的工作量了，因为现在老中医看病，不只是按脉看舌，提笔开个处方这样简单；一切都要用电脑操作，打开电脑，进入自己的工作站，病人的西医诊断、中医诊断、简单的病历、开方下药均需通过电脑来完成；网络又常出故障，断了，信息顿时消失，所有的文字又要重新敲。而我看病人又较为仔细，特别是遇到新病人，所以出诊的六个半天，工作的节奏一直是高度紧张的。不过，在工作时间，除了看病，会忘记其他，自然烦心的事也会被暂时忘掉。但忙完回家，当拖着疲惫的身体走进家门，虽然能感到工作后的一丝快乐，但烦心的事也会随之再显现。

那天是 2 月的最末一个下午，当我看完最后一个病人，感到如释重负，因为此后，我就可以休息两周，如同所有已经退休的人那样享受属于自己的生活。我深深地松了一口气，但在回家的路上，想起了小爱，心不由得痛了一下。记得我走的时候，看了一眼在院子里的小爱，它已经一动不动地躺在那里两天了，不吃东西，只喝水。它的面前放着两盆水，一盆奶，一盆它最喜欢的东西，可是它除了喝两口水外，其他吃的东西闻也不闻。小爱那不动的姿势令人难忘，我曾拍了张照片，这应该是小爱临终前的最后一张照片，但我不愿把这张病态小爱的照片放在书中，为的是把小爱最好的形象留在人间。我去医院前看小爱时，它还有一口气。可是回到家，走进院子，小爱已经完全不动，它咽气了，它走了，小爱安静地走了。

点点是五年前走的，对它的怀念曾使我写了《爱犬的春夏秋冬》一书。狗虽是和人类不一样的动物，但却也是生命，并且有思想，甚至有着丰富的内心世界，它们能与人和谐相处，交流互动。狗原本是凶猛的，但在与人相处时又表现出善良、忠诚和富有爱心的一面。

点点到我家的时候，它已是一条下过一窝小狗的狗妈妈，一条成熟懂事的大狗；而买小爱的时候，它是一只刚断了奶的萌狗。小爱走后，女儿找到了一张她当时独自拍摄保存在手机上的照片，看后使我眼前一亮，小爱纯真无邪的萌样勾起了我对它的思念和回忆。小爱是三个月大的时候买到我家的，拍这张照片的时候，它应该只有四个月，它歪着脑袋观察着这个世界，观察着它的主人，观察着它的新家。

# 四个月的小爱

小爱的故事有些奇葩，它一出现，就给女儿带来了运气，20 岁的女儿走上了影视界。女儿单独养了小爱两个月后，由于要拍戏，便把它交给了我，从此小爱便和点点生活在一起。两只犬是完全不同品种的狗，它们的年龄也相差了十来岁，这一老一少不同种属的狗，能否“和平相处”，生活在一起呢？应该说开始几乎是水火不相容的。小爱到来的最初的几个月，有一身坏毛病。为此，我们不得不把小爱送到了宠物培训中心。几个月后，当小爱毕业回家，我们发现它完全变成了另一条狗。小爱成为一条彬彬有礼的、高贵的狗，特别是它数学才能的表现，让点点望尘莫及，点点不得不高看小爱了，从此两条狗相处融融，便有了这本书记载的许多故事。

对点点和小爱来说，它们远比其他的同类狗狗们要幸福得多，首先它们不会像流浪狗那样过着饥寒交迫的生活，它们多数时间是待在家中的，冬有暖气夏有空调，吃着美味的狗粮，定期洗澡。当然这种生活待遇，对于每个有主人的狗狗来说都是可以得到的。然而与一般爱犬不同的是，点点和小爱有一个五十平方米左右的院子和一座漂亮的房子，这样就不需要每日早晚两次去室外遛狗。点点在世时，它们打闹的活动度就足以超过遛狗的运动量了。这种圈养的方式也节省了我的时间，保证了我的出诊与写作，并且还有时间打乒乓球。而小爱更优于一般爱犬的是，它从小受过高等教育，进过专业的训犬学校学习了几个月，并学会算算术，这成为它一生的绝技，也使它成为一条名犬，因为小爱不仅上电视展示过自己的数学才能，而且每当家里有客人来访时，它的表演总能获得一片喝彩。

与其他爱犬不同，更有幸的是，它们有一个曾经做过兽医的主人。这样，它们生病的时候，不必去宠物医院花钱看病，主人总能想出各种办法，将它们的病治好。癌症在老狗中的发病率非常高，如同人目前癌的发病率高是因为人的寿命提高了。狗老了，免疫力降低，结果许多老年狗都患癌。好在它们的主人又是一位专门治疗肿瘤的医生，虽然最后因为服不进中药还是不治，但毕竟减轻了痛苦，延长了生命。

点点与小爱现在虽然都走了，但比起其他爱犬更为幸运的是，它们的主人喜欢写作，于是它们的故事被留在了人间，如果两只爱犬心有灵犀，一定会感到欣慰，因为它们没有枉来世界走一遭，世上竟有那么多人知道它们。那么，让我继续讲些小爱在点点走后的故事。

现在回想起来，两只爱犬一起生活了五年，这是它们最快乐的时候，它们俩一起度过了五个春夏秋冬，留下了许多值得回味的故事。可是点点走后，这种快乐的时光也被带走了，小爱成为孤狗，虽然它饱食无忧，可是变得不爱活动，于是体重直线上升。小爱成了一只胖狗，躺在地上像一头猪。

## “胖猪猪”小爱

我们试图恢复遛狗来帮助小爱减肥，可是它却常常不情愿，气喘吁吁的它迈着蹒跚的步伐，走走停停，有时干脆趴在地上不动了，结果引来路人的围观。我们拉它不起，只好把牵引绳搭在它的身上，说一声“我们回家了”，便径直朝前走。谁知，小爱看见我们走了一程，又艰难地慢慢爬起来，蹒跚着默默跟着我们，它生怕会被丢弃，于是又引来路人的赞叹。然而有一次，遛狗出行的地方远了一些，小爱实在走不动了，索性躺在地上一动不动，成为一条“赖皮狗”，我只好走回家，把车开过去，再将小爱运回家，从此便不再遛小爱了。

## 蹦蹦跳跳的小爱

这张照片是五年前拍摄的，那时小爱身材匀称，蹦蹦跳跳，十分灵巧。而点点走后的小爱养尊处优，身体发福，各种老年病向它袭来，它的身体变得愈来愈不灵活。从院子跑进来，到它的小屋，中途有几个台阶。以前小爱都是一跃而上 ，可是后来台阶竟然成为它不可逾越的障碍。诚然，小爱还是一次一次地试图爬上去。它常常退得很远，然后带助跑地俯冲，在各种尝试下，最后还能勉强爬上去。但随着年龄不断增长，它的

两条后腿变得越来越无力，后来很难站立起来，看来这是老年狗的常见病，起因于它们总是卧着。

我不得不为小爱扎针灸，可是小爱不像点点那么配合治疗，它是不让碰的。可说也奇怪，年迈的小爱竟然一改先前的习性，对我的治疗非常配合。当针扎进小爱臀部的穴位时，它没有感觉。我开始捻针，它有了感觉，但它不挣扎，只是把头慢慢转过来，嘴巴伸向我捻针的手，闻一闻，然后摇着尾巴，显然小爱知道我在为它治病，因此它很享受。经过两周的针刺治疗，小爱终于可以站起来行走了，只是每次走到台阶，都需要我和爱人把它抬上去。小爱显然已经不能再像当年那样蹦蹦跳跳了，可是它的脑子并不糊涂，给它出算术题，每次依然都能算对，看来阿尔茨海默症与它无缘。

## 小爱算算术

仔细分析小爱的健康问题，它的超重除了运动少，还在于它的胃口好，吃东西永远没够。它吃起来狼吞虎咽的样子，让人联想到它身上的肉正是这样一点儿一点儿堆积起来的。我无数次想给它减肥，但小爱吃不饱就要叫，甚至深更半夜也会叫，只好在睡梦中爬起来给它喂食。吃饭的时候，小爱在屋子里能闻到饭桌上传来的香味，于是发出哼唧哼唧的声音，谁听到了那种来自另一生命的乞讨声，都会忍不住走到它的门外，向屋里丢一块食。

减肥屡屡失败，使我感到小爱或许晚年只能带着一身肥肉走完它生命最后的轨迹，可是近几个月，我们发现小爱的食欲开始下降，狗粮有时会剩下，过去喜欢吃的食物，现在只是闻一闻，并不吃。期间还呕吐过几次，我以为它的胃肠出了问题。小爱开始消瘦了，尽管它走路比以前轻巧，台阶也能迈上去了，可是它的四肢却变得越来越无力，吃的食物越来越少，小爱瘦了一圈又一圈。终于有一天，从不在家中大便的小爱，不仅拉了稀，还拉了血。我立刻意识到小爱患了肠癌。

我为小爱配制了抗癌的动物药，做成一大瓶胶囊，它现在已经不吃任何东西，一天只吃几根狗肠，我把云南白药和抗癌胶囊放进狗肠中，它咬住后一撕，居然一口口将药都吞进肚中，我暗自高兴，如果这样喂上一个月，或许小爱的生命能够挽回，因为自它吃了中药后，不再拉血，而且有了精神。

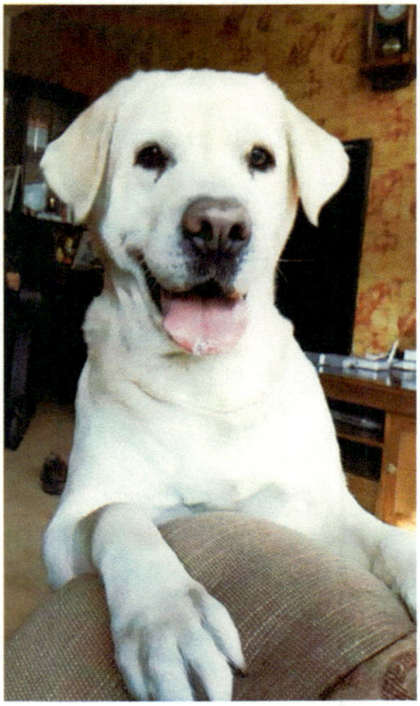

## 永远的小爱

然而到了第五天，小爱突然连狗肠也不吃了，药自然也喂不进去，我感到了绝望。小爱也预感到自己的生命走到了尽头，于是它只喝水，不吃东西，但却不停地舔身上的毛，这或许是为了净身，应当是动物临死前的本能。晚上，当衰弱的小爱从院子里一步一步走进来，面对食盆中放着的它平时最喜欢吃的东西，却闻也不闻。可是它看见我手中有一块湿毛巾，便慢慢走到我的身边，让我为它擦身，这时它不仅表现得非常乖顺，也表现出十分享受，它艰难地抬起一只前爪向我示爱，我握住它的前腿，眼泪竟啪嗒啪嗒地流了下来，因为我知道这是小爱在向我做最后的告别。

记得，那天上午小爱从屋子走到院子里，找了一块干净的地方，趴在那里，自此一动不动一直趴在那里，它整整躺了两天，直到那天我从医院出诊回来，走到院子里仔细看了看它，才断定小爱已经咽气。它走了，它安静地走了。

思慕宠物善终服务中心为小爱办理了后事，当他们得知小爱上过电视，出过书，是一位数学天才，便认定它是一条不凡的名犬。因此，他们给了小爱破格的待遇，不仅减少了小爱的安葬费，还特地免费为小爱做了一个立体虚幻的纪念品，如同一块碑，上面刻着：

最最亲爱的萌宠小爱：感谢你的一路陪伴，我们永远爱你、怀念你！

小爱走了，它安静地走了，

它是净身走的，它是带着人对它的爱走的，它也给人带来另一生命的爱，它希望人类之间能永远充满爱，全世界的人都能和平相处。小爱留下了人对它的回忆，留下了它的电视节目，留下了写它的书。小爱和点点一样，是一条不可多得的好狗，不仅仅小爱是狗中的数学冠军，更为重要的，它是一条忠诚、有爱的狗 ，它向人传递了爱，它走了，却把爱和故事留给了人间。小爱和点点是传递爱的使者，它们的故事会被人记住和流传，它们没有枉来世界走一遭。

图书在版编目（CIP）数据

爱犬的春夏秋冬 / 谢文纬著．—北京：东方出版社，2019.1
ISBN 978-7-5207-0652-0

Ⅰ．①爱…　Ⅱ．①谢…　Ⅲ．①散文集—中国—当代
Ⅳ．①I267

中国版本图书馆 CIP 数据核字（2018）第 256590 号

爱犬的春夏秋冬
（AIQUAN DE CHUN XIA QIU DONG）

作　　者：谢文纬
策 划 人：许剑秋
统　　筹：吴玉萍
责任编辑：刘　峥
责任审校：曹楠楠
封面设计：尚世视觉
出　　版：东方出版社
发　　行：人民东方出版传媒有限公司
地　　址：北京市西城区北三环中路 6 号
邮　　编：100120
印　　刷：北京建宏印刷有限公司
版　　次：2019 年 1 月第 1 版
印　　次：2022 年 5 月第 2 次印刷
开　　本：720 毫米 × 960 毫米　1/16
印　　张：18.75
字　　数：189 千字
书　　号：ISBN 978-7-5207-0652-0
定　　价：49.80 元
发行电话：（010）85924663　85924644　85924641